Adam Andrusier

Tausche zwei Hitler
gegen eine Marilyn

*Zu diesem Buch*

»Schon wieder die Nazis?«, fragt Adams Mutter, wenn der Vater bereits beim Frühstück einen leidenschaftlichen Vortrag über die Verbrechen des Dritten Reichs hält. Oder im Skiurlaub dem deutschen Ehepaar stolz seine Postkartensammlung zerstörter Synagogen präsentiert. Dass er die Familie dann auch noch regelmäßig zum Israelischen Volkstanz schleift, bringt nicht nur die Mutter zur Verzweiflung. Adam jedoch weiß sich zu retten: Eine echte Berühmtheit zieht in ihren Londoner Vorort, und Adam ergattert ein Autogramm. Bald schreibt er von Sinatra bis Mandela alles an, was Rang und Namen hat, und verfällt einer Leidenschaft, die alles andere in den Schatten stellt. Eine Komödie mit Widerhaken über das Erwachsenwerden, jüdischen Familienirrwitz und das unbedingte Verlangen nach Freiheit.

»Adam Andrusiers Debüt entwickelt einen wachsenden Sog. Die titelgebenden Figuren – Hitler und Marilyn – stehen für ein abgründiges 20. Jahrhundert. Das Buch ist ein Liebesbrief an die Generation, die die Traumatisierungen des Holocaust nicht einfach abschütteln konnte.«
*Bayern 2*

*Der Autor*

Adam Andrusier (*1974), Autor und Autographenhändler, studierte Musik am King's College in Cambridge und Kreatives Schreiben an der University of East Anglia. Seine Leidenschaft für das Sammeln von und Handeln mit Autogrammen ist die Grundlage seines Romandebüts und inspirierte Zadie Smiths Roman *Der Autogrammhändler.* Er lebt mit Frau und Kind in London.

*Der Übersetzer*

Dirk van Gunsteren (*1953) studierte Amerikanistik und übersetzt u. a. Jonathan Safran Foer, Colum McCann, Thomas Pynchon, Philip Roth, T. C. Boyle und Oliver Sacks. 2007 erhielt er den Heinrich-Maria-Ledig-Rowohlt-Preis.

Mehr über den Autor und sein Werk auf *www.unionsverlag.com*

# Adam Andrusier

---

# Tausche zwei Hitler gegen eine Marilyn

Roman

Aus dem Englischen
von Dirk van Gunsteren

Unionsverlag

Die Originalausgabe erschien 2021 bei
der Headline Publishing Group, London.

*Im Internet*
Aktuelle Informationen, Dokumente und Materialien
zu Adam Andrusier und diesem Buch
*www.unionsverlag.com*

Unionsverlag Taschenbuch 1016
© by Adam Andrusier Writing Ltd 2021
Originaltitel: Two Hitlers and a Marilyn
© by Unionsverlag 2024
Neptunstrasse 20, CH-8032 Zürich
Telefon +41 44 283 20 00
mail@unionsverlag.ch
Die erste Ausgabe dieses Werks im Unionsverlag erschien 2023
Reihengestaltung: Heinz Unternährer
Umschlagfoto: Adam Andrusier
Umschlaggestaltung und Satz: Sven Schrape
Lektorat: Patricia Reimann
Druck und Bindung: CPI – Clausen & Bosse, Leck
ISBN 978-3-293-71016-0

Der Unionsverlag wird vom Bundesamt für Kultur mit einem
Verlagsförderungs-Strukturbeitrag für die Jahre 2021–2024 unterstützt.

Auch als E-Book erhältlich

*Vorbemerkung des Autors*
Einige Einzelheiten dieser Geschichte wurden verändert, darunter Namen und Aussehen von Personen sowie Daten, Orte und Ereignisse.

# RONNIE BARKER

Das Wunderbare an einem zweideutigen Witz ist,
dass er nur eins bedeuten kann.

RONNIE BARKER

Mein Vater war der hinter der Kamera. Ein Auge zugekniffen, ein halbes Lächeln, der Rest seines Gesichts hinter der Kodak verborgen. Bei jeder Gelegenheit knipste er wie ein Paparazzo ein Foto nach dem anderen. Die Bilder waren verwackelt oder zeigten Menschen in seltsamen Übergängen von einem Gesichtsausdruck zum anderen, doch sein Enthusiasmus war nicht zu bremsen. Wenn er pro Tag zwanzig Schnappschüsse machte – eine eher zurückhaltende Schätzung –, dann müssen es allein in den Achtzigern dreiundsiebzigtausend Fotos gewesen sein.

»Willst du nicht lieber wirklich was erleben, anstatt immer nur zu dokumentieren?«, fragte Mum ihn.

»Ich erlebe ja was«, widersprach Dad. »Und gleichzeitig dokumentiere ich es.«

Mein Vater hatte eine Vorliebe für ein bestimmtes Motiv: meine Mutter, meine Schwester und ich, freudlos aufgereiht.

»Na kommt schon«, rief er, »macht ein fröhliches Gesicht.«

»Wir versuchen's. Aber es ist nicht so leicht.«

Wir bleckten die Zähne vor Triptychen, auf venezianischen Gondeln und neben Schildern, die Besucher irgendwo willkommen hießen.

»Du bist ein Fantast«, sagte Mum. »Keiner wird sich all diese Fotos ansehen.«

»*Ich* werde sie mir ansehen. Ich will das alles dokumentieren!«

In Wirklichkeit sah mein Vater sich meist seine Postkartensammlung an: Synagogen, die von den Nazis zerstört worden waren. Wenn meine Schwester Ruth und ich morgens unser Müsli aßen, hörten wir detaillierte Schilderungen der Reichspogromnacht, gespeist aus der umfangreichen Bibliothek meines Vaters über Hitler, das Dritte Reich und den Völkermord.

Unsere Twister-Spiele unterbrach er mit der Information darüber, wie viele in Treblinka ermordet worden waren. An den Wochenenden ging er in sein Arbeitszimmer, wo er mit einer auf dem Schreibtisch montierten Kamera seine Synagogen-Postkarten fotografierte. Die Kamera hatte er sich zum vierzigsten Geburtstag geschenkt. Er lud Freunde ein, mit ihm hinaufzugehen und sie sich anzusehen. »Sehr gut, Adrian«, hörte man sie sagen. »Es ist schön, wenn man ein Hobby hat.«

Ich fragte ihn, warum er Synagogen sammelte, wo wir doch kaum je in die Pinner United Synagogue gingen.

»Wegen der Kontinuität«, sagte er knapp. »Diese Gebäude wurden von Hitler zerstört, und die wenigen, die noch stehen, sind jetzt Bibliotheken oder Sporthallen oder Kinos. Es ist wichtig, das zu dokumentieren.«

»Schon wieder die Nazis«, rief meine Mutter aus der Küche. »Kannst du nicht mal damit aufhören? Er ist erst zehn.«

Eines Tages machte mein Vater sich über eine Schachtel voller Familienfotos her und schnitt mit einer Schere unsere Gesichter aus. Anschließend suchte er in Büchern nach Fotos berühmter Menschen, überklebte ihre Gesichter mit unseren und fotografierte sie mit seiner Spezialkamera. So wurden aus Rudolf Nurejew und Margot Fonteyn Mum und Dad. Aus Fred Astaire und Ginger Rogers wurden ich und meine Schwester. Der Matrose und die junge Frau, die am Ende des Zweiten Weltkriegs auf dem Times Square von ihm geküsst wird, verwandelten sich in Dads Buchhalter und seine Frau. Wir gingen am Arbeitszimmer vorbei und hörten die Kamera klicken und Dad lachen, als wäre er der komischste Mensch der Welt. Er ließ die Filme in einem Fotogeschäft in der Nachbarschaft seines Büros entwickeln und kam mit einem Stapel großer hochglänzender Abzüge nach Hause, die er uns wie ein Zauberer einen nach dem anderen vorlegte.

»Das ist völlig verdreht«, sagte Mum und sah mich, den Zehnjährigen, ratlos an. »Warum tut man so was?«

»Ach, das ist doch nur ein Spaß«, sagte Dad. »Wie findet ihr das hier?«

Meine Schwester und ich als US-Marines, die in Iwo Jima die amerikanische Flagge aufstellten.

»Und das?«

Michael Rose, der Partner meines Vaters, hielt in Nürnberg eine Rede.

»Und das hier nehme ich mir als Nächstes vor!«

Dad legte sein wertvollstes Stück auf den Tisch, ein signiertes Foto von Danny Kaye als Hans Christian Andersen, das er auf einem seiner Postkartenmärkte gekauft hatte. »Mit besten Grüßen, Danny Kaye« stand da, mit Tinte geschrieben. Mein Vater verehrte Danny Kaye und liebte es, sich mit uns seine Filme anzusehen. Kaye geriet immer in missliche Situationen: Er musste völlig unvorbereitet auf einer Bühne ein Ballett tanzen oder so tun, als wäre er Ire, oder durch den Wagen wildfremder Leute kriechen, um auf die andere Straßenseite zu gelangen. Er hatte eine alberne Sprechweise und war den Leuten peinlich – genau wie mein Vater. Ich mochte Danny Kaye, hatte aber auch Mitleid mit ihm, weil er immer ein derartiger Schmock war.

»Und das werde ich draufkleben.«

Dad legte sein eigenes ausgeschnittenes Gesicht – mit einem falschen chassidischen Bart – auf das von Danny Kaye.

»Ich glaube, du brauchst Hilfe«, sagte Mum.

*

Als ich das erste Mal jemanden um ein Autogramm bat, war ich selbst überrascht – es war ein seltsamer Zufall. Ich war zehn und bei Adam Brichto, meinem besten Freund. Er wohnte am Amberley Close in einem Haus, vor dem einige Säulen standen wie vor dem Eingang eines römischen Bades. Unser Haus war von oben bis unten mit einem dicken braunen Teppich bewachsen, aber das der Brichtos war weiß, und alles sah immer so aus, als hätte Astrid, das Au-pair-Mädchen, das ständig staubsaugte oder

Wäsche zusammenlegte, es gerade geputzt. Adams Vater war Rabbi der Liberalen Gemeinde und hatte ein Arbeitszimmer zur Straße hin, das wir nicht betreten durften. Bei den Brichtos war es immer still und friedlich. Adams Vater blieb für sich. Er sammelte nichts, er bat einen nicht, sich Fotos anzusehen, und er machte keine SS-Offiziere nach.

Meistens spielten Adam und ich Murmeln. Wir fingen in seinem Zimmer an und arbeiteten uns von dort durch den Rest des Hauses, bis wir von Adams Mutter oder Astrid sanft getadelt wurden. Einmal, als Rabbi Brichto ausgegangen war und Adams Mutter telefonierte, konnten wir nicht widerstehen, unser Murmelspiel bis zu seinem Arbeitszimmer auszudehnen. Unsere Murmeln blieben vor der Tür liegen. Wir öffneten sie.

Im Arbeitszimmer meines Vaters lagen überall Bücher und Papiere herum, es roch muffig und sah laut Mum aus wie Dresden nach der Bombardierung. Im Arbeitszimmer von Adams Vater dagegen standen deckenhohe weiße Regale an den Wänden, voll mit akkurat ausgerichteten Büchern. Auf dem riesigen Schreibtisch in der Mitte waren silberne Bilderrahmen mit Fotos, auf denen der Rabbi bei offiziellen Anlässen neben wichtig wirkenden Menschen zu sehen war. Auf einem davon stand er lachend neben der aktuellen Premierministerin. Ich untersuchte es genau, um festzustellen, ob Adams Vater vielleicht sein eigenes Gesicht darauf geklebt hatte.

»Dein Vater kennt Maggie Thatcher?«, fragte ich.

»Ja, er wurde ihr mal vorgestellt«, sagte Adams Mum, die gerade in der Tür erschien. »Er kennt einige berühmte Leute.«

Adams Mutter war nicht verärgert, weil wir uns ins Arbeitszimmer ihres Mannes geschlichen hatten. Sie war freundlich, hübsch und schlank. Sie nannte mich »Adam A« und ihren eigenen Sohn »Adam B«. Als Adam sich weigerte, Gemüse zu essen, tat sie, als wäre sie völlig verzweifelt, und brachte uns beide zum Lachen. »Aber wenn du es nicht wenigstens probierst, Adam B, werde ich sehr traurig sein«, sagte sie mit übertrieben weinerlicher Stimme. »Du bist gemein zu mir! Warum bist du nur so gemein, Adam B?« Ständig trocknete sie sich die Haare oder machte sich zurecht, um auszugehen. Wenn beim Abendessen das Telefon läutete, nahm sie, bevor sie zum Hörer griff, einen ihrer Ohrringe ab, und dann folgte ein langes Gespräch, in dessen Verlauf sie viel lachte und mit ihrer Freundin den neuesten Klatsch austauschte. Als ich Mum auf dem Heimweg davon erzählte, sagte sie, das gehöre sich nicht; wenn man beim Abendessen angerufen werde, müsse man sagen, man werde später zurückrufen.

»Hat Adam B dir erzählt, dass Ronnie Barker hier um die Ecke wohnt?«, fragte Adams Mutter.

Unglaublich. Meine Familie tat gewöhnlich nicht, was alle taten, aber samstags abends setzten wir uns wie alle vor den Fernseher und sahen uns *The Two Ronnies* an. Selbst meinen Großeltern gefiel das. »Dieser Ronnie Barker«, sagte mein Großvater mit seinem tschechischen Akzent und hob den Finger, »der hat was im Kopf. Sehr schlau.« Dass jemand, der so berühmt war wie Ronnie Barker, ganz in der Nähe von Adam Brichto lebte, fühlte sich fast unheimlich an, wie ein sehr seltsamer Glücksfall.

»Gleich über die Straße, in der Moss Lane«, sagte Adams Mutter.

Als sie hinausgegangen war, fragte ich Adam: »Wohnt Ronnie Barker wirklich hier um die Ecke, oder war das ein Witz?«

»Nein, es stimmt«, sagte Adam. »Komm, vielleicht kriegen wir ihn zu sehen.«

Wir sagten Adams Mutter, dass wir vor dem Haus Fußball spielen wollten. Sie machte in der Küche einen Salat und sagte, das sei in Ordnung, aber wir sollten vorsichtig sein. Wir schlugen die Haustür zu, schlichen zum Ende der Amberley Close und bogen nach rechts in die Moss Lane ab.

»Wird deine Mutter nicht nach uns schauen und merken, dass wir weg sind?«, fragte ich und dachte daran, dass meine Mutter in diesem Fall einen Herzanfall bekäme.

»Nein, wird sie nicht«, sagte Adam. »Sie wird telefonieren.«

»Aber weißt du überhaupt, welches Haus es ist?«

Ich war vor Aufregung ein bisschen außer Atem, als wir die von Bäumen gesäumte Moss Lane entlangliefen, vorbei an der roten Telefonzelle und der Bank.

»Es ist das an der Ecke, mit den vielen Bäumen.«

Wir überquerten die Straße, und Adam verlangsamte seine Schritte.

»Hier. Das ist es«, sagte er.

Wir standen an einem schulterhohen Zaun, der von einer als Sichtschutz dienenden Hecke überragt wurde. Als wir die Zweige auseinanderbogen, sahen wir im Erkerfenster den Hinterkopf eines alten Mannes. Er saß in einem Sessel und sprach mit einem anderen Mann, der einige Meter entfernt stand. Dann wandte er den Kopf zur Seite.

»Mein Gott, ich glaube, das ist er!«, rief ich.

»Er ist es! Ja, er ist es!«, rief Adam.

Aber irgendwas stimmte nicht. Der Mann, der einen grauen Pullover trug, wirkte müde. Sein Gesicht war ernst und ungeduldig. Er lachte nicht, und er brachte auch den anderen Mann nicht zum Lachen.

»Bist du sicher?«, fragte ich Adam.

Ich musterte den Mann eingehend und versuchte, ihn mit dem zur Deckung zu bringen, der an den Wochenenden in unserem Fernseher zu sehen war. Der Mann im Fernseher war herzlich und großzügig, aber dieser da trug nicht mal die typische Brille, die in der Tricksequenz des Vorspanns wie rasend rotierte.

»Das muss er sein«, sagte Adam B und spähte angestrengt.

»Komm, wir klopfen an die Tür«, schlug ich vor.

»Ja, gute Idee.«

Wir betätigten den schweren Türklopfer und sahen einander an wie Bankräuber. Eigentlich konnten wir nicht glauben, dass wir es wirklich getan hatten. Das Glas im Fenster der Tür war geriffelt, sodass man kein Gesicht erkennen konnte, nur eine sich nähernde Gestalt. Ich hielt den Atem an. Oh mein Gott, oh mein Gott, oh mein Gott.

Die Tür schwang auf, aber da stand nicht Ronnie Barker, sondern eine Frau. Sie sah uns verblüfft an.

»Wohnt hier Ronnie Barker?«, platzte Adam B heraus.

»Ja«, sagte die Frau.

»Können wir ihn sprechen?«

»Tut mir leid«, sagte die Frau, »aber er empfängt keine Leute an der Tür.«

In diesem Augenblick fiel mir aus irgendeinem Grund Dads Foto von Danny Kaye mit der schön geschwungenen, in Tinte ausgeführten Unterschrift ein.

»Aber wir wollen ihn nur um ein Autogramm bitten«, sagte ich.

»Tut mir leid. Nicht an der Tür. Unmöglich. Warum schreibt ihr ihm nicht?«

Ich versuchte, an der Frau vorbeizusehen für den Fall, dass Ronnie Barker in die Eingangshalle trat und seine Politik änderte, doch schon war die Tür wieder geschlossen. »Na ja«, sagte ich zu Adam B, als wir zu seinem Haus zurückgingen, »wenigstens haben wir ihn gesehen.«

»Ja, aber er sah komisch aus«, sagte Adam. »Überhaupt nicht berühmt.«

Abends erzählte ich meiner Mutter davon und rechnete mit Fragen: Warum hatte uns kein Erwachsener begleitet, und war das nicht gefährlich gewesen? Stattdessen sagte sie: »Ach, mir gefällt Ronnie Barker. Er ist sehr intelligent. Du solltest tun, was die Frau gesagt hat: Schreib ihm einen Brief. Schreib ihm, wie sehr dir seine Sendung gefällt.«

Also brachte ich es zu Papier. Wenn ich den Mann schon nicht persönlich kennenlernen konnte, wollte ich wenigstens etwas Schriftliches von ihm.

*Lieber Ronnie Barker,*

*ich war einer der Jungen, die heute an Ihre Tür geklopft haben. Könnten Sie mir bitte ein Autogramm von Ihnen schicken? Ich würde es so gern haben. Ich finde, Sie sind einer der witzigsten und intelligentesten Menschen im Fernsehen. Meine ganze Familie sieht jeden Samstag Ihre Sendung.*

*Mit hoffnungsvollen Grüßen*

*Adam Andrusier*

Mum warf den Umschlag am nächsten Tag in den Briefkasten.

Am Abend schob ich eine Betamax-Kassette mit einer Episode von *The Two Ronnies* in den Videorekorder. Während ich die albernen Sketche sah, dachte ich an meinen Brief und spürte zwischen Ronnie Barker und mir eine besondere Verbindung, die mich von meinen Eltern und meiner Schwester unterschied. Es war, als gehörte er jetzt mir – nicht mehr ihnen oder dem ganzen Land. Ich hatte das überwältigende Gefühl, dass ich etwas Erstaunliches in Gang gesetzt hatte.

Der Briefträger kam jeden Tag zur selben Zeit, nämlich um acht, kurz bevor ich zur Schule musste. Während mein Vater vor dem Spiegel an der Garderobe energisch seine Korkenzieherlocken bürstete und meine Schwester ihre Locken im Badezimmer föhnte, stellte ich mich ans Erkerfenster und hielt Ausschau nach einem roten Fleck: der Schultertasche des Briefträgers, der gleich am Ende unserer Straße auftauchen würde. Ich duckte mich, während er sich Haus für Haus vorarbeitete und schließlich zu unserem kam. Die Klappe am Briefschlitz klickte, und ich rannte zur Tür und sah die Rechnungen und langweiligen Briefe durch, die allesamt für meine blöden Eltern waren. Jeden Tag dasselbe, jeden Tag nichts.

Am vierten Tag klickte die Klappe, und ein handschriftlich an mich adressierter Umschlag fiel durch den Schlitz. Es war der, in dem ich meinen Brief an Ronnie Barker geschickt hatte;

jemand hatte seine Adresse durchgestrichen und durch meine ersetzt. Ich riss ihn auf, und ein kleines Farbfoto fiel auf den braunen Teppich. Ich hob es auf und drehte und wendete es im Licht, wie mein Vater es mit seinen Spezialfotos machte. Es zeigte Ronnie Barker mit seiner typischen Brille, verrückt grinsend, genau wie im Fernsehen. Darauf war mit schwarzer Tinte geschrieben: »Für Adam, mit besten Wünschen, Ronnie Barker«.

»Ach, das ist ja wirklich nett von ihm«, sagte Mum. »Wenn man bedenkt, dass du einfach an seine Tür geklopft hast.«

»Erstaunlich«, sagte mein Vater und blinzelte, war aber nicht bei der Sache.

»Bist du nicht überrascht, dass er mir ein Foto geschickt hat?«, fragte ich ihn.

Ich wollte, dass er mich ansah, aber er kramte hektisch in seiner Aktentasche.

»Entschuldige«, sagte er, »aber *das* musst du dir unbedingt ansehen.«

Er zog das große Foto von Danny Kaye als Hans Christian Andersen aus der Aktentasche, doch anstelle des Gesichts von Danny Kaye war nicht, wie erwartet, das von Dad, sondern meins.

»Na, wie findest du das?«, sagte Dad und verkniff sich ein Lachen.

Eine leichte Übelkeit befiel mich. Ich zwang mich zu einem Lächeln. Mein einmontiertes Gesicht grinste gezwungen zurück. Ich wusste genau, wo dieses Foto entstanden war: unter dem Arc de Triomphe, bei fünfunddreißig Grad im Schatten. Wir hatten jeglichen Lebenswillen verloren, doch mein Vater hatte ein Bild nach dem anderen geknipst. »Noch eins! Da drüben. Noch eins. Ich will das dokumentieren!«

# BIG DADDY

HOTEL MONTFLEURY

To Adam
From
Big Daddy

25, AVENUE BEAUSÉJOUR, 06409 CANNES • TÉLÉPHONE: (93) 68.91.50 • TÉLEX: 470039

Nach einer Weile wurde ich sehr wütend.
Das Verlangen, mich zu wehren,
wurde überwältigend.

BIG DADDY

Die ganzen Achtzigerjahre hindurch litt mein Vater an chronischer Sechzigerjahre-Manie. Die Profumo-Affäre, Yoko Onos verhängnisvolles Erscheinen und der frühe Tod von Eddie Cochran gehörten zu den großen Themen seines Lebens. Er sprach ständig von dieser Zeit. »Wisst ihr noch …?«, fragte er seine Freunde. Unsere Partys standen unter Themen aus den Sechzigern, und immer gab es ein Rock-'n'-Roll-Quiz.

Mit unserem Betamax-Rekorder nahm mein Vater alles auf, was über diese Zeit im Fernsehen kam, unter anderem die mehrteilige Dokumentation *History of Rock 'n' Roll*, die sich die ganze Familie ansah. Dad machte erläuternde Anmerkungen. An den Wochenenden legte er Musik aus den Sechzigern auf und machte zuckende Gesten in Richtung meiner Mutter. Wenn unsere Eltern tanzten, verzogen meine Schwester und ich das Gesicht und verdrehten die Augen. Dad fuhr sich mit einer Hand durch die Locken, strich mit der anderen über seinen mickrigen Bauch und bewegte sich, als wäre er ein Huhn.

Im Volvo, auf dem Weg zur Schule, kam er besonders in Fahrt. Er zwang uns, seine Lieblingssongs aus der Hitparade zu hören, und strich mir über die Wange. »Gefällt dir das, Adam Doobie-Doobie-Doobs?«, fragte er. Ich nickte und schob eine meiner eigenen Kassetten mit den Eurythmics oder Prince oder dem »Free Nelson Mandela«-Konzert ein, aber davon wollte Dad nichts wissen.

»Nicht mein Ding«, sagte er und drückte die Eject-Taste.

Dann fummelte er eine von seinen Kassetten heraus und schob sie ins Tape Deck, und gleich darauf kam aus den Lautsprechern eine stotternde Stimme, die irgendwas von einem hübschen Mädchen namens Peggy Sue sang. Dad wippte mit dem Kinn.

»Buddy Holly ist bei einem Flugzeugabsturz ums Leben gekommen. So tragisch. Ich erinnere mich, als wäre es gestern gewesen.«

In Verkehrsstaus in Kenton hörten meine Schwester und ich Vorträge über die Kubakrise, den Sechstagekrieg und Kennedys Ermordung. Außerdem erfuhren wir, wie arm Dads Familie gewesen war, dass er auf dem Wohnzimmersofa geschlafen hatte und dass sie einmal sogar zwangsgeräumt worden waren. Und jetzt – ja-haa! – fuhr er einen Volvo 760 mit elektrischem Schiebedach und Sitzen, die warm wurden, wenn man auf den roten Knopf drückte. Wir fuhren mit heruntergekurbelten Fenstern den Hendon Way hinunter und beschallten die Umgebung mit »Love Potion Number Nine«.

»Wohin sollen wir dieses Jahr in den Sommerferien fahren, Doobs?«, fragte Dad.

»Nach Kalifornien!«

Ich dachte an die Pappfiguren von Charles und Diana auf der Hutablage unseres Mietwagens und an die Leute, die gesagt hatten: »Mein Gott – was für ein Akzent!« oder: »Und wie ist der Londoner Nebel in letzter Zeit?«, Einer hatte wissen wollen, ob wir Patrick Macnee aus *Mit Schirm, Charme und Melone* kannten. »Nicht persönlich, aber wir wissen, wer er ist«, hatte Dad gesagt und mit dem Zeigefinger gefuchtelt. Dann die Bootsfahrt in Disneyland, wo am Ufer singende und tanzende Gestalten verschiedener Nationalitäten gestanden hatten. Meine Schwester und ich hatten uns gefühlt wie ein König und seine Königin bei der Besichtigung ihres Reichs. »Es ist eine Welt voller Lachen, eine Welt voller Tränen, es ist ja doch eine kleine Welt«, hatten unsere Untertanen gesungen.

Als wir durch den Kreisverkehr am Northwick Park fuhren, lachte Dad und sagte: »Du möchtest da noch mal hin?«

»Ja! Machen wir das?«

»Mal sehen.«

Ich schloss die Augen, hörte die Musik und hatte das Gefühl, dass ich Anteil an Dads neuem, luxuriösem Lebensstil hatte und von jetzt an alles immer prima sein würde – solange nur Yoko Ono nicht auftauchte und alles den Bach runterging.

*

Mein Vater war Finanzberater und vermittelte Lebensversicherungen, was bedeutete, dass er den Leuten verriet, wie sie gegen ihren Tod wetten konnten. Er konnte zwar nicht machen, dass man nicht starb, aber er konnte den finanziellen Schaden mindern, sofern es einem nichts ausmachte, dass man bei der Auszahlung der Summe bereits tot war. »Ich weiß nur«, sagte er, »dass ich eine Menge Briefe von Witwen kriege, die mir danken, weil ich ihren verstorbenen Mann so gut beraten habe.«

Sein Büro war in der Regent Street, über einem Juweliergeschäft. In den Schulferien verbrachte ich dort immer wieder mal einen Tag. Dad kam rein und schwenkte einen Stapel Postkarten mit nicht mehr existierenden Synagogen. Er strich den Sekretärinnen über die Wange, erzählte einen schlechten Witz über einen Engländer, einen Iren und einen Schotten und wandte sich dann an seine Hauptsekretärin Trisha: »Würden Sie bitte Tee machen, Bubbles?« Sie riss die Augen auf, als er ihr ebenfalls über die Wange strich. Ich nickte ihr hinter seinem Rücken aufmunternd zu: *Sei stark, Trisha – wir stehen das gemeinsam durch.*

Worauf er sich umdrehte und auch mir über die Wange strich, als wäre ich ein Hamster, während Trisha wissend nickte.

»Das ist mein Sohn«, verkündete Dad seinen Angestellten. »Mein *Sohn!*«

»Das wissen wir, Adrian«, sagten sie. »Wir kennen ihn ja.«

An den Wänden seines Büros hingen zahlreiche ausgeblichene Cartoons, in denen Witze über das Sterben gemacht wurden, auf dem Schreibtisch lagen Papiere und verschiedene Taschenrechner herum, und außerdem stand da ein Bilderrahmen mit gesprungenem Glas und einem Foto von Dad als Charlton

Heston in seiner Rolle als Moses, der die Tafeln mit den Zehn Geboten in Empfang nimmt. Was einem aber am meisten ins Auge sprang, waren die Akten. Sie waren in Großbuchstaben mit den Namen der Klienten beschriftet und stapelten sich überall: auf dem Boden, den Fensterbrettern und den Stühlen, auch auf dem, der eigentlich für Klienten bestimmt war. Wenn das Arbeitszimmer meines Vaters zu Hause an Dresden nach der Bombardierung erinnerte, dann beschwor sein Büro die Staubwüste von Hiroshima herauf.

»Wo ist die Akte Howard Spiegel?«, rief Dad.

»Vielleicht ist sie unter denen hier.« Die verzweifelt wirkende Trisha erschien mit einem Stapel weiterer Akten.

»Sie ist nicht da!«, rief Dad und setzte seine fieberhafte Suche fort. »Ah – schon gut, Bubbles. Ich hab sie.«

In den Ferien einen Tag in seinem Büro zu verbringen, wurde mir als »Spaß« verkauft, doch sobald wir es betraten, vergaß er, dass ich existierte. Ich war mir selbst überlassen, während er sich in seinem Chefsessel hin und her drehte oder mit großer Gebärde Dokumente unterschrieb. Ich fand, dass meine Schwester Ruth es besser hatte: Sie saß gemütlich in unserem Wohnzimmer und las Dickens, während meine Mutter um sie herum staubsaugte.

Manchmal erschien ein geschniegelter Klient zu einem Termin, lächelte, schüttelte Dad die Hand und sagte: »Wie geht's, Adrian?« Dad erzählte denselben Witz, den er vorher den Sekretärinnen erzählt hatte, zeigte dann auf mich und sagte: »Das ist mein Sohn.« Ich lächelte kurz, und dann verschwanden sie in Dads Büro. Wenige Sekunden später drückte er auf eine Taste an seinem Telefon und sagte: »Bubbles, könnten Sie mir bitte einen aktuellen Überblick über Mr Goldfarbs Lebensversicherung geben?« Ich sah, wie sie beim Klang seiner Stimme die Augen verdrehte und dann in sein Büro ging, auf dem Gesicht ein Lächeln, als würde sie für eins seiner Fotos posieren.

Dad musste Trisha von der Ronnie-Barker-Sache erzählt haben, denn sie hatte eine Idee, wie ich an weitere Autogramme kommen konnte. Sie ging die Anzeigen im *Evening Standard* durch, um zu sehen, welche Schauspieler in welchem Theater auftraten.

»Du kannst ihnen schreiben und den Brief an die Adresse des Theaters schicken«, sagte sie.

»Aber können Sie mir sagen, welche davon wirklich berühmt sind?«

»Du bist der Sohn vom Boss«, sagte Trisha und zwinkerte mir zu. »Ich werde mein Bestes tun.«

Wir wurden bald von Dads Stimme unterbrochen, die irgendetwas von dauerhafter und vollständiger Berufsunfähigkeit rief, und Trisha sagte: »Tut mir leid, Schätzchen, dein Vater braucht mich«, und verschwand. Danach setzte sie sich wieder an ihren Tisch und schrieb hundert Wörter pro Minute; dabei trug sie Kopfhörer, damit sie die aufgezeichnete Stimme meines Vaters hören konnte. Manchmal schüttelte sie die Hände aus. Ich schrieb inzwischen mit der Hand einen Brief nach dem anderen an Schauspieler, von denen ich noch nie gehört hatte. Im Grunde langweilte ich mich zu Tode. Trisha tippte, und mein Vater sprach noch mehr Briefe auf sein Diktiergerät. Punkt. Neuer Absatz.

Zur Mittagszeit fiel Dad ein, dass es mich gab. Er streckte den Kopf durch die Tür seines Büros und grinste. »Na, Adam Doobie-Doobs? Lust auf einen Spaziergang zur Carnaby Street, mein Sohn?«

Wir schlenderten durch die Regent Street, und er sagte, wie gut es sei, sein Büro mitten in der City zu haben. Und eines Tages würde ich ja vielleicht in die Firma eintreten, oder?

»Nicht mein Ding.«

»Na ja, du bist noch jung, Doobs. Bis dahin ist noch eine Menge Zeit. Wer weiß, was für eine Laufbahn du mal einschlagen wirst? Ich hätte, ehrlich gesagt, auch was ganz anderes werden können als Versicherungsmakler. Ich wäre zum Beispiel ein sehr guter Filmregisseur geworden.«

In der Carnaby Street schüttelte er den Kopf über T-Shirts mit Hitlers Gesicht – »World Tour 1939–1945« – und runzelte die Stirn beim Anblick der Punks mit hohen Schnürstiefeln, Piercings und kreischbunten spitzen Frisuren.

»Die erinnern mich an Toyah«, sagte ich und dachte an das gruselig orangerote Haar, das ich in *Top of the Pops* gesehen hatte.

»An wen?«

»Toyah, Dad. Kennst du sie nicht? Sie ist ein berühmter Popstar.«

»Ach, ich interessiere mich nicht für Popmusik«, sagte Dad. »Aber da fällt mir ein: Hast du mal von einer Band namens Thompson Twins gehört?«

»Die Thompson Twins? Na klar.«

»Tja, Tony Smith, ein Buchhalter, mit dem ich befreundet bin, kommt nächste Woche mit ihnen vorbei und stellt mich ihnen vor, für den Fall, dass sie eine Versicherung wollen. Ich könnte sie um ihre Autogramme bitten. Ich würde dir gern helfen, eine Sammlung aufzubauen.«

»Wirklich? Das wäre toll!«


Ich vergaß die Sache mit den Thompson Twins, weil ich so damit beschäftigt war, an Schauspieler zu schreiben, von denen ich noch nie gehört hatte. Ich schrieb an Leute, die Alan Bates hießen, Ben Kingsley, Michael Gambon, Helen Mirren, Antony Sher oder Bonnie Langford. Ich schrieb so viele Briefe, dass ich wie Trisha einen Krampf in der Hand kriegte und innehalten musste, um meine Finger zu massieren.

»Ich hab dir was mitgebracht«, sagte Dad eines Abends.

Aus einer Plastiktüte zog er eine bunte Schallplatte. Auf dem Cover waren die Thompson Twins aus verschiedenen Perspektiven dargestellt, wie Figuren in einer Dr.-Seuss-Geschichte, und jeder hatte mit silbriger Tinte unterschrieben und persönliche Worte an mich hinzugefügt.

»Wow! Danke.«

Ich konnte nicht glauben, dass mein Vater diese Leute kannte und dass sie für mich unterschrieben hatten. Ich starrte auf die Schrift – »Alles Gute« und »Viel Spaß« –, als wären es uralte Runen, die erst entziffert werden mussten.

»Ich muss sagen, ich hätte nicht gedacht, dass es drei sind«, sagte Dad. »Keine Ahnung, warum sie sich als Zwillinge bezeichnen.«

Die Autogramme waren nicht nur eine aufregende Ergänzung meiner noch kleinen Sammlung, es war auch meine erste Schallplatte, und ich hörte sie die ganze Zeit. Ich achtete genau auf die Klavierakkorde, den rumpelnden Bass und die mit Hall unterlegten Kastagnetten der Einleitung, bevor der Gesang begann: »Hold me now, warm my heart, stay with me, let loving start«. Ich hatte keine Ahnung, worum es ging, aber das machte nichts. Die Frau mit dem kahl rasierten Schädel sei die Freundin von dem mit dem braunen Stachelhaar, erklärte Dad, und ich fragte mich, ob die beiden vielleicht eine gemeinsame Rentenversicherung abgeschlossen hatten. Der mit dem schwarzen Stachelhaar interessierte sich vermutlich für eine Krankenzusatzversicherung.

»Sie mochten mich«, sagte Dad.

Wenig später kam mein Vater mit erstaunlichen Neuigkeiten nach Hause. Die Thompson Twins mochten ihn tatsächlich, denn sie hatten ihn und meine Mutter zu einer Party auf dem Land eingeladen.

»Ich komme nicht mit«, sagte Mum. »Ich habe keine Lust, die Frau des Versicherungsmaklers zu sein.«

»Ach, komm schon, Lo-lo. Es wird bestimmt schön.«

»Kannst du mir Autogramme mitbringen?«, rief ich. »Es werden doch jede Menge Popstars da sein.«

»Ja, wahrscheinlich«, sagte Dad. »Ich werde es versuchen.«

*

Als der Abend der Party näher rückte, entwarf ich einen genauen Plan, der im Grunde darauf hinauslief, dass mein Vater sich durch die Menge der Partygäste arbeiten und jeden wichtigen Menschen um ein Autogramm bitten musste. Ich gab ihm Tipps, wie er sich in eine Unterhaltung zwischen Berühmtheiten einschalten konnte.

»Enttäusch mich nicht«, sagte ich.

Es schien ungerecht, dass Mum und Dad in ihrem Volvo zu einer Popstar-Party auf dem Land fahren durften, während Ruth und ich mit dem Babysitter Monopoly spielen und die *Saturday Show* sehen mussten, wo Big Daddy den ebenso großen Giant Haystacks im Wrestlingring verprügelte, gefolgt von *3-2-1*, wo die Kandidaten es mit einem als Mülltonne verkleideten Roboter zu tun bekamen. Aber ich ging an jenem Abend ohne Murren zu Bett, denn ich konnte es kaum erwarten, am nächsten Morgen aufzuwachen und zu sehen, was mein Vater mir mitgebracht hatte.

»Es war unglaublich«, sagte Dad. »Es gab Jongleure und Zauberer und Liliputaner, die Drinks serviert haben, und ein Feuerwerk und lauter so Zeug. Ich glaube, ich habe noch nie ein so großes Haus gesehen. Mummy fand es übertrieben, aber mir hat es gefallen.«

»Und wer war alles da? Welche Popstars?«

»Einer hieß George. Mit Nachnamen.«

»Etwa *Boy* George?«, keuchte ich. »Hast du sein Autogramm?«

»Ja, genau – Boy George. Und Lionel Richie war auch da. Und eine Mädchenband.«

»Welche?« In Gedanken sortierte ich all diese neuen Autogramme bereits in mein Sammelalbum ein.

Dad rief Mum, die noch im Bett lag, zu: »Anna, wie hieß noch mal diese Mädchenband?«

»Bananarama«, rief Mum zurück.

Jetzt kam sogar meine Schwester, einen Charlotte-Brontë-Roman in der Hand, aus ihrem Zimmer.

»*Bananarama?*«, kreischten wir.

»Die kenne ich nicht«, sagte Dad.

»Also, hast du mir Autogramme mitgebracht? Zeig sie mir – bitte!«

»Ach, es tut mir leid«, sagte Dad traurig. »Ich hab's nicht geschafft. Ich hab versucht, an Lionel Richie ranzukommen, aber es war einfach unmöglich. Ich war mir auch nicht sicher, wer Boy George war. Und einmal stand ich zwar direkt neben den Bananaramas, aber ich habe erst später erfahren, wer sie waren. Tony Smith hat's mir gesagt, der Buchhalter der Thompson Twins.«

Ich war am Boden zerstört. Eine erstklassige Gelegenheit – und mein Vater hatte es versiebt. Ich stellte mir vor, wie er sich auf der Party mit langweiligen Buchhaltern über Rentenpläne und Yoko Ono unterhalten hatte, während ringsum wild gefeiert wurde. Ich verstand nicht, warum er sich nicht ein bisschen mehr angestrengt hatte. Und als ich mir jetzt meinen Vater auf der Party der Thompson Twins vorstellte, kam er mir anders vor. Kleiner.

\*

Nicht viel später, während eines einwöchigen Urlaubs in Südfrankreich, machte ich die persönliche Bekanntschaft des berühmtesten Menschen aller Zeiten. Ruth und ich schwammen im Swimmingpool, als ich einen riesigen Mann bemerkte, der auf einem der Balkone energische Übungen machte. Er war dick und blond, und sein Kopf wippte auf und ab. Er sah wahnsinnig stark aus. Und er kam mir bekannt vor. Als er eine Pause machte, fiel es mir ein.

»Oh mein Gott!«, rief ich. »Das ist Big Daddy!«

Wir starrten eine Weile hinauf, aber er ging wieder in sein Zimmer und verschwand. Er sah noch viel stärker aus als im Fernsehen, und ich fragte mich, wie mein Vater in einem Kampf mit ihm abschneiden würde. Big Daddy würde ihn vermutlich einfach in der Mitte durchbrechen.

Meine Mutter schlug vor, ich solle einen Bogen Hotel-Briefpapier und einen Stift bereithalten für den Fall, dass Big Daddy an den Pool kam. Etwas später erschien er tatsächlich. Er wirkte riesig und war wirklich sehr dick und hatte den Gang eines Titanen. Sein Bizeps war mindestens dreimal so groß wie der meines Vaters, und die enorme Badehose spannte sich über der gewaltigen Wölbung seines Bauches. Als er ins Wasser ging, gab es eine Welle, als wäre er ein Nilpferd. Ich hielt Papier und Stift bereit und war sehr aufgeregt bei dem Gedanken, dass ich in wenigen Augenblicken diesen Megastar ansprechen würde … Ich wollte nicht wie mein Vater auf der Party der Thompson Twins sein. Ich musste es schaffen.

Schließlich war der Wrestler genug geschwommen und stieg langsam aus dem Pool.

»Sind Sie Big Daddy?«, fragte ich ihn.

»Zur Buße für meine Sünden«, sagte er und lächelte. »Wie heißt du?«

»Adam. Kann ich Ihr Autogramm haben?«

»Klar. Ich nehme deinen Rücken als Unterlage.«

Ich drehte mich um, und der riesige Mann legte das Papier auf meinen Rücken und schrieb etwas darauf. Dann sagte er: »Bitte sehr.«

Er hatte geschrieben: »Für Adam von Big Daddy.«

Ich rannte zu meinen Eltern zurück und schwenkte dabei das Papier, als wäre es ein goldenes Wonka-Ticket.

»Seht ihr?«, sagte ich und versuchte, den Blick meines Vaters aufzufangen. »*So* macht man das!«

»Wunderbar«, sagte Mum und sah von ihrem lateinischen Kreuzworträtsel auf. »Gut gemacht!«

»Ich hab ein paar Fotos geschossen«, sagte Dad und tätschelte die Kamera, die neben ihm lag. »Mein Gott, der Mann ist gigantisch. Wenn er nicht aufpasst, wird er einen Herzanfall kriegen.«

»Vielleicht solltest du ihm eine Lebensversicherung verkaufen«, sagte Mum leise.

Dad rückte seinen schlanken, sehnigen Körper auf dem Liegestuhl zurecht und lächelte in die Sonne. »Da fällt mir ein Witz ein: Wie nennt man eine Frau, die immer weiß, wo ihr Mann ist?«

»Keine Ahnung«, sagten wir.

»Witwe.«

Dad grinste und klopfte mit der flachen Hand auf seine nackte Brust.

»Den Witz habe ich schon mindestens hundertmal gehört«, sagte Mum.

»Zu meiner Zeit ging es ja mehr ums Boxen«, fuhr Dad fort, als würde er die Frage eines Interviewers beantworten. »Henry Cooper gegen Muhammad Ali 1963 – was für ein Kampf! An Wrestlingkämpfe kann ich mich eigentlich gar nicht erinnern.«

Ich versuchte, meinen Vater auszublenden, indem ich mich auf die Handschrift und die Worte auf dem Papier konzentrierte.

»Ach ja, Doobs«, sagte Dad, wandte sich zu mir und senkte die Stimme, »du weißt ja, dass Big Daddy gar nicht sein richtiger Name ist, oder? Eigentlich heißt er Shirley Crabtree. Shirley! Ist das zu glauben?«

»Tja«, sagte ich, »fast so schlimm wie Adrian.«

»Adrian ist doch nicht schlimm, oder?« Dad schien plötzlich besorgt und setzte sich halb auf.

»Es ist nicht der allerbeste Name«, sagte Mum.

Aber Big Daddy war nicht Shirley Crabtree. Er war Big Daddy. Er sah aus wie Big Daddy, er benahm sich wie Big Daddy, und er hatte seinen Namen auf mein Stück Papier geschrieben. Ich hatte es geschafft, eine Verbindung zwischen unserer Welt und dem Paralleluniversum herzustellen, in dem all die Berühmtheiten lebten, und das wollte ich mir von meinem Vater nicht kaputtmachen lassen. Und ganz bestimmt wollte ich nicht auf einem Bürosessel enden, wo ich mich hin und her drehte, irgendwas ins Diktiergerät sprach, sinnlose Briefe verschickte und Sachen sagte, bei denen die Sekretärinnen die

Augen verdrehten. Während des restlichen Urlaubs dachte ich immer wieder an diese zufällige Begegnung am Pool. Und ich wusste, wenn wir wieder zu Hause waren und Dad sich mal wieder an den Sechzigern festgebissen hatte und »California Dreamin'« leiser stellte, um uns zu sagen, Mama Cass sei an einem Schinkensandwich erstickt, dann würde ich jetzt eine eigene Geschichte haben, die ich eines Tages meinen Kindern erzählen könnte – eine Geschichte aus den Achtzigern.

# SINATRA

*Frank Sinatra*

Es ist seltsam, aber ich habe das Gefühl,
dass die Welt, in der wir leben, von uns verlangt,
dass wir uns in ein Muster fügen, das ihr entspricht
und letztlich nur ein Abklatsch von ihr ist.

FRANK SINATRA

Als Adam Brichtos schlecht geworfener Dartpfeil die Synagoge von Esztergom durchbohrte, verbannte mein Vater uns in die Garage. Er hängte die Scheibe zwischen Kisten voll Geschirr, Kerzenleuchtern und wertlosen Töpfen auf.

»So, jetzt könnt ihr euch austoben«, knurrte er und machte sich an die Reparatur seiner geschändeten Synagoge.

Adam und ich warfen ein paar Zweier und Dreier und verfehlten erneut das Brett. Einer der Pfeile landete in einem Müllsack in der Ecke. Als Adam B ihn holen wollte, entdeckte er einige der größten je gedruckten Brüste, Schwänze und Arschbacken.

»Mein Gott, was ist *das* denn?«, rief er und hielt ein Foto hoch, auf dem eine Frau ihre riesigen Brüste neben ihre Wangen hob, sodass sie aussahen wie zwei monströse Ohrringe.

Ich wollte sehen, was ihn so aufgeregt machte.

»Warum sitzt die Krankenschwester auf dem Gesicht von dem Patienten?«, fragte ich.

Wir blätterten in einer sehr farbigen Zeitschrift namens *Barely Eighteen*. Ich selbst war zwar kaum elf, aber ziemlich sicher, dass so etwas nicht zur üblichen Behandlung von Kranken gehörte.

»Irre«, sagte Adam kichernd. »Bei manchen gibt's auch eine Geschichte – hier.«

Wir lasen gemeinsam und taten unser Bestes, uns auf die Handlung zu konzentrieren. Eine war echt spannend, da ging es um zwei Frauen – Freja und Laura –, die von zwei wildfremden Männern eingeladen wurden und einen wunderschönen Tag in den Tivoli Gardens verbrachten, bevor sie in Frejas Wohnung zurückkehrten und sich in den nächsten drei Stunden »von Björn und Sven so oft ficken ließen, dass der Saft an ihren Beinen hinunterlief, auf ihre Höschen tropfte und alles mit klebriger Schmiere überzog«.

»Mann«, sagte Adam B und blätterte in einem roten Büchlein. »Sieh dir das an. Zwei Männer pinkeln der Frau in den Mund!«

»Ui«, sagte ich. »Und das macht ihr Spaß?«

»Sie sieht jedenfalls ziemlich zufrieden aus.«

»Das ist bestimmt gespielt«, sagte ich. »Aber die hier ist echt. Sieh mal.«

Eine Frau in mittleren Jahren grinste wie eine Lotteriegewinnerin, während eine andere eine Gurke in sie hineinschob.

»Du hast recht«, sagte Adam B. »Die ist begeistert.«

»Schnell, pack das wieder ein«, sagte ich. »Da kommt meine Mum.«

In den nächsten sechs Monaten gingen Adam B und ich jedes Mal, wenn er mich besuchte, in die Garage, um Dartpfeile zu suchen und auf Fotos von Orgien, Analstöpseln und gemischten Doppeln zu starren. Als Frejas und Lauras Tivoli-Eskapaden begannen, uns zu langweilen, entdeckten wir andere Geschichten. Zum Beispiel die von einer Nonne, deren Beichte binnen Kurzem zu einem Dreier mit ihrem Beichtvater und dem Chorleiter führte.

»Gespielt«, sagte Adam B und zeigte auf die seltsam geblähten Nasenflügel der Nonne.

»Ich weiß nicht«, sagte ich. »Fifty-fifty. Ihre Augen lächeln.«

Ich wusste nicht genau, warum wir uns diese Bilder ansehen wollten, und war zurückhaltend, nicht zuletzt, weil diese Frauen Dinge taten, die meine Mutter missbilligt hätte. Sie missbilligte sogar, wenn sich Leute im Fernsehen küssten. »Was mich daran stört, ist, dass sie nur so tun«, sagte sie dann. »Sie sind eben Schauspieler.« Dad zuckte die Schultern und widersprach: »Das kann man nicht wissen. Vielleicht gefällt es ihnen.« Aber meine Mutter schaltete auf ein anderes Programm um. Wenn sie nicht wollte, dass Dad küssenden Paaren zusah, würde sie, nahm ich an, erst recht nicht wollen, dass er sich Fotos von Frauen ansah, die schwarze Penisse vermaßen.

Ich kam zu dem Schluss, dass mein Vater das Vertrauen

meiner Mutter missbrauchte und gegen ihre Regeln verstieß. Wie ein Amateurdetektiv begann ich, ihn zu beobachten und nach anderen Anzeichen für Heimlichkeiten zu suchen. Er bewahrte die Reserve-Glühbirnen in der Garage auf? Wem wollte er was vormachen? Ich registrierte das Zucken seiner Schultern, wenn im Autoradio *Sexual Healing* lief. Ich durchsuchte seinen Nachttisch und hielt Schokoriegelverpackungen gegen das Licht, um zu sehen, ob da vielleicht geheime Nachrichten von Pornostars standen. Aber neben der Detektivarbeit fand ich Zeit, in der Garage an der Dartscheibe zu üben.

*

Mitte der Achtzigerjahre war ich die Theaterschauspieler leid. Gelegentlich machte man mir andere Vorschläge: Ich solle doch an Jimmy Savile im Stoke Mandeville Hospital oder an Rolf Harris im Norfolk and Norwich Hospital schreiben, wo sie kranke Kinder aufmunterten. Rolf schickte mir eine Zeichnung, die ihn als Känguru darstellte, und von Jimmy bekam ich einen netten Brief, in dem er das S in seinem Namen als Dollarzeichen schrieb. Diese Erfolge waren schön, aber ich wollte mein Netz weiter spannen. Das Problem war: Wie sollte ich an Adressen kommen? Ich konnte ja nicht darauf warten, dass mir die Berühmtheiten an einem Swimmingpool in Südfrankreich über den Weg liefen.

Eines Tages hatte Dad eine Idee. Er verschwand in seinem Arbeitszimmer und kehrte, nachdem er ächzend und stöhnend Papier umgeschichtet hatte, mit einer farbig illustrierten Broschüre zurück. Ich zuckte zusammen: Das Cover sah aus wie das von *Color Climax*. Es war allerdings eine »Beverly Hills Star-Karte«.

»Die hatte ich ganz vergessen«, sagte er strahlend. »Könnte nützlich sein.«

Sie war mehr als nützlich, denn sie war mit kleinen Sternen versehen, die einem genau verrieten, wo die alten Stars wohnten. Mir fiel ein, dass wir sie bei unserem Urlaub in Kalifornien benutzt hatten. Wir hatten die sorgsam gestutzten Hecken vor Gene Kellys Haus gesehen und einen Mann in einem Overall, der bei den Spielbergs eine Topfpflanze abgeliefert hatte. Bis auf eine abgerissene Ecke war alles da, und jetzt wusste ich, wo ich meine Berühmtheiten finden konnte.

Eine Welle von bewundernden Briefen brach über Beverly Hills herein.

»Wer ist Fred Gwynne?«, fragte ich Dad. Dazu musste ich allerdings die Supremes übertönen. »Ist er berühmt?«

»Ja. Der hat in *Die Munsters* mitgespielt.«

»Und wer ist Dick Sargent? Und Dom DeLuise?«

»Die beiden kenne ich nicht. Aber hast du mal daran gedacht, an James Cagney zu schreiben? Das ist ein großer Star! Oder Phil Silvers?«

Ein paar Wochen später kam mein erstes Hollywood-Autogramm, ein großes Foto des steinalten James Cagney, mit zittriger Hand signiert: »Für Adam, Jim Cagney«.

»Ist er das wirklich?«, sagte Mum zweifelnd. »Er sieht aus wie eine verschrumpelte Birne.«

»Immerhin ist er fünfundachtzig«, gab Dad zu bedenken.

Andere signierte Fotos kamen von James Stewart, Kirk Douglas und Gene Kelly; Lauren Bacall, Eva Marie Saint, Kim Novak und Hedy Lamarr schickten glamouröse Aufnahmen, auf denen sie lächelten.

»Oh, Lauren Bacall war hinreißend«, sagte Dad. »Und wusstest du, dass Hedi Lamarr die erste Schauspielerin war, die vollkommen nackt auf der Leinwand zu sehen war?« Er spitzte die Lippen und blinzelte heftig.

»Alles bloß gespielt«, lautete Adams Urteil, als er mich besuchte und mit dem Finger über die unbeschwert lächelnden Münder strich.

Mein größter Erfolg aber war der Megastar Frank Sinatra. Sein Haus stand nicht auf der Karte – vermutlich war es auf der abgerissenen Ecke –, und so adressierte ich meinen Brief einfach an »Frank Sinatra, USA«. Dad sagte, er werde nie im Leben ankommen. Doch Frank Sinatra erhielt nicht nur meinen Brief, sondern schickte mir auch ein Farbfoto, das ihn singend zeigte und auf das er mit silbriger Tinte geschrieben hatte: »Mit besten Grüßen, Frank Sinatra«. Mein Vater war sprachlos, und obwohl ich nie einen Sinatra-Film gesehen und keinen einzigen seiner Songs gehört hatte, wurde das zu meinem Lieblingsautogramm. Ich nahm es aus meinem Album und befestigte es mit Reißnägeln an der Wand meines Zimmers. Wenn Freunde meiner Eltern zu Besuch waren, sagte Dad: »Zeig ihnen den Sinatra, Doobs«, als wäre das Foto jetzt »unseres«.

Ich war zwar dankbar für die Autogramme, die ich bekam, dachte aber meist über die nach, die so unerreichbar schienen wie das des gemeinen alten Danny Kaye, der einfach nie antwortete, oder des Geizkragens Charles Schulz, der anscheinend zu beschäftigt war, um einen lausigen Snoopy für mich zu zeichnen. Auch Katharine Hepburn spielte nicht mit. Sie hatte eine blasierte Sekretärin, die mir schrieb: »Zu meinem Bedauern muss ich Ihnen mitteilen, dass Miss Hepburn keine Autogramme gibt oder verschickt.« Ich schrieb zurück und schilderte meine grenzenlose Bewunderung. Die Antwort lautete: »Leider gibt Miss Hepburn Autogramme nur Personen, die sie kennt.« Miss Hepburn kannte mich nicht? Ich hatte ihr neunmal geschrieben.

»Wenn du Adressen willst, warum versuchst du's dann nicht mal mit dem *Who's Who?*«, schlug einer von Dads Geschäftspartnern eines Abends vor und zerknickte dabei gedankenlos meinen Sinatra.

»Was ist das?«, fragte ich und entwand ihm das Foto.

»Ein großes rotes Buch«, erklärte Dad, »in dem die Biografien berühmter Leute stehen.«

Mein Vater hatte mir nicht gesagt, dass es ein Buch voller Adressen berühmter Leute gab?

»Tut mir leid, Doobs – hatte ich ganz vergessen.«

Stimmt, dachte ich. Aber das Abonnement von *Blutjung und heiß* hast du nicht vergessen.

Nach der Schule ging ich in die öffentliche Bibliothek und verbrachte Stunden damit, im *Who's Who* zu blättern und zu entscheiden, wer berühmt genug war. Ich wollte echte Größe, ich wollte die Wegbereiter, Menschen, die Geschichte gemacht und mehr getan hatten, als ihren Kindern eine Rente auf Lebenszeit zu sichern. Ich schrieb charmante Briefe und ging kreativ mit der Wahrheit um. Es konnte nicht schaden, mich jünger zu machen, als ich war – irgendwas zwischen acht und zehn –, und es war vermutlich hilfreich zu erwähnen, dass ich eine Karriere wie die der berühmten Person anstrebte. Für das Ende des Briefs hatte ich einen Killersatz: »Sie können sich wahrscheinlich nicht vorstellen, was es mir bedeuten würde, ein Autogramm von Ihnen zu haben.«

Signierte Fotos trafen ein: Neil Armstrong trug seinen Raumanzug, Eric Clapton liebkoste seine Gitarre, Michail Kalaschnikow hantierte mit der nach ihm benannten Waffe. An den Wochenenden zeigte ich Dad die Neuzugänge und legte sie ihm, seinen Zaubererstil imitierend, mit großer Gebärde einen nach dem anderen vor. Es machte ihn furchtbar nostalgisch, doch ich ließ ihm keine Zeit für seine üblichen Vorträge: fünf Sekunden pro Foto, zehn Sekunden für die Briefe von David Attenborough, Margot Fonteyn und General Pinochet, die allesamt entzückt waren, dass ich entschlossen war, ihnen beruflich nachzufolgen.

Dad fand die Sammlung, die ich mir aufbaute, immer aufregender und begann, unvermittelt irgendwelche Namen zu sagen. »Christine Keeler«, rief er aus dem Badezimmer. »Und was ist mit Evel Knievel?« Als planten er und ich, irgendwelche Berühmtheiten zu einer Party auf dem Land einzuladen, wo zwergwüchsige Schwertschlucker sie unterhalten würden, während wir mit Buchhaltern fachsimpelten.

Wenn der Briefträger um acht Uhr kam, hatte er jetzt fast immer etwas für mich dabei.

»Na ja – Kirk Douglas«, sagte ich dann und verzog das Gesicht.

»Hast du ihn schon?«, fragte Dad.

»Mein vierter. Der Mann unterschreibt einfach alles. Ich hatte auf den Papst gehofft.«

*

Am letzten Sonntag eines jeden Monats fuhr Dad zu Postkartenmärkten, um nach Fotos von Synagogen und herumstehenden Menschen zu suchen – jenem Teil seiner Sammlung, der den Titel »Jüdisches Straßenleben« trug. Der Markt fand in einem Hotel in Bloomsbury statt, und Dad musste ultrafrüh aufstehen, um seinen Hauptrivalen auszustechen. Den stellte ich mir als alten General mit Bajonett vor, bis Dad mir eines Tages erklärte, es sei ein praktischer Arzt aus Finchley und heiße Dr. Levy. Er besitze eine große Synagogensammlung und – mein Vater verzog das Gesicht – eine sogar noch größere Sammlung von Antisemitika. Gegen Mittag war Dad dann wieder zu Hause und brachte seltene Karten und Geschichten von erstaunlichen Preisirrtümern seitens der Händler mit.

»Manche von ihnen verkaufen Autogramme von Leuten, die schon tot sind«, sagte Dad mir eines Sonntags mit einem gewissen Funkeln in den Augen. »Und es gibt einen Händler namens Sig Bernstein, der sich auf Autogramme *spezialisiert* hat – hauptsächlich ältere Hollywoodsachen. Komm doch nächsten Monat mit und zeig ihm deine Sammlung.«

Autogramme von Toten – das war eine interessante Sache. Nicht zuletzt, weil mir die Lebenden, denen ich schreiben konnte, langsam ausgingen.

»Reservier mir einen Platz im Volvo«, sagte ich.

Auf dem Weg nach Bloomsbury erklärte mir Dad, unterlegt mit dem »Ba-Ba-Ba«-Gesang der Beach Boys, wie man die Jagd effektiv betrieb.

»Wenn der Händler ein Autogramm hat, das dich interessiert, dann lass dir nichts anmerken. Tu so, als hättest du es schon – so kannst du besser verhandeln.«

»Ich verstehe«, sagte ich und machte mir in Gedanken eine Notiz über dieses neue Beispiel von Dads Unehrlichkeit.

»Und versuch, es hinzukriegen, dass sie dich mögen – das verschafft dir einen Vorteil gegenüber deinen Konkurrenten. Dann machen sie dir beim nächsten Mal vielleicht ein besonderes Angebot. Aber sicher ist das natürlich nicht.« Er schüttelte den Kopf, als spräche er über eine junge Demokratie in Ostafrika.

»Na gut – viel Glück«, sagte Dad, als wir da waren.

Wie es aussah, kämpften wir in diesem Krieg in verschiedenen Bataillonen. Er verschwand rasch in einem der Gänge.

Auf Tischen standen große Holzkästen mit nach Themengebieten sortierten Postkarten: Golf, Stars, Militär, Kirchen, Eisenbahnen, Religion, Tennis. Ich hörte, wie Sammler sich vorstellten. »Ich suche nach Zypern«, verkündete ein südländisch aussehender Mann. »Irgendwas Neues bei den Ballons?«, erkundigte sich ein Mann mit Quietschstimme.

»Autogramme? Zu schwierig«, hieß es meistens. Manche Händler sagten: »Versuch's mal unter ›Varieté‹.« Ich blätterte in uralten Karten mit Jongleuren, als Engel verkleideten Kindern und längst gestorbenen, Wange an Wange singenden Paaren. Bestimmte Namen tauchten immer wieder auf – George Robey, Marie Lloyd und Gracie Fields –, und manchmal stieß ich auf eine Unterschrift in sehr alter, verblasster Tinte und eine Widmung an Lillian oder Maude oder Cyril. Es war schwer zu glauben, dass diese Menschen mit ihren Zylindern, Puppengesichtern und Rüschenblusen je existiert, geschweige denn jemanden unterhalten hatten. Sie waren allesamt so unglaublich tot.

Ein eifriger Händler zeigte mir ein Album mit signierten kleinformatigen Fotos von früheren Stars, und diese Namen kannte ich. Es gab ein mit leuchtend roter Tinte signiertes von Betty Grable, außerdem James Cagney, Boris Karloff und Alan Ladd in jungen Jahren, allesamt schwungvoll und mit Tinte signiert.

Mein Vater kam vorbei und bestand darauf, Betty Grable zu kaufen, denn sie koste nur zehn Pfund, habe aber Millionen-Dollar-Beine. Ich drückte die Papiertüte, in die der Händler das Foto steckte, an die Brust und hatte das eigenartige Gefühl, als Lebender mit einer Toten verbunden zu sein.

»Ich habe ein paar fantastische Karten gefunden«, sagte Dad. »Das Innere der Synagoge von Krakau. Sehr selten. Und diese Postkarte von der Synagoge von Kattowitz. Die hab ich noch nie gesehen.« Er hielt die Karten so dicht vor sein Gesicht, als wollte er hineinbeißen. »Es ist ein wunderbares Gefühl, etwas zu retten, ein Zeugnis jüdischen Lebens, das nicht mehr existiert. Diese Synagoge wurde 1939 von den Deutschen in Brand gesteckt.«

»Was ist mit dem Händler, von dem du mir erzählt hast, diesem Sig Bernstein? Ist er hier?«

Ich wollte die Autogramme der Megastars sehen, und außerdem hatte ich meine ganze Sammlung mitgenommen und wollte sie ihm zeigen.

»Ja, der ist hier, Doobs. Komm.«

Sig Bernstein erwies sich als sehr kleiner Mann mit einem kurz-ärmeligen Hemd und mageren, schlaffen Armen, die aussahen wie die von Popeye vor dem Spinat. Er besaß eine tiefe, barsche Stimme und lächelte nicht, benahm sich aber, als sei er ein Publikum von Kennern gewohnt.

»Ich habe alles«, knurrte er. Er hatte einen starken amerikanischen Akzent, und sein Mundgeruch hätte ein Schiff versenken können.

Er baute sich mit verschränkten Armen vor seinem Stand auf, als wollte er den Zugang zu etwas Verbotenem verwehren, trat dann aber verstohlen beiseite, den Blick auf irgendetwas Bedrohliches in der Ferne gerichtet – das Blitzen einer Polizeimarke? Ich begann, die alten, großformatigen Publicity-Fotos durchzublättern. Alle waren mit Tinte signiert und gewidmet. Sig Bernstein stand neben mir und erzählte mir von seinen Schätzen.

»Harlowe hat nie Autogramme gegeben«, sagte er. »Wenn du eins siehst, ist es eine Fälschung – von ihrer Mutter. Außer dem hier. So selten wie ein Huhn mit Zähnen. Darum kostet es auch einen Tausender, was übrigens billig ist. Da ist Marlon Brando. Auch selten – er hat nie gern Autogramme gegeben. Und das hier ist die beste Mansfield, die du je zu Gesicht kriegen wirst.«

In einem tief ausgeschnittenen Kleid, das ihren gewaltigen Busen kaum zu bändigen vermochte, strahlte Jayne Mansfield in die Kamera. Ihr Mund sah aus wie ein großes O.

»Ach«, seufzte Dad, als hätte Jayne Mansfield ihn persönlich aufgefordert, eine Gurke in sie hineinzuschieben. »Wusstest du, dass sie bei einem Autounfall geköpft worden ist, Doobs?«

»Nein, das wusste ich nicht«, sagte ich und versuchte, es mir nicht vorzustellen.

»Tja, so was wie das hier wirst du nirgendwo anders finden«, sagte der alte Mann. »Es sind eine Menge Sekretariats-Mansfields im Umlauf. Die meisten Händler erkennen den Unterschied nicht.«

»Aber Sie schon«, sagte Dad. »Haha, Sie haben ein gutes Auge.«

»Ich werde Ihnen eine Geschichte erzählen«, knurrte Bernstein. »Als junger Bursche habe ich in der Fanpoststelle der Hollywood-Studios gearbeitet, für vierzig Cents die Stunde. Bogarts Unterschrift hatte ich so gut drauf, dass ich sie besser konnte als er selbst.«

»Was? Sie meinen, Sie haben Humphrey Bogarts Fotos an seiner Stelle unterschrieben?«, fragte Dad aufgeregt.

»Von morgens bis abends. Wir haben die Kleinformate unterschrieben. Wenn Sie irgendwelche signierten Kleinformate aus den Vierzigern sehen, können Sie sicher sein, dass es sich um Sekretariats-Autogramme handelt. Betty Grable in roter Tinte – Sekretariat. Clark Gable in grüner – Sekretariat. Die Studios haben das im großen Stil gemacht.«

Sig kicherte böse in sich hinein. Dad stupste mit der Faust gegen seine Schulter und lächelte ihn an.

»Aber wir haben gerade ein Kleinformat von Betty Grable gekauft«, sagte ich.

»Stimmt, Doobs. Zeig es Sig mal.«

Ich zog das Foto aus der Papiertüte. Der Amerikaner nahm es und musterte es mit zusammengekniffenen Augen.

»Rote Tinte. Wie gesagt: Sekretariat.«

»Mann«, sagte Dad.

»Ihr solltet euer Geld zurückverlangen.«

Innerhalb von zwei Sekunden hatte das Foto jede Bedeutung verloren. Es hatte nie eine Verbindung zwischen mir und Betty Grable gegeben. Man hatte mich übers Ohr gehauen.

»Erstaunlich«, sagte Dad, offenbar beeindruckt von dieser niederschmetternden Nachricht. »Zeig Sig doch auch den Rest deiner Sammlung, Doobs.«

Ziemlich verlegen zog ich mein Album aus dem Rucksack. Der alte Amerikaner wurde lebendig. Er nahm es, schlug es auf und blätterte es rasch durch.

»Das hier hat Laurence Oliviers Tochter unterschrieben«, sagte Sig und lächelte maliziös. »Und dieser Clint Eastwood ist aus seinem Sekretariat – er unterschreibt nie mit vollem Namen. Lucille Ball, Kirk Douglas – dasselbe. Sekretariat.«

»Ach, wie schade. Er hat all diesen Leuten geschrieben«, erklärte Dad. »Das ist ja schlimm.« Dad wollte mir über die Wange streichen, aber ich wich zurück. »Ich wäre nie auf den Gedanken gekommen, dass diese Schauspieler Leute beschäftigen, die für sie unterschreiben.«

»Dieser Neil Armstrong«, knurrte Bernstein, »ist definitiv nicht von ihm. Das war ein Autopen.«

»Ein was?«, rief ich.

Der alte Mann betrachtete jetzt ein paar meiner Favoriten. Ich wollte sein Urteil nicht einfach hinnehmen.

»Ein Unterschriftenautomat, Kleiner. Man schreibt seine Unterschrift auf eine Vorlage, und der Automat reproduziert sie, sooft man will. Kennedy hatte einen. Praktisch jeder Brief, den er geschrieben hat, war von einem Autopen unterschrieben. Dasselbe bei Ronald Reagan. Und bei allen Astronauten. Neunundneunzig Prozent der Armstrongs stammen von einem Autopen.«

»Oh«, sagte ich niedergeschlagen, »dann sind die also alle gefälscht?«

»Autogramme sind ein Minenfeld, Kleiner«, sagte Bernstein, drückte mir das Album in die Hand und lächelte grausam. »Und der Sinatra ist übrigens gedruckt.«

»Was? Tatsächlich?«, sagte Dad, schlug die Hand vor den Mund und setzte sein schockiertestes Gesicht auf.

»Gedruckt«, wiederholte Bernstein und fügte hinzu: »Frank gibt nicht gern Autogramme.«

»Tja, interessant«, sagte Dad, als wir wieder allein waren. »Enttäuschend, aber interessant.«

»Ich glaube nicht, dass der Sinatra gedruckt ist«, sagte ich. »Da hat er sich bestimmt geirrt.«

»Ach, Doobs, ich glaube, Sig weiß, wovon er redet. Komm, wir bringen die Betty Grable zurück.«

Dad wurde nicht müde, den Leuten von Bernsteins Harlow und seiner umwerfenden Mansfield zu erzählen und dass er für die Filmstudios Bogart-Fotos signiert hatte. Er erzählte ihnen von meinem Sekretariats-Eastwood und dem gedruckten Sinatra und sagte, Sig sei ein echter Experte.

»Das ist doch gemein«, sagte er. »Wie es aussieht, verschicken diese Stars Fotos mit gefälschten Unterschriften. Armer Doobs.«

»Ich hab's dir doch gesagt«, kommentierte Adam B die Sache. »Falsches Lächeln – falsche Unterschrift.«

»Nicht alle«, widersprach ich. »Manche sind echt. Zum Beispiel Lauren Bacall und Debbie Reynolds.«

»Ach, vergiss es«, sagte Adam. »Komm, wir spielen Darts.«

»Und noch was«, sagte ich. »Ich finde, wir sollten … damit aufhören.«

Adam B protestierte, aber in meinem neuerdings erschütterten Universum hatte ich den Wert der Wahrheit entdeckt, und das wollte ich ihm unter die Nase reiben.

»Wir tun doch nur so, als würden wir Darts spielen«, sagte ich. »Aber das ist gelogen. So wie mein Vater meine Mutter belügt. Diese Frauen machen das überhaupt nicht gern. Wem gefällt denn schon eine ›dreifache Penetration‹? Das ist alles bloß gespielt.«

»Ja, aber was soll's?«, sagte Adam B. »Uns gefällt's.«

Was Sig Bernstein über meine Sammlung gesagt hatte, verstörte mich. Ich war gezwungen, die Sekretariats-Autogramme von den echten zu trennen. Auch die Adressen waren wertlos. Nicht zu fassen, wie dumm ich gewesen war! Kirk Douglas war ganz und gar nicht einfach, sondern eine Fälschung gewesen. Und mein Lieblingsstück, der Sinatra? Ich untersuchte das Foto noch einmal sehr sorgfältig, und es war nicht zu leugnen, dass Sig recht gehabt hatte: Der Schriftzug war leicht in die Oberfläche des Fotos gedrückt, allerdings nicht von einem Stift, sondern von einer mit silbriger Farbe beschichteten Druckplatte. Es war eigentlich leicht zu erkennen. Ich wollte es nicht wahrhaben, aber so war es. Es gab keine Verbindung zwischen Kirk Douglas und mir. Und auch keine zwischen Frank Sinatra und mir. Die Party war vorbei.

Oder nicht? Etwas in mir rang mit dieser neuen Realität. Plötzlich wurde mir klar, dass ich dieses Gefühl wieder haben wollte, das Gefühl, mit Frank Sinatra verbunden zu sein. Warum sollte ich so schnell aufgeben? Als ich hörte, dass mein Vater nach Hause kam, nahm ich einen meiner Stifte mit Silbertinte, malte einen Punkt hinter Sinatras Namen und verwischte ihn. Ha! Ich rannte hinunter, um meinen Vater zu begrüßen, und schwenkte das Foto.

»Sig hatte unrecht«, verkündete ich. »Dieser Sinatra ist in Wirklichkeit mit Tinte geschrieben. Hier – ich hab sie ein bisschen verwischt, also muss das Ding echt sein.«

Dad setzte die Brille auf, kniff die Augen zusammen wie Mister Magoo und musterte das Foto eingehend.

»Na so was, Doobs«, sagte er, »die Tinte ist tatsächlich verwischt.«

»Ich hab doch gesagt, sie ist echt«, sagte ich.

»Dabei fällt mir ein«, sagte Dad und griff in seine Aktentasche, »ich habe eine Zeitschrift für dich. Sig hat sie an meine Büroadresse geschickt.«

»Eine Zeitschrift?«

»Für Autogrammsammler.«

»Ach, *so* eine Zeitschrift.«

Dad gab mir ein kleines blaues Heft, auf dessen Titel ein signiertes Foto von Walt Disney prangte. Es hieß *The Inkwell* und wurde von einer Firma herausgegeben, die sich »Worldwide Autograph Collector's Club« nannte. Ich schlug es auf und stieß auf eine von Hand und in Großbuchstaben geschriebene Widmung: »VIEL GLÜCK, KLEINER. ES IST EIN MINENFELD – SIG.«

»Wie nett von ihm«, sagte Dad lächelnd. »Jetzt kannst du mit anderen Sammlern in Verbindung treten.«

»Mann«, sagte ich und blätterte in dem Heft. Ich fand eine eingehende Analyse der Unterschrift von Walt Disney, einen Artikel, in dem es um die zugänglichsten und abweisendsten eigenhändig signierenden Berühmtheiten ging, und einen Beitrag mit der Überschrift: »Warum überhaupt etwas sammeln?«

»Da steht alles drin!«, rief ich. »Sogar Adressen von allen

möglichen berühmten Leuten. Keine Postfächer – ihre Privatadressen. Sieh mal!«

Dad lächelte, schien sich aber mehr für die Decke des Wohnzimmers zu interessieren.

»Dad?«

»Oh«, sagte er, »da sind zwei Birnen durchgebrannt. Ich muss ein paar neue aus der Garage holen.«

# CLINT EASTWOOD

Es erfordert enorme Disziplin,
den Einfluss auf das Leben anderer und die Macht,
die man über sie hat, nicht auszunutzen.

Im Sommer 1965 leitete mein Vater, Adrian Andrusier, eine der ersten jüdischen Jugendgruppen, die nach Israel fuhren. Er und die anderen Pioniere halfen Kibbuzniks bei der Zitronenernte, tranken Marmaratee mit Beduinen und sahen die Sonne in der Wüste Negev untergehen. Adrian war überwältigt von diesem aufblühenden jungen Staat, wo Juden nach jahrhundertelanger Verfolgung selbstständig und selbstbestimmt lebten. Für Adrian war der vertraute jüdische Schmerz in die Gesichter eingegraben; noch der gerissenste Taxifahrer kam ihm vor wie ein lange verloren geglaubter Bruder. Israel war auch eine willkommene Abwechslung von der Sozialwohnung in Tottenham, in der er mit seiner Mutter und Großmutter wohnte. Dort schlief er auf dem Wohnzimmersofa. Die Toilette war draußen.

Bei seiner Rückkehr war er entschlossen, im Land der Verheißung ein neues Leben zu beginnen. Er erklärte seiner frisch verwitweten Mutter, was er vorhatte.

»Wenn du das tust, mein Schatz«, sagte sie, »stecke ich den Kopf in den Ofen.«

Er blieb.

Etwa um diese Zeit lernte er meine Mutter kennen. Eine ihrer ersten Verabredungen war ein Picknick. Zu Annas Befremden kam Adrian in Begleitung seiner Mutter, einer redseligen, egozentrischen Frau mit langen roten Fingernägeln, die die neue Freundin ihres Sohns ständig am Arm packte und »Schätzchen« nannte. Anna verstand nicht, warum er sie mitgebracht hatte.

»Ich konnte sie nicht zu Hause lassen«, erklärte er. »Sie ist doch ganz allein.«

Anna befielen gewisse Zweifel, aber ihre Großmutter sagte, ein Mann, der gut zu seiner Mutter sei, werde auch gut zu seiner Frau sein, und so stellte sie ihre Zweifel zurück.

Adrian schlug eine Laufbahn in der Versicherungsbranche ein, heiratete Anna und unterstützte seine Mutter während der verbleibenden vier Jahrzehnte ihres langen Lebens. Anstatt auszuwandern, setzte er alles daran, sich in England eine gesicherte Existenz aufzubauen und die Armut hinter sich zu lassen. Er fand andere Möglichkeiten, mit dem Land, das er liebte, in Verbindung zu bleiben. Er erweiterte seine Sammlung zerstörter Synagogen um Gegenstände, die in irgendeinem Zusammenhang mit Hotels in Palästina in der Zeit vor 1948 standen: Bierdeckel, Prospekte und Postkarten dieser Etablissements. Wenn er im Volvo nicht Big Bopper hörte, schob er seine Lieblingskassette ein: *Die Geschichte Israels*, erzählt von Lionel Stander, der in *Hart aber herzlich* Robert Wagners Butler gespielt hatte. Am besten gefiel ihm die Passage, in der die Nationen in der Generalversammlung der UNO ihr Votum abgaben: »Iran: *Nein*. Irak: *Nein*. Libanon: *Nein*.«

»Siehst du?«, warf Dad ein. »Alle arabischen Nationen waren dagegen.«

Wenn dann die Gründung des Staates Israel schließlich verkündet wurde und die Streicher sich ins Zeug legten, kämpfte er mit seinen Emotionen. Tränen stiegen ihm in die Augen, und mir ebenfalls. Es war sehr bewegend, aber ich wusste eigentlich nicht, warum wir so bewegt waren. Ich war noch nie in Israel gewesen. Wir fuhren fast immer an die Algarve.

Adrians persönliche Verbindung zum Heiligen Land kam auf Umwegen zustande. Eines Tages luden ihn ein paar Freunde, die ebenfalls in England geblieben und die gleichen Träume aus jenen Pionierzeiten begraben hatten, zu einem Abend mit israelischen Volkstänzen und nostalgischen Erinnerungen an die Reise von 1965 ein. Sie sprachen über die Tage im Kibbuz, wie sie die Hühnerställe ausgemistet und fröhlich am Lagerfeuer gesessen hatten, und tanzten bis tief in die Nacht. An diesem Abend fühlte Adrian sich »frei« und »zugehörig« und »lebendig«. Von 1983 an verlieh diese Gruppe alter Kameraden ihrer Liebe zu Israel regelmäßig donnerstags abends in einem schmuddeligen Untergeschoss in Marylebone Ausdruck. Sie schwitzten, sie wirbelten in die Mitte und wieder nach außen, sie streiften Hände, und das Mikrofon hatte ein bärtiger Anwalt, der in einem mit schwerem schottischem Akzent unterlegten Hebräisch die Lieder ankündigte. Ehepartner, Kinder und alles, was mit Buchhaltung oder Versicherungen zu tun hatte, blieben an der Garderobe zurück.

Während des größten Teils meiner Kindheit spürte ich den Sog dieser Donnerstagabende. Nur eine Wiedervereinigung der Beatles hätte meinen Vater bewegen können, ein einziges Treffen auszulassen. Wenn aber doch – Gott behüte! – irgendein unverrückbarer Termin in die Quere kam, ein Elternabend etwa, dann fügte mein Vater sich so mürrisch, dass wir alle noch wochenlang Schuldgefühle hatten. Nicht dass wir ihm sein Vergnügen missgönnt hätten – aber wie ungemein wichtig er es nahm, das war schon etwas übertrieben.

»Heute Abend ist Tanz!«, verkündete er donnerstags auf dem Weg zur Schule.

»Und ich muss Hausaufgaben machen und Klavier üben.«

Er hörte gar nicht zu. Donnerstags abends war Adrian der Rest der Welt egal.

Oder vielmehr: Donnerstags abends verwandelte sich die Welt in einen einzigen großen Tanz.

Unsere Wochen kreisten um das starke Magnetfeld der Donnerstagabende, doch im August kam der ultrastarke, supraleitende Neodym-Magnet des Jahres zum Zug, denn da organisierte jener schottische Anwalt ein sechstägiges Israelisches-Volkstanz-Camp mit Unterbringung in Hertfordshire, und die Wahrscheinlichkeit, dass wir Andrusiers uns dieses Ereignis entgehen ließen, ging gegen null. Jedes Jahr trug Mum ihren vergeblichen Protest vor: Es sei nicht recht, uns gegen unseren Willen in dieses Camp zu schleppen; keiner von uns habe besonderen Spaß an der aufgesetzten Fröhlichkeit, der übertriebenen Begeisterung und dem Sammelsurium seltsamer Menschen, die uns im Hatfield Polytechnic erwarteten.

»Aber *ich* liebe es!«, sagte Dad. »*Ich* will, dass wir da hinfahren. Alle zusammen! Bitte, Lo-lo! Ich sitze das ganze Jahr im Büro – es ist das Einzige, auf das ich mich freue.«

Es endete immer gleich: Wir vier fuhren im Volvo auf der A1 nach Norden, und meine Mutter, meine Schwester und ich wechselten vielsagende Blicke und ließen einander gedanklich übermittelte Trostbotschaften zukommen.

*

Im August 1987 wurde Terry Waite in Beirut entführt. Er hatte Großbritanniens historische Verantwortung für den Nahen Osten geschultert und war mutig in den Libanon gereist, um einige fundamentalistische Hitzköpfe abzukühlen. Dazu kam es allerdings nicht. Der Islamische Dschihad entführte ihn mit vorgehaltener Waffe. Als Waite verschwand, hielt das ganze Land den Atem an. Er war doch nicht etwa von den Terroristen verschleppt worden, mit denen er hatte verhandeln wollen? Wo war da die Gerechtigkeit? Mich regte noch etwas ganz anderes auf: Es war mir nie eingefallen, ihm zu schreiben und um ein Autogramm zu bitten.

In diesem August waren wir, wie üblich, im Hatfield Polytechnic untergebracht. Die weltbesten Choreografen für israelischen Volkstanz waren gekommen, um ihre Fans zu begeistern und zu quälen. Es gab einen dunkelhäutigen Yogi mit vielen Zahnkronen namens Shlomiko, der eine doppelte Nasenflöte spielen konnte, einen ständig juchzenden Veteranen des Sechstagekriegs namens Yitzchak Golan, der in der Nähe von Tel Aviv Auberginen anbaute, und einen kleinen Mann mit Schnurrbart und sehr strammem Hintern, der Mendel hieß. Schon am frühen Morgen trainierten hundert mit Stirnbändern und Elastantrikots ausgerüstete Israelische-Volkstanz-Enthusiasten aus aller Welt ihre Waden und ihre Liebe zu Israel. In diesem Jahr war ein Kontingent Teenager aus der Sowjetunion gekommen, die ihr jüdisches Erbe erst kürzlich entdeckt hatten und von einer Organisation namens Joint hergeschafft worden waren. Dort hatte jemand die brillante Idee gehabt, diesen Juden in der Diaspora israelische Volkstänze beizubringen, damit sie, wenn sie in den Ostblock zurückkehrten, anderen verwirrten Juden zeigen konnten, wie sie jüdischer sein könnten.

Wie gewöhnlich plante Adrian seine Sketche lange im Voraus. Er redete wochenlang davon und führte seiner greisen Mutter an den Wochenenden die Höhepunkte vor. Dieses Jahr wollte er einen fast blinden Rabbi spielen, der eine Beschneidung vornahm. Außerdem organisierte er die Show *This is Your Life, Schlomiko*. Und schließlich würde er – als »Pinchas Blackburn« – ein Rock-'n'-Roll-Quiz veranstalten.

»Warum musst du immer im Mittelpunkt stehen?«, wollte Mum wissen, als wir auf das Campusgelände fuhren. »Es muss irgendwas damit zu tun haben, dass alle dich ansehen sollen.«

»Ach, Anna, ich unterhalte die Leute eben gern«, erwiderte er. »Ich bin einer der Macher. Wenn ich nichts vorführe, werden die Leute enttäuscht sein.«

»Mein Gott, warum bin ich nur mitgekommen?«, wandte sich Mum, plötzlich verzweifelt, an uns Kinder. »Die verschwitzten Tanzlehrer und die laute Musik, die Nasenflöten und die aufgesetzte Fröhlichkeit – es ist immer dasselbe.«

»Weil *ich* es liebe«, rief Dad. »Ich liebe das Tanzen und die ganze Atmosphäre. Da fühle ich mich frei.«

Mum sah mich und meine Schwester flehend an, als wären wir Gefängniswärter, die ihr vielleicht wegen guter Führung die Handschellen abnehmen würden. Ich dachte an den armen entführten Terry Waite und fragte mich, was er dafür geben würde, jetzt für sechs Tage voller israelischer Volkstänze im Hatfield Polytechnic anzukommen. Und was meine Mum dafür geben würde, in einem Beiruter Keller eingesperrt zu sein.

Sobald die laute Musik und das Tanzen begannen, war Dad mitten im Getümmel und ließ seine Familie einfach stehen. Gelegentlich erinnerte er sich daran, dass es uns gab, und winkte uns, wir sollten mitmachen, doch dann wirbelte er wieder verschwitzt herum, und bald war er in der Menge untergegangen. Man sah ihn bei Paartänzen mit jungen ukrainischen Mädchen, denen er tief in die Augen blickte und deren Bewegungen er mit stilisierten Gesten korrigierte. Mum schüttelte den Kopf. Manchmal bildeten die besten Tänzer einen zweiten Kreis in der Mitte. Sie juchzten und sprangen herum, und ich sah einen hüpfenden Lockenkopf und wusste, dass mein Vater, der Versicherungsmakler, mitten unter ihnen war, im Kreis der größten Spinner.

Während Dad mit den Könnern tanzte, wurde Mum den fortgeschrittenen Anfängern zugeteilt. Sie saß abseits, weigerte sich mitzumachen und hielt sich die Ohren zu, um die Flötentöne zu dämpfen, die in erstaunlicher Lautstärke aus den Boxen strömten – es war ungefähr so, als würde James Galway einem direkt in den Gehörgang trillern. Ich musste daran denken, dass Geiseln zu Beginn ihres Martyriums einfach nicht wahrhaben wollen, dass sie nun Geiseln sind, weil die Situation zu schockierend ist, um sie zu verarbeiten.

Meine Schwester reagierte auf die Gefangenschaft, indem sie sich in Literatur des 19. Jahrhunderts vergrub, während ich die Tage damit verbrachte, in Ausgaben von *The Inkwell* zu blättern und Berühmtheiten herauszusuchen, denen ich schreiben konnte. In jedem Heft standen dreißig bis vierzig Adressen. Ich hatte genug Papier mitgebracht und schrieb mit der Hand einen Brief nach dem anderen – mein Versuch, die Welt jenseits des Stacheldrahts zu erreichen. Die fachmännischen Ratschläge in der Zeitschrift hatten mir bereits Autogramme eingebracht, die zuvor unerreichbar gewesen waren. Alles stand und fiel mit den Adressen. Man musste Postfächer und PR-Agenturen vermeiden, wo die Sekretärinnen Briefe wie meine einfach ignorierten oder die Autogramme selbst schrieben. So war es zum Beispiel reine Zeitverschwendung, sich an Paul McCartney, c/o MPL Communications in Soho zu wenden, weil er diese Briefe nie erhielt. Aber wenn man fünf- oder sechsmal an seine Privatadresse in Leigh-on-Sea schrieb, bekam man ein von Hand und mit blauer Tinte signiertes Foto: »Für Adam, alles Gute, Paul McCartney.«

In der Zeitschrift standen auch die Namen, Adressen und Interessensgebiete anderer Sammler. Es faszinierte mich zu sehen, was verwandte Seelen in aller Welt sammelten: Eishockeystars, Cowgirls, Nobelpreisträger, Kinderschauspieler. Es war endlos. Manche suchten signierte Fotos, andere wollten nur entwertete Schecks oder ausschließlich einfache Unterschriften. Sobald mein Name ebenfalls dort stand, erhielt ich Dutzende Briefe von anderen Sammlern, die Autogramme oder Adressen von Stars tauschen wollten. Meist aber wollten sie die Erfolgsgeschichte ihrer eigenen Sammlung vor mir ausbreiten und mich mit Fotokopien von Autogrammen quälen, die sie unter keinen Umständen verkaufen würden. Manchmal lag auch ein Foto bei, auf dem sie mit ihren Trophäen zu sehen waren.

Ein besonders freundlicher Mensch war Darren Pendle aus Leicester. Er war siebzehn und schrieb, ich hätte bessere Chancen, wenn ich den Leuten ein Foto und einen frankierten, an mich adressierten Briefumschlag schicken würde. Er gab mir die Telefonnummer eines Fotohändlers namens Peter Oxtonby in Bushey. Ich rief ihn an, und Oxtonby schickte mir seinen Katalog, einen zusammengehefteten Stapel Fotokopien mit winzigen Darstellungen von Fotos, die er für eineinhalb Pfund das Stück verkaufte. Die letzte Seite war ein Bestellformular, das man ihm zusammen mit einem Scheck schicken musste. Als meine Großeltern Urlaub auf Hawaii machten, bat ich sie, mir einige Briefmarkenbogen mitzubringen, damit ich die für amerikanische Berühmtheiten bestimmten und an mich selbst adressierten Briefumschläge frankieren konnte, und dann schickte ich großformatige Fotos an Jack Nicholson, Robert Redford, Dustin

Hoffman und die anderen. Die Resultate waren sehr erfreulich, und manche – zum Beispiel James Stewart – hatten nichts dagegen, wenn man drei oder vier verschiedene Fotos zum Unterschreiben beilegte. Die so gewonnenen Doubletten konnte ich für Tauschgeschäfte mit anderen Sammlern verwenden.

Zu meinen anderen Brieffreunden gehörten Yogesh Gupta, ein Augenarzt mittleren Alters am Newcastle Royal Victoria Infirmary, der Autogramme von Ray Charles, Stevie Wonder und Helen Keller suchte, und Connor Thomas III., der mit einem Papagei in einer abgelegenen Gegend Nordkanadas lebte und Autogramme von noch lebenden Schauspielern aus dem Film *Der Zauberer von Oz* sammelte – sie hatten allesamt Munchkins gespielt. Connor hatte zahlreiche dieser alten Schauspieler ausfindig gemacht und in kalifornischen Altersheimen besucht. Er schickte mir regelmäßig Fotos, auf denen er neben einem dieser winzigen, verschrumpelten Menschen zu sehen war. Er lächelte, sie nicht.

Das Mittagessen gab es in der Mensa des Colleges, die Mum nur als »Gefängniskantine« bezeichnete. Dad kam hereingehüpft, schweißgebadet nach einem durchtanzten Vormittag, in den Augen ein Funkeln der Erweckung.

»Du siehst erschöpft aus«, sagte Mum.

»Bin ich aber nicht. Ich fühle mich prima.« Er reckte die Arme, um zu zeigen, wie gut er sich fühlte. »Also, Lo-lo, führen wir heute Abend unseren Sketch auf?«

»Was für einen Sketch?«, fragte meine Schwester.

»Wart's ab, du wirst schon sehen«, sagte Dad grinsend.

»Ich will nicht«, sagte Mum und legte ihr Besteck hin. »Ich habe für diesen Eskapismus nichts übrig. Und ich will nicht, dass man über mich verfügt!«

Ich hatte von einem Amerikaner gehört, dem man in der Geiselhaft monatelang die Augen verbunden hatte; nur seine Gebete hatten ihn vor dem Wahnsinn bewahrt.

»Dann eben am letzten Abend«, sagte Dad. »Und heute Abend könnte ich *This is Your Life, Shlomiko* moderieren. Das wird bestimmt ein großer Erfolg. Und ihr, Kindies – wann singt ihr euer Lied? Ich habe Sterling gebeten, euch wie letztes Jahr auf der Gitarre zu begleiten.«

Ruth und ich wechselten dringliche Blicke.

»Äh, dieses Jahr nicht«, sagte ich. »Ich will nicht, dass mich alle ansehen.«

Ich fühlte mich stark, weit davon entfernt nachzugeben. Mein Geist schöpfte Kraft aus dem Netzwerk von Brieffreundschaften mit Berühmten und Unberühmten, das ich geknüpft hatte. Mir fiel ein, dass ich Katharine Hepburn einen Dankbrief schuldete.

Yitzchak Golan setzte sich unvermittelt an unseren Tisch und hüllte uns in eine Wolke aus süßlichem Schweißgeruch. Er zog seinen Schmerbauch ein, schob sich auf die Bank und starrte uns an, als wären wir Ausstellungsstücke in einem Museum.

»Adrian, wusstest du, dass ich bin viermal angeschossen?«, schrie er.

Yitzchaks Stimme kannte nur äußerste Lautstärke. Er verkündete diese schlimme Nachricht gut gelaunt, doch ich bemerkte in seinen Augen etwas Mattes, als kostete sein Frohsinn ihn einige innere Mühe. Er strich mit beiden Händen über seinen gewaltigen Schnurrbart.

»Was sagst du dazu?«

»Angeschossen?«, sagte Dad und riss die Augen auf. »Was?«

»Hier, hier, hier«, sagte er und zeigte auf Ellbogen, Oberschenkel und Schulter. »Und hier.«

Sein Finger tippte an die Stirn, wo über dem linken Auge eine kleine Delle war. Er grinste, doch da war wieder diese Mattigkeit in seinen Augen. Er war zappelig und wandte sich ab.

»Mein Gott!«, sagte Dad. »Das ist ja unglaublich! Was ein Glück, dass du überlebt hast.«

»Ich hab sie erwischt, kein Sorge. Drei Araber, Adrian. Ich

hab sie erschossen. Und dann bin ich drei Kilometer durch die Wüste gekrochen.«

»Gekrochen? Unmöglich!«

»Kein Wasser. Eine Qual. Aber ich bin stark. Ich hab gesagt: Das Wichtigste ist, nicht aufgeben.«

Dad klopfte Yitzchak auf die Schulter, und der Riese nahm seine Hand und bog sie zurück, sodass Dad schmerzhaft das Gesicht verzog. Dann griff Yitzchak unter dem Tisch hindurch und drückte meinen Oberschenkel, bis ich aufschrie. Währenddessen betrachtete er meine Schwester mit einem flirtenden Blick.

»Du tust ihm weh«, rief Mum.

»Weh?«, fragte Yitzchak und drückte meinen anderen Oberschenkel. »Was meint sie? Das ist nicht weh.«

Dann sprang er auf und begann, Dad die Schultern zu massieren.

»Au, au!«, lachte Dad. »Yitzchak! Au!«

»Ich entspanne dich«, sagte Yitzchak. »Ist wichtig – entspannen.«

»Hör auf, Yitzchak! Au! Stopp! Hör mal: Ich habe einen Sketch, den wir aufführen können.«

Das hatte die gewünschte Wirkung. Der Tanzlehrer löste seinen Griff und eilte mit Dad in die Küche. Minuten später erschienen sie wieder: Mein Vater trug einen chassidischen Bart, eine dicke Brille und eine blutverschmierte Schürze, und Yitzchak hielt eine alte Puppe meiner Schwester in den Armen, an deren Bauch ein länglicher Luftballon befestigt war. Dad tastete sich durch den Saal, stieß gegen Stühle und tat, als wäre er blind. Das internationale Publikum brüllte vor Lachen und spendete der improvisierten Beschneidung tosenden Beifall.

Als der Sketch vorbei war und Dad sich wieder zu uns gesetzt hatte, kam Roger, ein schmächtiger Franzose, an unseren Tisch und sagte, das sei etwas vom Witzigsten gewesen, das er je gesehen habe. Roger, der im Auftrag der französischen Regierung Katastrophenszenarien entwarf, war ein missmutiger

Mann mit einer chronischen Erkältung, die ihn immer wieder zwang, zum Inhalieren auf sein Zimmer zu gehen. »'erzlischen Dank, Adrien«, sagte er, ohne die Miene zu verziehen. »Wirklisch großen Dank!« Und dann zu Mum: »Es muss großartisch sein, mit diese Mann ver'eirat zu sein, Madame.«

Am letzten Abend gab es traditionell die witzigsten Aufführungen, und so saß Mum auf der Bühne des großen Auditoriums mit einer angeklebten Pinocchio-Nase auf Dads Schoß und tat, als wäre sie eine Bauchrednerpuppe, während Dad – abermals ausgestattet mit dem falschen chassidischen Bart – tat, als wäre er der Bauchredner.

»Guten Abend, meine Damen und Herren«, rief die Stimme meines Vaters.

Mum öffnete und schloss den Mund.

»Amüsieren Sie sich gut?«

Wieder bewegte sich Mums Mund synchron.

Das Publikum schrie: »Jaaa!«

»Wie nennt man eine Frau, die immer weiß, wo ihr Mann ist?«, fragte Dad durch Mums Mund.

Die versammelten Tanzfanatiker bogen sich vor Lachen. Meine Schwester und ich sahen einander flehentlich an.

»Eine Witwe.«

Ich fragte mich, ob wir eine Rauchbombe zünden und in einer Kommandoaktion die Bühne stürmen sollten. Vielleicht konnten wir das Publikum ablenken und meine Mutter in Sicherheit bringen. Doch dann bemerkte ich ihren boshaften Gesichtsausdruck. Sie kooperierte keineswegs. In Wirklichkeit verhöhnte sie mit ihren lautlosen Mundbewegungen ihren Meister und alles, was er verkörperte, und führte den Leuten vor Augen, was für Idioten sie waren. Es war keine armselige Varieténummer, sondern Avantgarde-Theater.

Als es vorbei war, hob Yitzchak Golan meinen Vater auf die Schultern, trug ihn durch den Saal und rief: »A-dri-an! A-dri-an!

A-dri-an!« Mendel schloss sich an und trabte wie ein sehr auffälliger Mossad-Agent hinter ihm her. Wieder dröhnte ohrenbetäubende Musik aus den Lautsprechern der Aula des Hatfield Polytechnic – ein Umpa-Umpa-Akkordeon, überlagert von einer kreischenden Klarinette –, und dann kam die Abschlussparty richtig in Schwung. Ein riesiger Tanzkreis wirbelte durch den Saal, wobei die Tanzenden eine Reihe von Figuren ausführten, die in der vergangenen Woche geübt worden waren. Man wurde emotional. Hochemotional. Es gab Zusammenbrüche. Was man hier in Hatfield gemeinsam und in Technicolor erschaffen hatte, ging nun zu Ende, und bald würde jeder in seine Schwarz-Weiß-Existenz irgendwo auf der Welt zurückkehren. Wo man auch hinsah, umarmten die Leute einander, tauschten Telefonnummern und kosteten die Gruppenliebe bis zum letzten Tropfen aus.

»Und nichts davon ist echt«, sagte Mum und nahm die Pinocchio-Nase ab.

Während der Heimfahrt wurde nur wenig gesprochen. Eine Art erleichterter Erschöpfung machte sich im Volvo breit, als Dad uns nach Hause brachte, in Sicherheit. Die grauen Schlackensteine des Hatfield Polytechnic blieben für ein weiteres Jahr hinter uns zurück. Bald würde ich die Post öffnen können, die unter dem Briefschlitz auf dem Boden lag. In Gedanken ging ich die Liste von Leuten durch, denen ich in den vergangenen Wochen geschrieben hatte. Vielleicht hatte Schulz endlich geruht, einen Snoopy für mich zu zeichnen – jetzt, da ich, wie ich ihm geschrieben hatte, sechs Jahre alt war und mir das Bein gebrochen hatte.

»Ich hab die ganze Nacht durchgemacht, aber ich fühle mich prima«, sagte Dad zu niemandem im Besonderen, als wir uns Apex Corner näherten. »Ich glaube, ich werde heute Abend noch mal tanzen gehen. Wollt ihr mitkommen?«

Eine Schockwelle lief durch den Wagen.

»Heute Abend? Soll das ein Witz sein?«

»Nein, kein Witz, Lo-lo. Wir treffen uns mit ein paar anderen in Covent Garden zum Abendessen und gehen dann zum Tanzen zu Maurice. Das wird bestimmt schön, wir sollten alle zusammen hingehen.«

»Bitte nicht«, sagte Ruth.

»Wir können nicht«, sagte ich.

»Du hast die ganze Nacht nicht geschlafen, Adrian. Wir haben sechs Tage ununterbrochen getanzt. Die Kinder sind todmüde – sie sind gestern erst nach Mitternacht ins Bett gekommen. Sieh dir die Ringe unter ihren Augen an! Merkst du nicht, dass es reicht?«

»Ich will aber, dass wir hingehen!«

Danach herrschte Stille. Mum massierte ihre Schläfen, während Ruth und ich aus dem Fenster starrten. Der Mann, der uns in die angebliche Freiheit fuhr, war unser Gefängniswärter. Was hatten wir uns vorgemacht?

Als wir in der Einfahrt unseres Hauses in Pinner standen, sprang ich aus dem Wagen, um zu sehen, welche Kostbarkeiten mich erwarteten. Dad schloss die Tür auf. Dahinter lag ein großer Haufen Briefumschläge. Ich sah sie rasch durch und entdeckte einen verheißungsvollen: Auf der Rückseite war ein blauer Stempel mit Clint Eastwoods Privatadresse. Von ihm hatte ich bisher nur Sekretariats-Autogramme bekommen, aber in *The Inkwell* war ich auf seine Privatadresse gestoßen und hatte ihm drei großformatige Fotos geschickt. Ich zeigte Dad eins nach dem anderen, jedes von Clint mit einem schwungvollen Gekrakel signiert – ganz anders als die akribischen, leserlichen Sekretariats-Autogramme und viel eleganter als die sorgsam ausgeführte, kindliche Unterschrift im Beton auf dem Trottoir vor Grauman's Chinese Theatre. Eins der Fotos zeigte das Plakat von *Flucht von Alcatraz*: Eastwoods Gesicht in dem Loch am Ende seines Fluchttunnels, daneben die Hand mit dem geschärften Löffel. Netterweise hatte Clint seine Unterschrift in

Schwarz auf einen hellen Teil des Bildes geschrieben. Und weil ich einen verstärkten Umschlag verwendet hatte, war der Zustand der Fotos ausgezeichnet.

»Siehst du, Dad? Das ist ein echter Clint Eastwood.«

»Bist du sicher, dass das wirklich seine Unterschrift ist?«, sagte Dad. »Du weißt ja, was Sig gesagt hat.«

»Die ist echt! In *The Inkwell* stand eine Analyse seiner Unterschrift, und die hier hat das lange C und die klare Trennung zwischen dem *C* und *Eastwood*. Die ist garantiert echt!«

»Sehr gut, Doobs. Und *Flucht von Alcatraz* ist ein toller Film. Aber du weißt, dass die Geschichte nicht stimmt, oder?«

»Wie meinst du das? Was stimmt nicht?«

»Die Geschichte. In Wirklichkeit ist keinem je die Flucht gelungen. Die Sicherheitsvorkehrungen waren zu streng. Diejenigen, die es geschafft haben, rauszukommen, sind entweder erschossen worden oder ertrunken. Die Strömung ist sehr stark.«

Ich wollte ihm widersprechen, aber sein Lächeln war zu ernsthaft. »Es geht doch gar nicht um die Flucht«, hätte ich sagen sollen. »Die Flucht ist ganz unwichtig. Es geht um die Sehnsucht nach Freiheit! Es geht um die menschliche Hoffnung! Es geht um den unerschütterlichen Glauben an das eigene Schicksal!« Aber ich war zwölf Jahre alt, und darum versuchte ich es mit Mums Trick: Lautlos klappte ich den Mund auf und zu, wackelte sarkastisch mit dem Kopf und hoffte auf das Beste.

Terry Waite wurde im November 1991 freigelassen, nach 1763 Tagen in Gefangenschaft, von denen er den größten Teil in Einzelhaft verbracht hatte. In seinen Memoiren beschrieb er, wie die Hoffnung ihn hatte durchhalten lassen. Er habe innerlich zu seinen Kidnappern gesagt: »Ihr habt die Macht, meinen Körper zu brechen und meinen Geist zu verbiegen, aber meine Seele werdet ihr niemals bekommen.«

# LIZ TAYLOR

Große Mädchen brauchen große Diamanten.

ELIZABETH TAYLOR

Als ich dreizehn war, gefiel mir der Monty-Python-Sketch, in dem Michael Palin einen Milchmann spielt. Vor sich hin pfeifend, stellt er Milchflaschen auf die Eingangsstufen eines Reihenhauses. Die Haustür wird geöffnet, und als er aufblickt, steht vor ihm die barfüßige Dame des Hauses. Sie hat einen enormen Busen und trägt ein durchsichtiges Negligé. Streichmusik erklingt – Wagner. Unter dem Negligé ist sie vollkommen nackt – das sieht man, wenn man am Videorekorder die Pause-Taste drückt. Die Frau winkt ihm, und er leckt sich die Lippen und folgt ihr erwartungsvoll hinein und die Treppe hinauf. Die Musik gewinnt an Dynamik, die Geigen jubilieren. Sie bleibt stehen, fährt sich mit der Hand durch das Haar und enthüllt ihr nacktes Bein. Im ersten Stock öffnet sie eine Tür. Er geht hinein, doch sie bleibt draußen, schlägt die Tür zu und schließt sie ab. Die Musik verstummt. Palin blickt sich verwirrt um und stellt fest, dass er in einem Raum voller Milchmänner ist, die allesamt Bärte unterschiedlicher Länge haben. Sie sehen ihn an, schlagen die Augen nieder und seufzen. In der Ecke sitzt ein Skelett mit einer Milchmannmütze.

*

Unsere Feiern veranstalteten wir im türkischen Restaurant *Çağlayan* in Hendon. Für den zwanzigsten Hochzeitstag meiner Eltern hatte Adrian das halbe Lokal gebucht. Trotz Annas Protest. Sie sagte, ein Hochzeitstag sei etwas Privates, das zwei Menschen allein begehen sollten, etwas, das nicht für die Öffentlichkeit bestimmt sei. Sie wolle nicht »vorgeführt« und »angestarrt« werden. Doch Adrian bestand darauf, es werde schön sein, den großen Tag mit Freunden zu feiern, und im *Çağlayan* könne man sogar tanzen.

Eine Stunde bevor es losgehen sollte, fuhr er hin und tapezierte die Wände des Restaurants mit bearbeiteten Fotos von sich selbst und Anna: Da war Adrian, der Elizabeth Taylor heiratete, da war Anna, die John F. Kennedy heiratete, und da waren die beiden als Elizabeth und Philip bei der Krönungszeremonie. Und es gab ein echtes Hochzeitsfoto meiner Eltern: Meine Mutter ist zweiundzwanzig, so umwerfend wie Audrey Hepburn, mit traurigem, verhangenem Blick. Mein Vater steht neben ihr und sieht eher aus wie ein Publizist, nicht wie ein Ehemann. Er winkt triumphierend in die Kamera.

Als die Freunde alle versammelt waren, hielt Adrian eine Rede, in der er sagte, es komme ihm vor, als wäre ihr Hochzeitstag gestern erst gewesen. Er sagte, Anna sei eine fabelhafte Köchin, die beste Frau, die er sich nur habe erträumen können, auch wenn sie nicht viel Gefallen an israelischem Volkstanz finde. Da mussten alle lachen. Er fuhr fort, sie sei eine begabte Bildnerin, stelle ihr Licht aber unter den Scheffel, und alle starrten sie mit großen Augen an, ganz wie sie befürchtet hatte. Ich dachte an die Skulpturen, die bei uns herumstanden: nackte Körper in vielsagenden Posen – sie reckten sich nach Dingen, die außerhalb ihrer Reichweite waren. Wenn meine Mutter ihm eine neue Skulptur zeigte, musterte mein Vater sie eine Zeit lang und fragte dann: »Und was soll das jetzt darstellen?«

Nach der Rede bat mein Vater den Geschäftsführer, seine Volkstanzkassette einzulegen. Die Freunde bildeten in der Mitte des Restaurants einen etwas verbeulten Kreis und tanzten, während die Gäste an den anderen Tischen zusahen, an ihren Gläsern nippten und sich vielleicht fragten, ob alle Juden samstags nachmittags so etwas veranstalteten. Mein Vater machte Hunderte Fotos, und meine Mutter setzte ihr tapferstes Gesicht auf. Sie lachte und tanzte und tätschelte ihre Brust, wenn Freunde einen Witz machten, aber es war deutlich, dass sie litt. Sie wünschte sich einen ruhigen Abend zu Hause mit ihrem Mann. Das hatte sie ja gesagt.

Für mich war das Beste am *Çağlayan* das Dessert, das auf einem Servierwagen mit Tischtuch herumgefahren wurde: Crème Brûlée, Crème Caramel, Obstsalat und Rosinenkuchen.

»Ach, was für ein hübscher Junge«, sagte der halslose Ober und gab eine Extraportion Schlagsahne auf meinen Kuchen. »Bald wirst du allen Mädchen die Herzen brechen.«

»Ja, muss jeden Moment so weit sein …«

»Du wirst sehen, du wirst sehen!«, lachte der Ober und wedelte mit dem Zeigefinger.

»Vielleicht wirst du auch keine Herzen brechen«, warf meine fünfzehnjährige Schwester ein und schob in ihrer Dessertschale missmutig ein Stück Ananas hin und her.

»Keine Sorge, Ruthie«, sagte ich. »Werde ich schon nicht.«

Ich sah vor meinem geistigen Auge eine lange, schnurgerade Reihe Blut pumpender Herzen; jemand bot mir einen Schmiedehammer an, doch ich lehnte höflich ab.

Die Freunde meiner Eltern hatten in letzter Zeit Ähnliches gesagt. Für sie war der Fall klar. Sie sagten, ich würde »große Auswahl haben«, »die Mädchen reihenweise zum Weinen bringen« und meinen Eltern »das Leben schwer machen«. – »Na, übst du noch Klavier?«, neckten sie mich. »Bald wirst du anderes im Sinn haben.« Ich nickte und spielte mit, aber im Grunde war es der reine Blödsinn. Große Auswahl an was? Wessen Herz brechen? Ohne Namen und Adressen lief bei mir gar nichts.

Der Startschuss für all diese erotischen Spekulationen fiel bei meiner Bar Mitzwa. Ich legte eine Sopran-Vorstellung hin, die einer Kiri Te Kanawa würdig gewesen wäre, und doch fragte man mich anschließend, wie es sich anfühle, ein Mann zu sein. »Toll«, quietschte ich. »Ich genieße jede Minute.« Gott sei Dank kam ich mit dreizehneinhalb Jahren endlich in den Stimmbruch. Nur dass meine Stimme nicht zerbrach wie bei manchen anderen Jungen, sondern sich eher unauffällig reckte und streckte. Ich überprüfte es täglich am Klavier: Pro Woche wurde sie einen Halbton tiefer. Und auch meine Statur veränderte sich, ich wurde breiter und

länger. Es war nicht zu leugnen, dass ich mich irgendwohin entwickelte, nur war noch nicht klar, wohin eigentlich. Wenn ich
Glück hatte, landete ich bei den Guten und erfreute mich einer
großen Auswahl. Aber vielleicht ging es ja in die andere Richtung. Dann würde ich einer dieser Jungen mit knochigem Gesicht
und entzündeten Pickeln werden, mit Überbiss und unstetem
Mörderblick. Für jeden Jungen, der einem Mädchen das Herz
brach, musste es fünf oder sechs geben, die ihr den Nerv töteten.

Damals verbrachte ich eine Menge Zeit damit, mir vorzustellen, wie ich die Herzen hübscher Mädchen brach. Ich hatte
schon zwei geküsst, aber nur einer dieser Küsse war ein echter
Zungenkuss gewesen. Das Mädchen hatte meinen Mund er-
forscht wie ein Zahnarzt und mich gebeten, ihn weiter aufzu-
machen. Mit Brüsten war ich noch nicht in direkten Kontakt
gekommen und hätte auch gar nicht gewusst, was ich damit
hätte anfangen sollen. Das hielt mich allerdings nicht davon ab,
sie mir vorzustellen. Ich dachte auch sehr eingehend darüber
nach, was eigentlich mit meiner Männlichkeit los war, die sich
nicht so entwickelte, wie ich es mir wünschte – analog zu einem
Halbton pro Woche. Die Vorstellung, ich könnte ein Mädchen
für diesen Teil meiner Anatomie interessieren, erschien mir kein
bisschen weniger abwegig als eine Diskussion der Relativitäts-
theorie mit diesem schielenden, Schlagsahne löffelnden Ober.

Auch mein Vater, nie geneigt, im Hintergrund zu stehen,
hatte sich in letzter Zeit eingeschaltet. Er hatte zweimal zu einem
Seminar über *Lady Chatterley* und Lawrence' Verwendung des
Wortes »Fotze« angesetzt, doch das hatte ich schnell unter-
bunden. Außerdem war er zu dem Schluss gekommen, jetzt,
da ich dreizehn war, sei es an der Zeit, Marvin Gaye leiser zu stellen und mir alles mitzuteilen, was er über die Endlösung wusste,
und zwar in einer Reihe von Vorträgen, die er mir donnerstags
morgens mit leiser, aufgeregter Stimme im Volvo hielt. Er begann mit den frühen Nazi-Methoden zur Judenvernichtung,
sprach von Euthanasie und Krankenwagen, deren Abgase ins

Innere geleitet worden waren, wandte sich dann den Einsatz-
gruppen zu und schilderte mit einiger Emphase die Massenver-
nichtung in Treblinka und Auschwitz.

»Einen schönen Tag, Doobs«, rief er mir durch das Volvo-
Fenster nach. »Heute Abend sehen wir uns nicht – ich gehe
zum Tanzen.«

Ich verbrachte meine Tage mit Grübeleien über Gaskammern
und Mädchen, über Massengräber und meine erwachende
Männlichkeit. Ich dachte an die Großeltern meiner Mutter:
Sie waren von den Nazis ermordet worden, vermutlich mit Gas,
doch niemand wusste, wann und wo sie gestorben waren. Und
ich machte mir Gedanken über Dads großes Interesse am Holocaust – seine Familie war während des Kriegs in England gewesen und hatte sich um den Wehrdienst gedrückt.

*

Etwa zu dieser Zeit kam mein Vater zu dem Schluss, dass ich
bereit war für die Welt der Auktionen. Er brachte den Katalog eines Londoner Auktionshauses mit, das den Verkauf von
Gegenständen aus dem Showbusiness ankündigte. Als er mir das
Heft gab, war es bereits zerlesen und mit Sternchen versehen,
als hätte er Verschiedenes gefunden, das er vielleicht tatsächlich
ersteigern wollte. Er hatte Lose markiert, die Gegenstände von
Bill Haley oder Buddy Holly oder Danny Kaye oder Elizabeth
Taylor enthielten, und diese Namen hatte er doppelt unterstrichen, als stünden sie ganz oben auf unserer Liste. Ich blätterte den Katalog durch und machte meine eigenen Sternchen.
Einige der besseren Sachen wurden einzeln versteigert, aber es
gab auch viele Lose, die ganze Sammlungen zu enthalten schienen. Eine Beschreibung lautete:

*Los 81: Zehn Autogramm-Alben mit mehr als fünfhundert Auto-
grammen, darunter Judy Garland, Boris Karloff, Elizabeth
Taylor und andere* £ 100–150

Mein Vater hatte »Garland« und »Taylor« unterstrichen und einen doppelten Kreis um »und andere« gemacht.

»Fünfhundert Unterschriften!«, rief ich. »Aber hier sind nur drei aufgeführt.«

»Genau. In den Alben gibt es bestimmt noch andere interessante Namen. Wir sollten hingehen und es uns mal ansehen.«

Die Besichtigung fand unmittelbar vor der Auktion statt. Im Hintergrund spielte Musik aus den Vierzigerjahren. Die Lose befanden sich in hohen Vitrinen, und an einer Tischgruppe in der Mitte des Saals saßen Händler und nahmen sie in Augenschein. Mitarbeiter des Auktionshauses schlossen die Vitrinen auf und brachten einem die wertvollen Lose. Wir setzten uns und baten um Los 81, und dann schnappten wir nach Luft, als wir die Alben durchblätterten, allesamt liebevoll mit Autogrammen gefüllt. Jede Unterschrift war Beleg für einen winzigen Augenblick etwa vierzig Jahre zuvor, für immer festgehalten auf diesem Papier. Mich faszinierte, dass jeder berühmte Mensch eine eigene, unverwechselbare, nicht reproduzierbare Art hatte, seinen Namen zu schreiben: geschwungen oder eckig, verschnörkelt oder unleserlich. Ich dachte an meine eigene Unterschrift: Immer, wenn ich sie in meinem Schulheft übte, hatte ich das Gefühl, als würde ich damit beweisen, dass ich wirklich existierte, dass ich wirklich ich war.

»Ah, die ist jung gestorben«, seufzte mein Vater und schüttelte traurig den Kopf, als wir auf Judy Garlands verspielte Unterschrift stießen. »Und sieh mal, da ist Elizabeth Taylor. Sie war wunderschön. Und sie hat es auch datiert: 1946. Da kann sie nicht viel älter gewesen sein als du jetzt.«

Ich hatte Taylor ein paar Male geschrieben, aber alles, was man bekam, war ein Foto aus späteren Jahren, das sie mit ihrem Wuschelkopf zeigte, von ihrer Sekretärin lieblos signiert: »Alles Gute, Elizabeth Taylor«. Doch die Unterschrift in diesem Autogrammalbum war jugendlich, ja kindlich, und stammte eindeutig von Taylor selbst. 1946 war in ihrem Leben noch so vieles unentschieden gewesen. *Cleopatra* war noch nicht gedreht worden. Ihr Herz war noch nicht von Richard Burton oder irgendeinem anderen gebrochen worden. Ich starrte den Schriftzug begierig an, ich wollte ihn haben und in meine Sammlung einfügen. Mir fiel ein, dass Darren Pendle nach einer frühen Taylor suchte und dass sie auch auf Yogesh Guptas Wunschliste stand. Diese hier würden sie jedenfalls nicht kriegen – die gehörte mir. Aber es gab noch so viele andere Autogramme in diesen Alben! Wir entdeckten Laurel und Hardy, vier Charlie Chaplins, eine Marilyn, nicht weniger als sechs Sinatras, Cagney, Mansfield, Alfred Hitchcock (mit einer kleinen Zeichnung), zwei Walt Disneys. Es hörte gar nicht mehr auf. Meine Liste auf dem KatalograND wurde lang und länger.

»Warum hat die keiner bemerkt?«, sagte mein Vater. »Das ist doch bizarr. Und warum ist der Schätzwert so niedrig?«

»Wir müssen die Alben kaufen, Dad. Für einen frühen Sinatra zahlen Sammler in *The Inkwell* zweihundert Dollar, und hier sind sechs! Walt Disney ist fünfhundert Dollar wert. Und eine frühe Liz Taylor bringt mindestens dreihundert.«

»Mal sehen, was passiert«, sagte mein Vater. »Man kann nie wissen.«

Wir übergaben das Los wieder an den Mitarbeiter und blätterten weiter im Katalog.

Hinter uns erklang eine vertraute amerikanische Stimme.

»Kommt nicht ins Schwitzen, Leute – ihr werdet nichts kriegen.«

Es war Sig Bernstein. Um seinen Mund spielte ein gnadenloses Lächeln. Eine Wolke von Mundgeruch hüllte uns ein.

»Sig! Na, so was! Sie hier?«, sagte mein Vater und schüttelte ihm die Hand.

»Ich kaufe alles«, sagte Sig. »Ihr könnt nach Hause gehen und Tee trinken, Leute.«

Er kaufte alles.

*

Nicht lange danach sah ich im *Evening Standard* eine Anzeige, in der stand, Elizabeth Taylor werde am folgenden Tag um siebzehn Uhr persönlich im Kaufhaus Selfridges erscheinen, um für ihr neues Parfüm *Passion* zu werben. Da ich ihr Autogramm weder per Post noch in einer Auktion bekommen konnte, war das wohl meine einzige Chance.

Es war nicht das erste Mal, dass ich mit dem schwarzen Buch, das mein Vater mir bei Woolworth gekauft hatte und auf dessen Einband in goldenen Lettern AUTOGRAMME prangte, auf die Jagd ging. Auf den Rat von Brieffreunden stand ich an Premierenabenden vor Theatern – man konnte ja nicht wissen, wer erscheinen würde. Wie sich herausstellte, wurden Leute wie ich in der Branche als »persönliche Sammler« bezeichnet. Premierenabende waren aufregend, aber meist zeigten sich nur kleine Fische. Ich erwischte Ed Asner, Warren Mitchell und Judy Dench. Terry Wogan tat, als nähme er mich nicht wahr, und Jonathan Miller sagte, er »mache« keine Autogramme. Oft hatte ich keine Ahnung, wer berühmt war und wer nicht, und musste den anderen Sammlern folgen, um zu sehen, wen sie aufs Korn nahmen. Viele von ihnen waren älter als meine Eltern. Ich achtete auch auf die Paparazzi: Wenn sie jemanden fotografierten, musste es eine Berühmtheit sein. So kriegte ich Robert Beatty, Mary Martin und Edward Fox. Und dann gab es ein berühmtes Paar, das immer und immer wieder in seinem Rolls-Royce erschien. »Der blöde Michael Winner und die blöde Fiona Fullerton«, knurrten die Fotografen und wandten sich verächtlich ab.

Am nächsten Nachmittag verließ ich um vier die Schule, ging zur Finchley Road, fuhr mit der U-Bahn zur Bond Street und war um Viertel vor fünf im Kaufhaus. An den Wänden der Parfümabteilung hingen riesige Fotos: Elizabeth Taylor auf dem Höhepunkt ihres Ruhms, behängt mit glitzerndem Schmuck und an der Seite diverser Ehemänner. Außerdem sah ich reihenweise Fotografen und jede Menge dicht gedrängt stehende, erwartungsvolle Fans und erkannte sofort, dass ich keine Chance haben würde, an Taylor heranzukommen. Plötzlich fiel mir der Parkplatz ein. Sie musste mit einem Wagen gekommen sein, und das hieß, dass sie, wenn dieser Termin vorbei war, auch mit einem Wagen wieder wegfahren würde.

Ich ging um das Gebäude herum und folgte den Hinweisschildern zum Parkplatz. Und tatsächlich standen dort eine lange schwarze Limousine und ein Mann mit einer riesigen Kamera.

»Ist das der Wagen von Liz Taylor?«, fragte ich ihn.

»Ja, sie ist gerade reingegangen«, sagte der Fotograf. »Wir erwischen sie, wenn sie wieder rauskommt.«

Wir, das waren er und ich. Ich war der einzige Fan weit und breit und dabei erst dreizehn. Ich nahm an, dass Liz mir nicht mehr entgehen konnte. Sie würde unterschreiben müssen. Ich zitterte vor Aufregung über die Begegnung, die gleich stattfinden würde, und rekapitulierte, während ich wartete, meine bislang noch kurze Autogrammjägerkarriere: Die Thompson Twins, Big Daddy und Judy Dench – aber sie waren nichts im Vergleich zu Liz Taylor!

Nach einer halben Stunde, die mir wie eine Ewigkeit vorkam, wurde die Tür, die aus dem Gebäude zum Parkplatz führte, aufgerissen, und da, vor meinen Augen, war Elizabeth Taylor. Es war, als würde alles in Zeitlupe geschehen, als würde sie aus einer Rauchwolke hervortreten. Wenn dies ein Monty-Python-Sketch gewesen wäre, dann wäre an dieser Stelle Musik von Wagner erklungen. Vier Leibwächter rahmten sie ein. Sie richtete ihre blauen Augen auf mich und lächelte. Liz Taylor sah mich an! Ein paar Sekunden noch, dann würde ich ihre Unterschrift in meinem Album haben.

»Miss Taylor, würden Sie mir bitte ein Autogramm geben?«, quietschte ich.

Wir hatten unseren Augenblick, Liz und ich. Wir sahen einander tief ins Herz. Ich dachte an die jugendliche Unterschrift, über die ich vor ein paar Tagen mit dem Finger gestrichen hatte.

Und wenn Liz mein junges Gesicht sah, dachte ich, würde sie sich an die Hoffnungen und Träume erinnern, die sie in meinem Alter gehabt hatte, als so vieles noch nicht entschieden gewesen war. Die große Kamera klickte unaufhörlich.

Doch es geschah etwas ganz anderes. Ihr Blick wurde leblos. Sie schaltete ab. Szenen wie diese hatte sie eine Million Mal erlebt. Wir waren keine Seelenverwandten. Sie war fünfzig, ich war dreizehn, nur ein weiterer verrückter Fan. Außerdem hatte sie anderes im Kopf. Eine Gesichtsstraffung? Ein Abendessen mit einem zukünftigen Ehemann? Die Nadel fuhr kratzend über die Schallplatte, und die Wagner-Musik verstummte.

»Tut mir leid«, sagte Liz Taylor. »Ich kann nicht.«

Und damit stieg sie in den Wagen, der sich sogleich in Bewegung setzte. Der Fotograf putzte sich die Nase und trottete davon.

Ein Teil von mir war bitter enttäuscht, ein anderer eigenartig erleichtert. Weshalb? Ich konnte nicht den Finger darauf legen. Es war, als wäre ich entschlossen gewesen, ins eiskalte Wasser eines Swimmingpools zu springen, ohne vorher die Temperatur zu prüfen, hätte mich im letzten Augenblick aber dagegen entschieden. Liz Taylor war nicht meine Liga, das war alles. Mein Wunsch war größer gewesen als meine Einsicht. Aus irgendeinem Grund fiel mir ein, wie der Monty-Python-Sketch, der mir so gefiel, endete. Man sah die in dem Raum gefangenen alternden Milchmänner, und dann gab es einen Schnitt auf einen Mann, der an einem Schreibtisch saß, einen Satz schrieb und ihn vorlas: »Der Raum ist voller Milchmänner, von denen einige sehr alt sind!«

*

Um zehn Uhr bat der Besitzer des *Çağlayan* um Ruhe: Er wolle eine Ankündigung machen. Er sagte, da meine Eltern seit fünfzehn Jahren seine treuen Gäste seien, würden wir nun in einen seltenen Genuss kommen. Laute türkische Musik mit vielen

Trommeln erklang, und mit einem Mal war da eine Frau mit weißem Rock und einem mit silbernen Troddeln geschmückten BH. Sie wand sich zwischen den Gästen hindurch wie ein verwirrtes Kalb bei einer Viehauktion, auf ihrem Gesicht ein starres Lächeln. Sämtliche Ehemänner begannen, im Takt der Musik zu klatschen, beäugten die Brüste und den flachen Bauch der Frau, wenn sie an ihnen vorbeitanzte, und versuchten, ihren Blick aufzufangen. Ihre Frauen dagegen schlugen die Augen nieder, falteten die Hände auf dem Tisch und schienen darauf zu warten, dass es vorbei war.

Die Tänzerin hatte an ihren Fingern Zimbeln befestigt und ließ sie erklingen, wenn sie mit jemandem tanzen wollte. Die Männer liebten das. Sie sahen kurz ihre Frauen an, sprangen dann mit unangemessener Bereitwilligkeit auf und schwangen ihre massigen Körper hin und her, wobei sie mit imaginären Fingerzimbeln nach der jetzt extrem gelangweilt wirkenden Tänzerin schnippten, heftig beneidet von den anderen Männern. Wenn sie schließlich genug hatte, hielt sie ihrem jeweiligen Partner ihre Brüste unter die Nase, bis dieser einen Geldschein in ihr Dekolleté gesteckt hatte, worauf sie sich den Nächsten vornahm.

»Ich wette, du hoffst, dass sie mit dir tanzt«, sagte die Frau von Dads Buchhalter, die sich neben mich stellte, als die Bauchtänzerin mit ihren strammen Rundungen durch den Mittelgang wirbelte.

»Ich weiß nicht«, sagte ich. »Ich glaube, ich bin nicht ihr Typ.«

Wie sich herausstellte, war ich ihr Typ. Sie sah mich an und hob die Augenbrauen. Ich war weder Buchhalter noch vierundvierzig und daher vielleicht eine willkommene Abwechslung. Ich war nervös. Sie kniff die Augen zusammen – anscheinend spürte sie meinen Widerstand. Und schon bimmelte sie mich mit ihren Fingerzimbeln an und ließ ihre Brüste erbeben. Aus dem Augenwinkel sah ich meinen Vater, grinsend und mit gezückter Kamera. Ich sah, dass die anderen Männer einen Blick auf die Uhr warfen und die Augen ihrer Frauen zum ersten Mal seit der Vorspeise aufleuchteten.

Die Bauchtänzerin wand sich vor mir, als wollte sie mir sagen, sie gehöre mir, und ich könne mit ihr tun, was ich wolle.

Der Raum ist voller Ehemänner, dachte ich, von denen einige sehr alt sind.

»Tut mir leid«, sagte ich mit meiner freundlichsten Stimme. »Ich kann nicht.«

# GARBO

*Greta Garbo*

Jemand, der ständig lächelt,
verbirgt dahinter eine beinahe beängstigende Härte.

GRETA GARBO (geb. GUSTAFSSON)

Mums Eltern waren Tschechen, weswegen sie das R rollten, sich elegant kleideten und klassische Melodien vor sich hin summten, wenn der jeweils andere etwas sagte. Mein Großvater hatte sich aus ärmlichen Verhältnissen zu einem erfolgreichen Geschäftsmann emporgearbeitet und handelte mit Kunststofferzeugnissen. Er war oft geflohen: 1938 vor den Nazis und 1948 vor den Russen. Als er sich in England niederließ, änderte er seinen Namen. Mit einem Federstrich wurde aus einem Schwartzmann ein Sheldon – er hatte einfach im Telefonbuch unter S nachgesehen.

Meine Großmutter war dicklich, aber eitel. Sie lachte nicht gern, denn sie befürchtete, davon Falten zu bekommen. Wenn fotografiert wurde, präsentierte sie stets ihr Profil. Wie auch bei Mum wusste man, dass sie sich einiges dachte, auch wenn sie nichts sagte, und zwar, weil sie manchmal so eigenartig das Gesicht verzog. Wenn ich sie dann fragte: »Woran denkst du gerade, Grandma?«, erschien auf ihrem Gesicht ein breites Lächeln. Und dann gab sie mir einen Klaps auf die Hand.

Lotka hatte meinen Großvater mit siebzehn geheiratet. Die Schwarz-Weiß-Bilder des Fotografen zeigten junge Filmstars mit frischen Gesichtern, die gemeinsam in eine wunderbare Zukunft blickten. Dagegen war auf dem einzigen existierenden Foto von Grandpa Jožkas Eltern, das in einem schwarzen Rahmen auf dem Fernseher stand, ein einfaches, hart arbeitendes Bauernpaar zu sehen, das nicht wusste, welches schlimme Schicksal es erwartete. 1938 hatte Grandpa versucht, die beiden zu überreden, die Tschechoslowakei zu verlassen, doch sie hatten gefunden, er übertreibe die Gefahr. Niemand wusste, wo und wann sie gestorben waren, aber die meisten tschechischen Juden waren nach Theresienstadt und von dort nach Auschwitz transportiert worden. Manchmal hörten wir Gerüchte, Grandpas Bruder Aron sei aus dem Zug geflohen, aber niemand wusste es mit Gewissheit oder kannte irgendwelche Einzelheiten. Mum sagte manchmal, wir sollten ihn suchen, und ich hatte Fantasien, in denen ich ihn irgendwo im Ostblock ausfindig machte und für ein herrliches, freudiges Wiedersehen nach London brachte.

Grandpa Jožka war ein Mann, der wusste, wie man etwas machte. Wenn man ihn um Rat fragte, erhielt man erschöpfend Auskunft. Die erhielt man allerdings auch, wenn man ihn nicht um Rat fragte. Während sich mein Vater in langen Satzkaskaden immer weiter vom Thema entfernte, war Grandpa Jožka kurz und bündig: »Was hast du zu verlieren?«, oder: »Die Frage ist doch die …«, oder: »Sei vorsichtig.« Wenn er krank war, schloss er sich in seinem Zimmer ein und erklärte: »Ich habe eine Erkältung. Weitere Bulletins wird es nicht geben.« Grandpa Jožka war das Gesetz. Er war wie ein Richter oder ein Präsident, und gnade Gott allen, die ihm widersprachen. Mit ihm verheiratet zu sein, war laut meiner Mutter so ziemlich das Anstrengendste, was es gab, und zwar, weil er so beschädigt war durch das, was mit seinen Eltern passiert war. Anscheinend war Grandma Lotka früher des Öfteren so wütend und frustriert gewesen, dass sie in die Garage gegangen war und alte Marmeladengläser zerschmissen hatte, um Dampf abzulassen. Oder sie hatte eine Ohnmacht vorgetäuscht, nur um einen Streit zu gewinnen.

Grandpa Jožka holte mich oft von der Schule ab (»Um welche Uhrzeit soll ich kommen?«), und dann gingen wir nach Kingsbury, wo ich wartete, bis meine Mutter kam. Grandma sorgte dafür, dass ihr Mann nicht untätig war.

»Los, schneide einen Apfel für deinen Enkel«, befahl sie ihm.

»Kaum gesagt, schon getan«, antwortete er und verbeugte sich wie ein Sommelier, bevor er in die Küche ging.

»Und bring ein paar Kekse mit. Ein paar *vanilkové rohlíčky*.«

Meine Großmutter legte mir eine Decke um und strich mir über die Stirn.

»Der Wunsch meines Enkels ist mir Befehl«, rief Grandpa.

Während er sich in der Küche zu schaffen machte, saßen Grandma und ich auf dem Sofa und sahen uns alte Filme an: *Heimweh nach St. Louis*, *Der Zauberer von Oz*, *Casablanca* oder *Menschen im Hotel*, in dem Greta Garbo eine einsame Ballerina spielt, die den Niedergang ihrer Karriere betrauert. Sie ist niedergeschlagen, sie will allein sein, doch dann verliebt sie sich in einen geheimnisvollen Baron. Am Ende verlässt sie das Hotel, um mit ihrem Liebhaber ein neues Leben zu beginnen, weiß aber nicht, dass er bereits tot ist.

»Als ich jung war, haben manche gesagt, ich sähe ihr ähnlich«, sagte meine Großmutter.

»Du siehst ihr noch immer ähnlich, Grandma.«

»Ach, sei nicht albern. Ich sehe aus wie ihre Großtante.«

»Nein. Du siehst aus wie sie.«

»Als wir jung waren, sah deine Grandma sehr gut aus«, sagte Grandpa und kam mit einer Kristallschale, in der ein sorgsam geschälter und in Stücke geschnittener Apfel lag. »Aber weil sie die Nase immer so hoch getragen hat, konnte keiner glauben, dass sie Jüdin war. Stimmt's, *zlato?*«

Meine Großmutter zeigte stumm, wohin er die Schale zu stellen hatte, und winkte ihn hinaus.

*

Der Garbo zu schreiben, war sinnlos. Was Autogramme betraf, war sie praktisch tot. Das einzige Exemplar, das ich je gesehen hatte, befand sich in Sig Bernsteins Portfolio und kostete tausend Pfund. Eine große, geschwungene Unterschrift.

Brando, Sinatra, Newman – sie alle hatten Sekretäre und unterschrieben nur selten selbst. Aber Garbo-Autogramme gab es einfach nicht. Natürlich stand in den einschlägigen Zeitschriften ihre New Yorker Adresse, und natürlich versuchten wir Sammler unser Glück, aber es war sinnlos. Selbst wenn man wusste, wie sie jetzt aussah – und das wusste niemand –, hatte man keine Chance. Sie hatte einfach beschlossen, das nicht zu tun. Keine Autogramme. Keine Ausnahmen. Und niemand wusste, warum.

»Sie will eben nicht im Rampenlicht stehen«, vermutete Dad und stellte das Objektiv seiner Kamera ein, um ein stimmungsvolles Foto von Mum zu machen, die in der Küche stand und Hackbraten zubereitete.

»Wie kann ich sie nur dazu bringen zu unterschreiben?«, überlegte ich laut.

»Du könntest ihr ja drohen«, schlug Dad vor.

»Adrian«, rief Mum.

»Oder … ich weiß nicht, vielleicht könntest du sie überlisten.«

»Sie ist zu schlau«, sagte ich. »Sig Bernstein hat mir eine Geschichte erzählt. Sie hat in New York Schuhe gekauft und mit einem Scheck auf den Namen Harriet Brown bezahlt – das ist ein Pseudonym, das sie benutzt. Die Verkäuferinnen haben sie erkannt und wussten, wie wertvoll die Unterschrift war, und darum hat der Besitzer den Scheck nicht eingelöst, sondern behalten. Eine Woche später bekam er einen Anruf von Garbos Assistentin. ›Warum haben Sie den Scheck noch nicht eingelöst? Würden Sie das bitte umgehend tun?‹«

»Erstaunlich«, sagte Dad und versuchte, den Stapel meiner Alben auf dem Wohnzimmerboden von oben zu fotografieren.

»Ich nehme an«, sagte Mum, die kurz in der Wohnzimmertür erschien, »sie hat die Nase voll von Studiobossen, die immer wollen, dass sie abnimmt. Sie hat die Nase voll von diesem unaufrichtigen Theater. Sie hat einfach genug.«

Für uns Autogrammsammler war die Garbo wie eine schwärende Wunde, ein Problem, das sich jeder Lösung widersetzte. Die bloße Erwähnung ihres Namens löste Unruhe und heftiges Kopfschütteln aus. Von allen Autogrammen lebender Persönlichkeiten war ihres das seltenste – jeder Buchstabe kostete hundert Pfund. Ich kam zu dem Schluss, dass ich die Sache vergessen und in die entlegeneren Regionen meines Bewusstseins verschieben sollte, dorthin, wo schon Peniskrebs und Atomkrieg waren.

Eines Tages, als ich beim Friseur warten musste, stieß ich auf Seite vier der *Sun* auf den Artikel eines Journalisten, der die Garbo in einem Schweizer Wintersportort aufgespürt hatte. Er hatte sogar neben ihr auf einem Sofa in der Lobby gesessen und sich mit ihr unterhalten. Sie habe gesagt: »Ich will nur allein sein, Schätzchen«, und ihn dabei am Ärmel gezupft.

Als ich wieder zu Hause war, schrieb ich dem Journalisten. Wenn er auf so freundschaftlichem Fuß mit Greta Garbo stand, konnte er mir dann vielleicht ein Autogramm verschaffen? Ihrem größten Fan? Dem jüngsten Fan. Einem Fanatiker. Meine Großmutter war mit der Garbo verwechselt worden!

Keine Antwort. Aber ich würde schon bald selbst in die Schweiz reisen.

*

Jedes Jahr machten wir mit Mums Eltern einen Skiurlaub, und jedes Jahr war Grandma Lily sauer, weil sie nicht mitdurfte. Das Problem war: Sie stammte aus dem Londoner East End, während Mums Eltern Tschechen waren. Sie zusammenzubringen wäre so gewesen, als würde man eine gebratene Gans mit einem Haufen fettiger Pommes servieren. Meine tschechischen Großeltern wurden sehr ungeduldig, wenn sie sich lange Geschichten über Discounter und Sonderangebote anhören mussten, und wenn sie von ihren monatelangen Urlauben auf Hawaii erzählten, murmelte Lily bissige Kommentare darüber, »wie die andere Hälfte lebt«. »Verreist ihr schon wieder?«, fragte sie, wenn sie die beiden sah. »Habt ihr nicht langsam genug von all den Reisen?«

Außerdem hatte Mum nach einem traumatischen Urlaub in Südfrankreich mit Grandma Lily, deren Französisch ein Weinglas zerspringen lassen konnte, geschworen, nie wieder mit ihr zu verreisen. Es war schwer genug, Lily jedes Wochenende in London zu besuchen. Sie redete ununterbrochen und hörte nie zu. Sie schwang beklemmende Reden darüber, dass wir ihre »kleine Familie« seien und alles andere egal sei, dass Blut dicker als Wasser sei und sie ständig an uns denke. Dad rief sie jeden Abend an und hielt den Hörer auf Armeslänge von sich weg, weil ihr Redeschwall so unerträglich war. Während Dad sich die Schläfe rieb und tief ein- und ausatmete, hörte man Grandma Lilys leises Geplapper.

In diesem Jahr war es Dads Pech, dass seine Mutter drei Tage vor unserer Abreise einen Unfall hatte und sich das Bein brach.

»Ich fühle mich schrecklich, sie so ganz allein im Krankenhaus zu lassen«, sagte er im Volvo, während er zaghaft versuchte, sich in den Verkehr einzufädeln. »Ich bin doch alles, was sie hat. Ich sollte wirklich bleiben und ihr Gesellschaft leisten.«

»Moment mal, Adrian«, sagte Mum. »Das wäre ein bisschen übertrieben. Du weißt doch, ich habe diese Frau gefunden, diese Sue, die ihr tagsüber Gesellschaft leistet. Sie wird also keineswegs allein sein. Und sie schien sehr zufrieden mit dieser Regelung. Sie hat gesagt, wir sollen in Urlaub fahren und uns erholen und uns keine Sorgen machen. Das waren ihre Worte.«

»Sie mag das Krankenhausessen nicht«, sagte Dad, schüttelte den Kopf und fasste sich ans Kinn. »Sie findet es ekelhaft. Sue muss ihr jede Menge anderes Essen mitbringen.«

»Dafür habe ich schon gesorgt«, sagte Mum. »Zum Mittagessen bringt sie ihr Bagels. Und legt für den Notfall noch ein paar Sachen in den Stationskühlschrank. Ich glaube, sie ist ganz gut versorgt. Und es sind ja bloß sechs Tage.«

»Was sie sich dabei bloß gedacht hat!«, rief Dad plötzlich wütend. »Ganz allein die Merrion Avenue zu überqueren! Sie hätte doch wissen müssen, dass das keine gute Idee ist. Sie sieht ja kaum noch was!« Plötzlich wirkte er verblüfft, als wäre Grandma Lily das Londoner Gegenstück des Bermudadreiecks.

»Na ja, das war ein Fehler«, sagte Mum. »Und Gott sei Dank ist es ja nur ein gebrochenes Bein. Sie hat Glück gehabt, Adrian, und wird bald wieder gesund sein. Es ist nicht nötig, in London zu bleiben. Und wir haben uns schon so lange auf diesen Urlaub gefreut.«

»Ja, du hast ja recht, Lo-lo«, sagte er und schüttelte noch immer den Kopf. »Sie wird gut versorgt sein. Bestimmt. Aber ich fühle mich so schuldig.«

Grandpa Jožka und Grandma Lotka erwarteten uns wie immer am Bahnhof von Arosa. Sie trugen Pelzmützen und Sonnenbrillen und lächelten breit. Meine Schwester und ich freuten uns, unsere Großeltern zu sehen. Jeder von uns nahm einen von ihnen an der Hand, und dann gingen wir zum Hotel. Unterwegs hielt ich Ausschau nach Greta Garbo. Man konnte ja nicht wissen. Ein vielsagender Blick aus Rehaugen, ein gleitender Schritt – jede alte Frau, die uns begegnete, war für einen winzigen Augenblick Greta Garbo.

Grandpa zeigte uns unsere Zimmer und rief: »Willkommen im besten Hotel von Arosa!« Dann waren wir vier wieder allein.

»Ist euch aufgefallen«, sagte Mum, »dass meine Eltern kein Wort miteinander gesprochen haben?«

»Jetzt, wo du es sagst …«, sagte Dad.

»Wahrscheinlich haben sie wieder mal Streit. Sie hat mir nicht mal einen Kuss zur Begrüßung gegeben. Warum muss sie immer so distanziert sein?«

»Na ja, so ist sie eben. Du kennst sie ja.«

»Ja, aber dass sie mich nicht mal berührt?«

»Lo-lo, ich muss im Edgware General anrufen, sonst kann ich mich nicht entspannen.«

Mum verdrehte die Augen. Ich antwortete mit einem Schulterzucken, das besagte, dass sie und ich einer Meinung waren über die Art von Ehemann, in die Dad sich verwandelt hatte.

»Alles in Ordnung, Mum?«, quietschte Dad in den Hörer. »Ist das Essen okay?«

Als er auflegte, war sein Gesicht vollkommen verändert. Auch seine Stimme war wieder normal.

»Es geht ihr gut«, seufzte er. »Schon viel besser.«

»Mir wird's erst besser gehen, wenn du endlich die Nabelschnur durchtrennt hast«, sagte Mum.

Die Tage waren mit Skifahren gefüllt. Ruth und ich bekamen Privatunterricht von einer Frau namens Regula, die alles in einen Spaß verwandelte und *Smooth Operator* von Sade sang, wenn wir die Hänge hinunterfuhren. Sie lachte viel und hatte, obwohl sie Schweizerin war, einen amerikanischen Akzent. Sie trug den gleichen blauen Skianzug wie die anderen Skilehrer, denen sie mit ihrem Skistock zuwinkte. Manchmal winkte sie auch den Leuten, die vor den Hütten neben der Piste in der Sonne lagen oder Wurst aßen.

Nachmittags liefen wir mit unseren Eltern und Grandpa Jožka Ski, während meine Grandma Lotka einen Spaziergang machte oder allein im Hotel blieb.

»Bist du sicher?«, fragte ich sie jeden Morgen. »Wirst du dich auch nicht einsam fühlen?«

»Ehrlich gesagt, ist so eine Pause auch ganz schön«, sagte sie mit einem Seitenblick auf ihren Mann.

Grandpa winkte ab. »Sie wird sich nicht langweilen. Das Personal hier behandelt sie, als wäre sie Kleopatra.«

*

Die Abende verbrachten wir in der Hotelbar, wo es Live-Musik gab, meist Klaviermusik, gespielt von einem verknitterten Deutschen namens Manfred, der eine Menge Bier trank. Grandpa kannte ihn und erbat sich jeden Abend ein bestimmtes Clayderman-Stück mit vielen klimpernden Auf- und Abwärtsläufen. Bevor er zu Bett ging, steckte Grandpa einen Geldschein in Manfreds Brusttasche und klopfte ihm auf die Schulter. Dann wandte er sich zu uns und sagte: »Der Mann ist ein Trinker.«

Wie sich zeigte, hatten meine Großeltern sich in diesem Jahr mit einem deutschen Paar namens Walter und Gertrud angefreundet. Sie setzten sich zu uns. Dads erste Frage an sie war, woher sie stammten.

»Stuttgart«, antworteten sie im Chor.

»Oh, ich habe eine Postkarte der Synagoge. Sie wissen sicher, dass sie in der Kristallnacht zerstört wurde.«

Die beiden nickten mitfühlend.

»Sie sammeln alte Fotos?«, fragte Walter.

»Ich habe eine große Sammlung von Postkarten europäischer Synagogen, die von den Nazis zerstört wurden«, sagte Dad. »Aber ich sammle auch jüdische Straßenszenen. Das Einzige, was ich nicht sammle, sind Antisemitika.«

Die beiden nickten ernst und blinzelten.

Auf dem Weg zu unserem Zimmer sagte Dad: »Ich hoffe nur, dass wir nicht noch einen Abend mit Dr. Mengele verbringen müssen.«

»Jetzt hör schon auf. Nicht jeder Deutsche war ein Nazi.«

»Eben doch«, widersprach Dad. »Und wenn sie sie nicht aktiv unterstützt haben, waren sie doch mit ihnen einverstanden. Jeder wusste von den Konzentrationslagern. Wie denn auch nicht? Die Juden wurden durch die Straßen getrieben. Es ist wohlbekannt, dass Volkswagen jüdische Zwangsarbeiter eingesetzt hat, was auch der Grund ist, warum ich nie einen deutschen Wagen kaufen würde.«

»Adrian, können wir bitte aufhören, über den Holocaust zu sprechen?«, unterbrach ihn Mum. »Schließlich sind wir im Urlaub.«

Ich warf Mum einen genervten Blick zu: *Warum verschwendest du deine Zeit mit diesem Komiker?*

»Ich sage doch nur, dass die Leute es wussten, Anna.«

Dad zuckte die Schultern, rückte seine Brille zurecht und war in Gedanken versunken. Während der Lift hinauf zu unserer Etage fuhr, hatte ich einen ganz anderen Tagtraum: Ich sah Walter mit einer Hakenkreuz-Armbinde – er hob den Arm zum Hitlergruß.

Nachts versuchte ich im Schlafzimmer, ein bisschen Zeit für mich selbst zu haben. Jetzt, da die Pubertät eingesetzt hatte, wollte ich sie auch auskosten. Ich hatte seltsame Fantasien von nackter Haut und Chalets und frischer Bergluft, von Mädchen, die mich berührten. Wenn niemand es sah, starrte ich in Spiegel. Es war, als wäre ich der einzige Testfahrer eines brandneuen Wagens. Ich hatte Träume von nackten Skifahrerinnen und SS-Männern und Greta Garbo, die ganz allein in einem Sessellift saß. Wir standen auf dem Gipfel des Weißhorns, ich bat sie um ein Autogramm, und sie sagte: »Na gut, dieses eine Mal.« Ich wühlte in den Taschen nach einem Stift und konnte keinen finden. Angesichts meines Pechs zuckte sie die Schultern und fuhr in eleganten Schwüngen zurück in ihr einsames Leben. Zum Abschied winkte sie mit dem Skistock.

Beim Frühstück pries Grandpa Jožka wieder einmal das Hotel.

»Die haben hier wirklich das beste Frühstück, oder? Immer das beste Büfett. Soll ich meinen Enkeln ein bisschen Obst aufschneiden?«

Meine Schwester und ich nickten.

»Und wie findet ihr das Hallenbad? Auch das beste, oder?«

»Ach«, unterbrach ihn Grandma Lotka, »müssen wir denn immer von allem sagen, dass es das Beste ist? Wie soll man sich entspannen, wenn alles kommentiert wird?«

Grandpa Jožka warf seiner Frau einen finsteren Blick zu, doch sie beachtete ihn gar nicht, sondern tätschelte meine Hand und lächelte mich breit an, als hätte sie vollkommen vergessen, dass ihr Mann neben ihr saß. Mum trank still ihren Tee und sah zwischen ihrer Mutter und ihrem Vater hin und her.

»Seht mal, wer da ist«, sagte Grandpa und wies in eine Ecke, wo Walter und Gertrud an ihrem gewohnten Tisch saßen und frühstückten. Heute waren sie allerdings in Gesellschaft einer uralten Frau. Walter kam an unseren Tisch.

»Nein, bitte bleiben Sie sitzen«, sagte er und beugte sich über Grandpas Schulter. »Die Tante meiner Frau ist für ein paar Tage zu Besuch gekommen – Tante Luise. Sie ist nicht mehr gut zu Fuß. Wenn wir Ausflüge machen, wird sie im Hotel bleiben.«

Die alte Frau, die weiße Spitzenhandschuhe trug, schien zu wissen, dass über sie gesprochen wurde, und winkte uns zu, die Augen weit aufgerissen. Greta Garbo? Die Form des Gesichts kam mir bekannt vor, auch die gewölbten Augenbrauen. Ich war mir nicht sicher. Und sie wollte allein bleiben?

»Und jetzt lasse ich Sie in Ruhe weiter frühstücken«, sagte Walter. Er nickte uns zu und kehrte zu seinem Tisch zurück.

»Ein netter Kerl«, sagte Grandpa. »Sehr anständig. Ihr müsst wissen, gestern Abend hat er sich bei mir entschuldigt. Dafür, dass er Deutscher ist.«

»Entschuldigt?« Dads Interesse schien geweckt. »Das ist ja ein Ding.«

»Ja. Und ich habe ihm gesagt: ›Wenn Sie nichts Schlimmes getan haben, Walter, dann brauchen Sie sich auch nicht zu entschuldigen.‹ Er hat mir gedankt. Er hat mich sogar geküsst! Könnt ihr euch das vorstellen?« Grandpa blinzelte und schüttelte den Kopf.

Wenn die alte Frau Greta Garbo war, würde sie den Zimmerservice in Anspruch nehmen. Sie konnte ja nicht riskieren, am Frühstücksbüfett erkannt zu werden. Sie würde auf ihrem Zimmer bleiben, sich Schwarz-Weiß-Filme ansehen, in denen sie eine junge Schönheit war, und den Fernseher ausschalten, sobald an die Tür geklopft wurde.

*

Es war Samstagabend. Wir ließen meinen Vater auf dem Zimmer zurück, wo er mit Grandma Lily telefonierte, und gingen hinunter in die Bar. Walter, Gertrud und die alte deutsche Frau saßen mit meinen Großeltern an einem Tisch in der Ecke. Die Deutschen rauchten bunte Zigarillos, und die wirklich uralte Frau hob wieder die Hand und winkte mit den Fingern.

Das Hotel hatte eine Band namens Black & White engagiert, die aus einem schwarzen Drummer und einem weißen Keyboardspieler bestand. Am Ende eines jeden Stücks lächelten und nickten sie einander zu, und dann machte White auf dem Keyboard Cha-cha-cha, und Black schlug aufs Becken. Sie spielten *I Just Called To Say I Love You* und *The Birdie Song* – meine Schwester und ich tanzten dazu, hakten einander unter und wirbelten herum – und dann *You Are The Sunshine Of My Life*, einen Song, bei dem mein Grandpa aufstand und seine Frau zum Tanz aufforderte. Grandma Lotka folgte ihm, schien aber in Gedanken versunken, während er sie über die Tanzfläche schob.

Meine Schwester und ich wollten keinen Klammerblues tanzen und gingen zurück zu meiner Mutter, die an unserem Tisch saß. Ich sah, dass Walter zu Grandpa ging und ihm auf die Schulter tippte. Er flüsterte ihm etwas zu, und dann sahen die beiden mich an. Mein Großvater winkte mich zu sich.

»Mein Lieblingsenkel«, sagte er, »Walters Tante Luise hat dich gesehen und würde sehr gern mit dir tanzen.«

Von der anderen Seite des Saals starrte die uralte Deutsche mich an. Sie lächelte und nickte, als wüsste sie, was Grandpa gesagt hatte.

»Mit mir? Ich will aber nicht, Grandpa! Bitte zwing mich nicht.«

»Aber sie ist ganz allein«, sagte Grandpa und sah mich flehend an. »Eine arme alte Witwe. Komm, sei ein Mann! Tu es für deinen Grandpa.« Und damit winkte er Luise herbei, als hätte ich soeben zugestimmt.

Die einzige Stelle, auf die ich meine Hand legen konnte, war die Taille der alten Frau. Ich spürte die schlaffe Haut unter ihrem Kleid, und ihr Körper war eiskalt. Sie atmete rasselnd. Und dann bemerkte ich den Geruch. Er kam aus ihrem Mund. Sie roch nicht nach Zigaretten – es war schlimmer: als würde sie innerlich verfaulen.

»I feel like this is the beginning«, sangen Black & White, »though I've loved you for a million years …«

Als wir uns auf der Tanzfläche hin und her wiegten, dachte ich: Das ist nicht Greta Garbo. Eher so was wie Dr. Mengeles Frau. Greta Garbo sitzt in New York und blättert in alten Fotoalben. Ich stellte mir vor, dass sie sich selbst Autogramme gab, einfach so und um mich zu ärgern. »Für Greta – danke für die schönen Stunden, Greta Garbo«. Und dann zerriss sie die Fotos, lachte und warf sie in den Müll.

Als das Stück vorbei war, ließ die alte Frau mich los und klatschte Black & White Beifall. Dann winkte sie Grandpa zu und kehrte zu ihren Verwandten zurück. Sie schien verjüngt und musste sich nicht mehr so oft auf Stuhllehnen stützen. Mein Vater war jetzt ebenfalls da, die Kodak hing an einem Riemen um seinen Hals. Ich nahm an, dass er mich mit der alten Frau hatte tanzen sehen, denn er war bleich, als wäre er einem Gespenst begegnet. Grandpa rief den drei Deutschen etwas zu und nickte nachdrücklich. Vermutlich sagte er etwas Lobendes über mich. Sie wandten sich ihm zu und neigten steif den Kopf wie müde alte Politiker nach einer langen Konferenz.

Ich setzte mich zu meiner Schwester an den Tisch. Grandpa kam zu uns.

»Ich bin so stolz auf dich«, sagte er.

Er wollte mir über die Wange streichen, doch ich wich zurück und sah ihn nicht an.

»Du hast diese alte Witwe so glücklich gemacht«, säuselte er. »Jetz sag, mein lieber Enkel: Willst du aufbleiben und Bingo spielen?«

An diesem Abend? Netter Vorschlag, aber nein danke. Ich bemerkte, dass mein Vater die Kodak für ein versonnenes Porträt in Anschlag brachte, und hob abwehrend die Hand. Keine Fotos, bitte! Ich war nicht in Stimmung. Und ich wollte mich keine Sekunde länger umschmeicheln und beschwatzen lassen.

»Ich gehe auf mein Zimmer«, verkündete ich. »Ich will allein sein.«

**RAY CHARLES**

RAYCHARLE

Meine Musik hatte Wurzeln,
die bis in meine Kindheit reichten,
bis tief in die dunkelste Erde.

RAY CHARLES

Ich war vierzehn und hörte, dass Ray Charles im Barbican auftreten würde. Mein Sammlerhirn begann zu rattern. Ray war mehr als schwierig, Ray war ein Albtraum. Wenn man ihm schrieb, bekam man bloß ein Foto, von einem Sekretär mit perfekter Handschrift signiert: *Alles Gute, Ray Charles*

Das stand in schnell trocknender Tinte auf einem hellen Teil des Fotos, damit man es gut lesen konnte. Der Mann war blind. Wenn man ihm noch einmal schrieb und darlegte, man wolle eigentlich ein von dem großen Künstler persönlich unterschriebenes Foto, kriegte man ein zweites Foto von Ray – singend am Klavier – mit der gleichen Sekretariats-Unterschrift.

Ich kannte nichts anderes als diese falschen Rays, bis ich in *The Inkwell* eine Unterschriftsanalyse mit Abbildungen einiger authentischer Unterschriften von Ray Charles aus den Fünfzigerjahren entdeckte. Damals hatte er Fans manchmal Autogramme gegeben: eckige Großbuchstaben, vollkommen anders als die geschwungenen Unterschriften auf den Publicityfotos. Es gab nur sehr wenige authentische Rays. Er hatte 1960 von einem Tag auf den anderen aufgehört, Autogramme zu geben, und seither gab es nur noch diese Sekretariatsdinger.

Rays Autogramm war zu etwas geworden, das ich unbedingt haben wollte. Mich trieb jene besondere Besessenheit von Sammlern, die etwas ersehnen, das sie nicht haben können. Ich wollte Rays Autogramm, weil es unerreichbar war, weil er nicht wollte, dass ich es hatte. Und ich wollte es, weil ich ein großer Fan von ihm geworden war. Ich liebte seine raue Stimme, seine Beständigkeit, seine Unnachgiebigkeit. Ich bewunderte ihn dafür, dass in seinen Phrasierungen Jahrhunderte voller Kummer und Leid steckten, dass er *Eleanor Rigby* in eine schwungvolle, bekenntnishafte Blueshymne verwandelte.

Seit ich acht war, bekam ich Klavierunterricht, und inzwischen war ich in der sechsten Stufe. Meine Lehrerin war eine nervöse Frau aus Pinner. Ihr Haus war sehr aufgeräumt, und an den Wänden hingen lauter mit Häkchen und goldenen Sternchen versehene Aufgabenlisten für ihren Sohn. Sie sagte mir, ich solle »spitze Finger« machen und alles sehr langsam und mithilfe eines Metronoms üben. Meine Schwester bekam ebenfalls Unterricht, und manchmal spielten wir ein Duett: Händels *Einzug der Königin von Saba*. Wir lachten uns kaputt über das Gehoppel der linken Hand. Wir spielten und lachten und rumpelten durch das Stück.

Zu anderen Zeiten saß ich mit einem Kassettenrekorder am Klavier und übte, bis ich das Intro von *Makin' Whoopee* genauso hinkriegte wie Ray, nämlich mit gestreckten Fingern. Sein Timing hatte etwas Kompromissloses, das ich einfangen wollte, aber nie ganz hinkriegte. Meine Version schleppte sich in einem trägen Nordlondoner-Vorort-Stil dahin, während seine mit Gefahren gespickt war. Ich versuchte, die Augen zu schließen und blind zu sein, aber das half nicht. Ich konzentrierte mich auf die Sklaverei, aber auch das half nicht. Ich versuchte zu spielen, als wären mir alle außer mir selbst gleichgültig, als würde ich gar nicht sehen *wollen*, als fände ich nichts dabei, dass irgendjemand an meiner Stelle seine Unterschrift auf Fotos setzte und sie an nichts ahnende neunjährige krebskranke Kinder in Pinner verschickte.

Schon besser.

»Sehr gut«, sagte Dad und unterbrach die Reorganisation seiner ungarischen Synagogen. »Eines Tages, wenn Ruth mit ihrem Studium fertig und vielleicht, ich weiß nicht, Rechtsanwältin ist, wirst du irgendwo in einer kleinen Cocktailbar Klavier spielen und vollkommen glücklich sein.«

»Danke, Dad. Aber ich weiß nicht, ob ich ein Barpianist werden will.«

»Na, dann eben irgendwas anderes. Ich will nur sagen: Was

immer du werden willst – ich bin vollkommen damit einverstanden. Vielleicht willst du Filmregisseur werden oder Cartoon-Zeichner, das wäre kein Problem. Und wenn du Pornofilmer werden willst, ist das auch in Ordnung.«

\*

Seit ihrem Beinbruch war Grandma Lily zu einem ernsten Problem geworden. Wir traten in eine neue Phase ein, denn Dad sagte, sie sei nicht mehr imstande, allein zu leben, da könne zu viel passieren. Mum sagte, Lily komme weit besser zurecht, als Dad denke, und täusche nur vor, so schlecht zu sehen, damit er sich mehr Sorgen um sie mache. Ich musste an die Rummy-Spiele denken, die meine Schwester und ich mit ihr gespielt hatten: Sie hatte so getan, als würde sie nicht sehen, dass ich schummelte, und doch hatte sie es irgendwie immer gewusst.

»Was genau soll denn passieren?«, fragte Mum genervt. »Sie könnte stolpern und sich das Genick brechen. Aber an irgendwas muss sie doch sterben. Sie ist achtzig. Sie hat ein schönes Leben gehabt.«

Doch mein Vater war besorgt und beauftragte meine Mutter, jemanden zu finden, der bei seiner Mutter wohnen sollte. Was folgte, war ein Strom von Au-pair-Mädchen. Sie waren jung und frisch, sie lächelten und nickten freundlich angesichts der langen Liste von Pflichten und Regeln, die Lily und mein Vater aufgesetzt hatten, und gingen wenig später als kraftlose Nervenbündel mit Ringen unter den Augen. Wie sich zeigte, hatte Lily noch ein paar zusätzliche Regeln aufgestellt: Ab Viertel vor sieben am Abend galt eine strenge Ausgangssperre, das Mädchen durfte zu keiner Zeit irgendwelchen Besuch empfangen, und Telefongespräche waren ebenfalls streng verboten, damit die Leitung nicht blockiert war, wenn ihr Sohn sie anrufen wollte.

»Am liebsten würde ich bei euch wohnen«, sagte die arme blinde Grandma Lily, womit sie einen schon immer gern geäußerten Wunsch in eine unausgesprochene Aufforderung verwandelte. »Diese Au-pair-Mädchen sind keine wirkliche Gesellschaft. Wir sitzen den ganzen Tag herum, sagen keinen Ton und warten darauf, dass das Telefon klingelt. Aber es klingelt nie. Niemand kommt, niemand ruft an.«

»Aber Mum«, sagte meine Mutter, »Adrian ruft dich doch jeden Tag an.«

»Das ist was anderes«, sagte Grandma Lily. »Und er ist immer so in Eile.«

»Mit einem von diesen Mädchen muss es aber klappen, nicht? Sonst muss Adrian darüber nachdenken, ob er dich irgendwo unterbringen kann, wo du sicher und gut versorgt bist.«

»Aber nicht in einem Heim! Ich gehe nicht in ein Heim! Ins Heim geht man zum Sterben!«

Mum sah Dad mit zusammengekniffenen Augen an und breitete die Hände aus, als wollte sie sagen: *Merkst du eigentlich nicht, was sie tut?*

Mum hatte Dads freudlose Beziehung zu seiner Mutter schließlich so satt, dass sie ihrerseits eine Regel aufstellte: Wenn er tatsächlich jeden Tag mit Lily telefonieren wollte, sollte er das Autotelefon benutzen. Sie war es leid. Sie wollte seine angespannte Stimme nicht hören. Fortan blieb mein Vater, wenn er von der Arbeit nach Hause gekommen war, im Wagen sitzen, der mit laufendem Motor in der Einfahrt stand, stützte den Kopf in die Hand und atmete tief durch, bis es ihm schließlich gelang, auch dieses sich endlos im Kreis drehende Gespräch zu einem Ende zu bringen.

Etwa zu dieser Zeit begann mein Vater, Überstunden zu machen. Er traf sich frühmorgens und abends mit Klienten. In manchen Wochen ging er zweimal zum Volkstanzabend, und schließlich verbrachte er auch die Samstage im Büro.

»Man kann so viel mehr Arbeit erledigen, wenn niemand im Büro ist«, sagte er eines Samstagsmorgens um sieben und rannte die Treppe hinunter, als gälte es sein Leben.

»Aber wenn du an den meisten Abenden *und* an Samstagen arbeitest *und* darauf bestehst, dass wir sonntags deine Mutter besuchen, wann sollen wir beide dann Zeit miteinander verbringen?«, sagte meine Mutter. »Das ist kein normales Leben, Adrian. So habe ich mir das nicht vorgestellt.«

»Ach, so schlimm ist es doch nicht«, sagte er und bürstete seine Locken. »Ich habe in der Arbeit enorm viel Druck. Ich muss so viel Papierkram erledigen, und meine Sekretärinnen sind allesamt unfähig.«

»Wenn sie unfähig sind, schmeiß sie raus und such dir fähige.«

»Oh, das könnte ich nicht. Da hätte ich Schuldgefühle.«

»Du bist nie da, Adrian – merkst du das eigentlich? Und ich verbringe meine Zeit damit, Au-pair-Mädchen für deine Mutter zu suchen. Das ist keine Ehe, sondern ein Albtraum.«

»Es tut mir leid, Lo-lo. Sobald ich die liegen gebliebene Arbeit erledigt habe, verbringen wir wieder mehr Zeit miteinander – versprochen.«

Er strich ihr über die Wange und stürzte hinaus. Ich hatte das Ganze von der Treppe aus verfolgt und fragte mich, ob die viele liegen gebliebene Arbeit, unfähige Sekretärinnen oder Grandma Lily wirklich das Problem waren.

*

Ich brachte meine Eltern dazu, Karten für das Ray-Charles-Konzert im Barbican zu kaufen, und zählte die Tage. Ich schrieb an meinen Brieffreund Yogesh Gupta. Er würde nicht selbst kommen können, weil er am fraglichen Abend Dienst im Newcastle Infirmary hatte, schickte mir aber Fotokopien einiger Doubletten, die er eventuell gegen einen authentischen Ray tauschen würde. Ich hatte nicht die Absicht, einen Ray Charles gegen einen Sinatra oder gar eine Schulz-Zeichnung zu tauschen. Nein, ich würde ihn in meine Sammlung einreihen und Yogesh und den anderen Fotos schicken, auf denen ich ihn in der Hand hielt. Darren Pendle war äußerst skeptisch. Er schrieb, Ray werde auf keinen Fall ein Autogramm geben, denn er stehe seit zehn Jahren auf der Liste der zehn hartnäckigsten Autogrammverweigerer.

Am Tag des Konzerts entschied ich mich für einen Zangenangriff: Ich würde es vor dem Konzert versuchen, und wenn das fehlschlug, würde ich ihm danach auflauern. Ich nahm mein Autogrammbuch und einen Stift mit und war zwei Stunden vor Beginn da, um die Örtlichkeiten zu erkunden. Zuerst ging ich zum Haupteingang, wo schon eine Gruppe von Fans wartete. Missmutige Musiker trafen ein und trugen Instrumentenkoffer, auf denen »RC BAND« stand. Lustlos und ohne die Miene zu verziehen, schleppten sie ihre Sachen hinein wie Urlauber, die in einem Ein-Stern-Hotel eincheckten. Dann kam eine Gruppe Furcht einflößender Frauen mit ausladenden Frisuren, die keine Instrumente tragen mussten. Das waren wohl die Raelettes, Rays Back-up-Sängerinnen, die ihm immer ihr *Hit the road* zuriefen. Ich erinnerte mich, dass eine von ihnen mal gesagt hatte: »Wenn man eine Raelette werden will, muss man Ray ranlassen.«

Ich nahm an, dass der große Künstler wohl nicht den Haupteingang wählen würde, wo das gemeine Volk herumstand. Er würde natürlich seinen eigenen Eingang haben. Also ging ich zur Rückseite des Barbican und suchte danach – und siehe da: Eine große dunkle Limousine fuhr auf den Parkplatz und hielt vor einer unauffälligen Tür, und dann stieg ein Mann mit einer dunklen Brille aus. Mein Buch in der Hand, rannte ich auf ihn zu.

»Mr Charles«, rief ich, »würden Sie bitte unterschreiben?«

Es war tatsächlich Ray Charles, aber er war nicht in Stimmung.

»Ich unterschreib nix für niemand!«, schnauzte er mich an.

Ich war klein. Ich war schüchtern. Ich war entschlossen.

»Bitte!«, flehte ich.

Herrgott, ich war ein Kind. Na gut, vierzehn. Aber trotzdem ein Kind. Und Kinder waren doch süß. Außerdem war ich der einzige Fan weit und breit. Der Einzige. Und ich wollte nur eine einzige Unterschrift. Aber auch Ray war entschlossen. Begleitet von einem Assistenten, ging er mit steinernem Gesicht zur Tür.

Er war schon mit schlimmerem Scheiß fertiggeworden. Er war wegen Besitz von Heroin verhaftet worden. Er hatte zehn Kinder von zehn stocksauren Frauen.

Als er durch die Tür verschwand, konnte er es sich nicht verkneifen, mir zuzurufen: »Ich kann sowieso nicht schreiben!« Und ich hätte schwören können, dass er glucksend lachte.

Er lachte, weil er wusste, dass er log. Ich hatte seine Unterschrift gesehen.

An dem Konzert gab es nichts auszusetzen. Ray schlurfte, geführt von seinem Assistenten, mit kleinen Schritten auf die Bühne. Das Publikum klatschte, doch man schien besorgt über die körperliche Verfassung des Idols. War dies eine Abschiedstournee? Aber Ray hatte bloß Spaß gemacht. Als er vor dem Klavierhocker stand, ließ er sich schwungvoll darauf fallen, griff in die Tasten und legte los. Dem Publikum gefiel das, und auch ich – was sollte ich machen – zollte ihm widerwillig Respekt.

Als Ray grinsend in einen Zwölftaktblues einstieg, legte ich mir eine Strategie für das Ende des Konzerts zurecht. Ich würde einfach hingehen und es noch einmal versuchen. Aber wie sollte ich dieses Autogramm kriegen, ohne den blinden Mann einen Lügner zu nennen? Ich war in einer Zwickmühle.

Ray machte weiter mit *What'd I Say* und *You Don't Know Me*. Bildete ich es mir ein, oder war seine Band genauso sauer auf ihn wie ich? Die Musiker wirkten steif und lustlos wie Sträflinge bei einer Darbietung für die Wärter. Es folgte ein charmantes Duo mit einer erschöpft aussehenden Raylette: *Baby It's Cold Outside* – im Grunde ein Song über eine Vergewaltigung.

Ich hatte eine Idee: Ich würde Rays Bluff auffliegen lassen. Er sagte also, er könne nicht schreiben. Okay, aber er konnte doch wohl sein *Zeichen* machen, oder?

Als das Konzert vorbei war, bekam Ray den erwarteten Applaus, und während er und die Musiker sich verbeugten, wandte ich mich zu meinen Eltern und meiner Schwester.

»Ich gehe zum Hintereingang«, sagte ich. »Wir treffen uns dort.« Und schon war ich weg.

Wieder war ich der einzige Fan am Hintereingang. Bald hörte ich von drinnen eine Gruppe Menschen kommen und positionierte mich so, dass Ray, wenn er durch die Tür trat, genau auf mich zugehen musste, doch sein riesiger Leibwächter hatte etwas dagegen. Er legte die Hand an meine Brust und schob mich beiseite.

»Mr Charles«, rief ich und sah an seiner Reaktion, dass er meine Stimme erkannte.

»Ich hab doch gesagt, ich kann nicht schreiben!«

»Aber Sie könnten doch einfach ein Kreuz machen.«

Nicht mein größter Moment, aber was blieb mir übrig?

»Ich hab gesagt, nein!«, schrie Ray. »Ich gebe keine Autogramme!«

»Aber vielleicht könnten Sie …«

»Wie heißt du?«

Das war sein Leibwächter. Er war riesig, er stand direkt vor mir, und er sah aus, als würde er mir gleich meine Kinderbeinchen brechen. Ray ließ sich eben nicht jeden Scheiß gefallen.

»Adam«, stammelte ich.

Der Leibwächter nahm mir den Stift und das Buch ab. Wollte er es konfiszieren? Ich war drauf und dran, ein großes Theater zu veranstalten. *Heh, da ist ein John Malkovich drin!*, wollte ich rufen. *Und sechs Michael Winner!* Der Leibwächter schlug das Buch auf einer leeren Seite auf und schrieb etwas hinein. Das war seltsam. Schrieb er eine formelle Warnung? Eine Verfügung?

»Da«, sagte er, drückte mir das Buch in die Hand und half Ray in den Fond der Limousine.

Der Wagen fuhr davon, und Ray gab sich der wohlverdienten Pause von all dem schrecklichen Rummel hin. Ich stand da und schlug mein Autogrammbuch auf.

Da war sie wieder, die schnell trocknende Tinte.

»Für Adam, alles Gute, Ray Charles.«

»Wie schofel«, sagte Dad im Volvo. »Schließlich weißt du ja, dass er schreiben kann. Warum hat er dir nicht einfach ein Autogramm gegeben? Sehr frustrierend.«

Meine Schwester und ich saßen hinten und sahen die lang gestreckten, grauen Gebäude des Barbican vorbeiziehen. Die Scheibenwischer schwangen hin und her.

»Vielleicht ist es eine Frage des Vertrauens«, sagte Mum. »Er kann ja nicht sehen, was er unterschreibt.«

»Oder vielleicht gibt er einfach nicht gern Autogramme«, sagte Ruth.

»Ich glaube, es hat einen ganz anderen Grund«, sagte ich. »Er mag einfach keine visuellen Symbole. Er ist Musiker – er legt alles, was er hat, in seine Musik.«

Ich versuchte, mir vorzustellen, dass Ray Fotos von irgendwelchen Sklaven auf irgendwelchen Plantagen sammelte, um ihr Leben zu »dokumentieren« und sie seinen Freunden zu zeigen, und dachte: Warum etwas sammeln, das man in sich trägt?

Dad suchte eine CD, die er einlegen wollte, und ich bemerkte wieder dieses Schulterzucken, das er sich in letzter Zeit angewöhnt hatte. Ich sah, dass es auch Mum auffiel. Sie machte ein besorgtes Gesicht. Ich fragte mich, wie sie wohl zurechtkommen würde, wenn meine Schwester im nächsten Jahr auf die Universität ging, und wie es zwei Jahre später sein würde, wenn ich ebenfalls das Haus verließ und sie allein mit der Adrian-and-Lily-Show zurückblieb.

»Hört euch das mal an«, sagte Dad.

Es waren die Everly Brothers mit *Wake Up, Little Susie*, und Dad sang mit, sowohl die Melodie als auch das Gitarrenriff.

Während der Volvo den Hendon Way hinunter und dann durch Stanmore fuhr, dachte ich an Ray Charles' Kindheit in Armut: Im Amerika der Dreißigerjahre war er ein blindes, schwarzes, vaterloses Kind gewesen. Als er fünfzehn gewesen war, hatte er seine Mutter verloren und sich todtraurig der Musik zugewandt. Später hatte er gesagt, die Musik sei wie ein Teil seines

Körpers gewesen, wie seine Rippen oder seine Leber. »Von dem Augenblick an, in dem ich kapierte, dass es Klaviertasten gab, in die man hauen konnte, tat ich genau das: Ich versuchte, Gefühle in Töne zu verwandeln.« Mir wurde bewusst, dass Ray und ich noch immer verbunden waren, wenn schon nicht durch ein Autogramm, dann jedenfalls durch seine Musik, denn die erzählte auch von *meinem* Leben, von meinem abwesenden Vater und meiner erschöpften Mutter, von dem generationenlangen Leid, das meinen Vater dazu gebracht hatte, Postkarten von zerstörten Synagogen zu sammeln, während meine Mutter Skulpturen erschuf, um die Aufmerksamkeit des Betrachters auf Dinge außerhalb des engen Rahmens zu lenken, der das tägliche Leben begrenzte. Rays Musik stellte all diese Verbindungen her. Und wir hatten uns gestritten. Was konnte besser sein?

Wir fuhren durch Hatch End und bogen in die Straße ein, in der unser Einfamilienhaus aus rotem Backstein stand. Dad parkte in der Einfahrt neben Mums Honda und griff nach dem Autotelefon. »Ich komme gleich nach – ich muss noch meine Mutter anrufen.«

»Deine Mutter?« Mum sah aus, als hätte sie eine Gesichtslähmung. Sie schien zu erschöpft, um sich zu streiten.

»Tut mir leid, Lo-lo. Sie wartet sicher schon auf meinen Anruf. Ich *muss* sie anrufen, sonst macht sie sich Sorgen. Vor dem Konzert ging es nicht, weil ich euch abholen musste. Und im Büro war der Teufel los – ich hatte alle Hände voll zu tun. Es wird nicht lange dauern, versprochen.«

Mums Schlüssel klirrten, als sie die Haustür öffnete. Wir drei traten ein. In der Eingangshalle mit dem braunen Teppich waren die visuellen Symbole unserer Familie ausgestellt, die Gegenstände, die ein Bild von unserem glücklichen Vorortleben vermittelten. Da waren Mums Skulpturen und ein paar von Dads gerahmten Lieblingsstücken: Zeichnungen stilisierter Rabbis, Fotos von Synagogen und eine Karikatur von mir und meiner Schwester in einem Cable Car in San Francisco. Ruth ging hinauf in ihr Zimmer, das eine Tapete mit lauter Wolken hatte und voller Bücher war, und ich legte mein Autogrammbuch auf den Tisch in der Eingangshalle und ging ebenfalls in mein Zimmer. Es war das mit dem grünen Teppich, den Tapeten mit Teddybären bei einem Picknick und dem Blick auf die Einfahrt.

Ich sah durch das Erkerfenster. Mein Vater saß im Wagen, drückte das Telefon ans Ohr und hatte die Hand vor den Mund gelegt.

# MILES DAVIS

Ich muss mich ständig verändern.
Es ist wie ein Fluch.

MILES DAVIS

An Jom Kippur mit meinem Vater in der Pinner United Synagogue – unser jährlicher Gottesdienst, bei dem wir neben anderen Vätern und Söhnen saßen. Es war eine orthodoxe Synagoge, weswegen der Gottesdienst auf Hebräisch abgehalten wurde und niemand eine Ahnung hatte, was eigentlich los war – bis auf den Rabbi und meinen atheistischen Vater, die sich beide wie verrückt vor dem Thoraschrein vor und zurück wiegten. Mein Vater trug Turnschuhe, denn dies war der Tag, an dem man auf »Luxus« verzichten sollte.

»Wir sind nicht religiös«, knurrte ich, als wir das Haus verließen. »Du glaubst nicht mal an Gott. Und Turnschuhe zum Anzug – das sieht einfach lächerlich aus. Ich trage jedenfalls Lederschuhe.«

Sich über den Besuch in der Synagoge zu beklagen, war in unserer Familie eine Tradition, solange ich zurückdenken konnte. Auch dieses Jahr hatte Dad uns seinen üblichen Vortrag darüber gehalten, wie wichtig es sei, zu einer Synagoge wie der unseren zu gehen, wo der Gottesdienst wie vor zweitausend Jahren abgehalten werde, und zwar aus Gründen der »Kontinuität«. Die Synagoge, die die Brichtos besuchten, sei schon fast eine Kirche, behauptete er mit erhobenem Finger, denn dort gebe es eine Orgel und einen Chor, und der Gottesdienst dauere nur eineinhalb anstatt der vorgeschriebenen drei Stunden.

»Und das Schlimmste ist, dass der Rabbi dem Schrein den Rücken zukehrt, und das tut man nicht, wie jeder weiß.«

Die anderen Väter – Buchhalter, Anwälte, Vermögensberater – saßen ganz still neben ihren Söhnen, die Wayne und Toby und Russell hießen und die gleichen Frisuren wie ihre Väter hatten. Ich hoffte, dass mein An-den-Seiten-und-hintenkurz-Schnitt sich deutlich und positiv von dem Leo-Sayer-Afro neben mir unterschied.

»Ich muss euch einen Witz erzählen«, sagte Dad zu dem Vater-Sohn-Team neben ihm. »Von der Jüdin im Reisebüro. ›Letztes Jahr haben wir eine Weltreise gemacht‹, sagt sie, ›aber dieses Jahr wollen wir mal woandershin.‹«

Dad strahlte. Der andere Vater, der bleich und schmallippig und bestimmt mit Dracula verwandt war, lächelte höflich, während sein Sohn stumpf ins Leere starrte, als wäre er gerade dabei, sich mit einer Zukunft als Buchhalter abzufinden.

»Den Witz hab ich schon mindestens hundertmal gehört«, sagte ich wie sonst meine Mutter und wandte den Blick von dem peinlichen Spektakel.

Jetzt, da Ruth in Durham Jura studierte, musste meine Mutter allein bei den anderen Frauen im hinteren Teil der Synagoge sitzen. Auf dem Hinweg hatte sie die üblichen Einwände erhoben: dass die anderen während des ganzen Gottesdienstes quatschten und nicht mal aufhörten, wenn der Rabbi sie ermahnte.

»Dann möchtest du also lieber stille Kontemplation?«, fragte Dad, als wir am *Pinner Tandoori* vorbeigingen. »Du würdest lieber in eine Kirche gehen?«

»Die Northwood Liberal Synagogue ist keine Kirche, Adrian.«

Seit Ruth fort war, stand es nicht gut um die Ehe meiner Eltern. Mein Vater lebte praktisch im Volvo. Man sah ihn nur am frühen Morgen und am späten Abend, wenn er sich zuckend und zappelnd die Fernsehnachrichten ansah und dabei aufgewärmtes Essen in sich hineinschaufelte, während Mum bereits im Bett lag. Sonst war er ständig in Bewegung, besuchte Klienten und Verkäufer von Postkarten mit jüdischen Themen oder tanzte israelischen Volkstanz. Wir hörten nur selten von meiner Schwester, die in Durham bis zum Hals in ihrem Studium steckte, und die kurzen Gespräche meiner Eltern bestanden hauptsächlich aus Spekulationen darüber, wie sie wohl zurechtkam. Sie waren beide der Meinung, Ruths Schweigen bedeute wohl, dass sie verliebt sei – was meinen Vater sehr konsternierte.

»Wenn sie einen Freund hat, warum hat er dann keinen Namen?«, wollte Dad wissen.

»Den hat er bestimmt.«

»Wahrscheinlich heißt er Chris.«

»Herrgott, Adrian, wir sind nicht mehr im neunzehnten Jahrhundert. Und wir leben nicht in einem Schtetl. Du bist bloß eifersüchtig.«

»Eifersüchtig? Wovon redest du?« Dad zuckte und rutschte auf seinem Stuhl herum, und sein Blick war unstet wie der Rasputins.

Wenn ich mir keine Gedanken über die Beziehung meiner Eltern machte, blätterte ich in meinen Autogrammalben, schrieb an Berühmtheiten, übte Klavier oder hörte Jazz. Ich war jetzt auf Stufe sieben, aber mein Herz gehörte dem Jazz. Ich hatte mir viele neue CDs gekauft und die alten Kassetten mit Popmusik auf das oberste Regalbrett verbannt. Mein Lieblingsalbum war Miles Davis' *Kind of Blue*. Ich hatte nicht gewusst, dass eine solche Musik existierte, bis ich sie zum ersten Mal gehört hatte: die ersten Takte von *So What*, wo der Bass musikalische Fragen stellt und der Rest der Band mit dem »So what«-Motiv antwortet.

Ich war fasziniert von Improvisation, von der Variation einer bekannten Melodie mit spontanen Tönen. Wenn ich es selbst versuchte, klang es fade und abgedroschen und gab meinem Vater Anlass zu Bemerkungen über Barpianisten. Also kaufte ich ein Buch mit Klaviertranskriptionen von Bill-Evans-Stücken – er war der Pianist bei *Kind of Blue* – und übte sie, wie ich eine Mozart- oder Beethoven-Sonate geübt hätte.

Ich besaß nur wenige Autogramme von Jazz-Größen: Oscar Peterson, Ella Fitzgerald und Dave Brubeck. Alle drei hatten mir signierte Fotos geschickt. Ältere Autogramme waren eine

Seltenheit, denn viele berühmte Jazzmusiker waren wegen ihres Drogenkonsums meist jung und bettelarm gestorben, was bedeutete, dass es keine Publicityfotos oder Fanclubs gab. Viele waren zu Lebzeiten gar nicht berühmt gewesen, und daher waren die Autogramme, die gelegentlich auftauchten, solche, die sich irgendwelche Enthusiasten spontan bei einem Konzert erbeten hatten.

Ich hatte Miles Davis ein paarmal geschrieben, aber nie eine Antwort erhalten. Es hieß, er verschicke keine Autogramme per Post. Wenn man ihn persönlich anspreche, könne es – je nach Stimmung – sein, dass er einen Autogrammwunsch erfülle. In den 1950er-Jahren hatte er mit seinem vollen Namen unterschrieben; ich hatte einige seiner Autogramme gesehen. Inzwischen aber stand da nur noch »Miles« und daneben eine Musiknote – vermutlich war das seine Art zu sagen, er sei nicht mehr der Mensch, der er damals gewesen sei. Ich hatte auch seine Autobiografie gelesen, ein Buch, das anders war als alles, was ich zuvor gelesen hatte. Auf einer einzigen Seite standen mehr Kraftausdrücke, als mir bis dahin in gedruckter Form begegnet waren. Ich hatte das Gefühl, dass dem Buch ein Glossar gutgetan hätte:

motherfucker = toller Typ
shit = großartig
bullshit = bewundernswert
terrible = überirdisch
motherfucker (Variante) = Scheißkerl

In dem Buch war sogar ein Foto von jemandem, den Miles hasste, nur damit er darunterschreiben konnte: »Das war ein Scheißkerl, den ich nicht ausstehen konnte.« Ich war wie berauscht von Miles' Mumm. Er wusste, was er sagen wollte, und es war ihm egal, wenn es beleidigend war. Als Sohn eines Zahnarztes hatte er eine klassische Trompeterausbildung erhalten, doch als er Charlie Parker gehört hatte, war es damit vorbei gewesen, und er hatte das alles hinter sich gelassen. Für ihn existierte die Vergangenheit nicht. Er interessierte sich nicht für das Gestern, nicht nur wegen seiner Drogensucht und seiner Erfahrungen mit rassistischen Polizisten, sondern aus Prinzip. Er war kein Nostalgiker, und darum veränderte sich sein Musikstil fortwährend: Im Augenblick spielte er Coverversionen von Cyndi-Lauper- und Michael-Jackson-Stücken. Aber Mann, er spielte diesen Mist wie ein überirdischer Motherfucker. Alle liebten es. Ich liebte es.

Was mich an seinem Stil am meisten faszinierte, war seine Unberechenbarkeit. Man wusste nie, wohin eine musikalische Phrase führen würde. Ich versuchte, es zu erraten, aber er überraschte mich jedes Mal. Ich kam zu dem Schluss, dass er ein Mensch war, der nicht auf diese Weise erkannt werden wollte. Diese Weigerung interessierte mich, denn sie warf ihrerseits Fragen auf: Warum sollte man die Handlungen eines anderen Menschen überhaupt vorhersagen wollen? Und wer wäre man selbst ohne Vorhersagen? Ich wusste auf diese Fragen keine Antwort, doch das Geheimnis hatte es mir angetan. Miles war eine einzige große Verweigerung, ein rastloser Geist, der den Jazz grundlegend verändert hatte. Widerständig und rastlos, und doch war in seiner Musik so unglaublich viel Gefühl. Sie sprach nicht nur von den Erfahrungen eines schwarzen Amerikaners, sondern von viel mehr. Er war ein Jedermann. Wenn man sich darauf einließ und nicht versuchte, irgendetwas davon vorherzusagen, konnte man es hören.

*

Die Beziehung meiner Eltern verschlechterte sich, als eine Gruppe junger russischer Volkstanzfanatiker nach London kam und mein Vater ihnen vorschlug, sie herumzufahren, damit sie die Sehenswürdigkeiten besichtigen und sich ausgiebig amüsieren konnten. Daraus wurde eine nächtliche Tour durch Westminster, und er entwickelte Dutzende Fotos von russischen Teenagern, die sich auf der Rückbank des Volvos räkelten und aus Dosen tranken.

»Wer ist das?«, fragte meine Mutter und kniff die Augen zusammen.

»Galina. Hast du sie nicht in Hatfield kennengelernt?«

»Ich glaube nicht. Und die da?«

»Oh, das sind Irina und Annika. Die kennst du aber. Sie haben den Sketch mit der Balalaika gemacht.«

»Warum fährt ein vierundvierzigjähriger Versicherungsmakler russische Teenager im West End herum? Hast du vielleicht eine Art Krise, Adrian?«

»Ganz und gar nicht, Lo-lo. Sei nicht albern. Ich würde dir das zu gern erklären, aber ich muss jetzt meine Mutter anrufen.«

Und dann verkündete er meiner Mutter, sie könne an der Betriebsweihnachtsfeier nicht teilnehmen, weil Ehepartner »ganz allgemein« nicht eingeladen seien. Er sagte, sie solle sich nichts daraus machen – es würde ihr ohnehin nicht gefallen. Ach ja, und im Sommer wolle er an *zwei* Volkstanzcamps teilnehmen; das zweite werde in Budapest veranstaltet, was den zusätzlichen Reiz habe, dass er ein bisschen herumfahren und nach den Synagogen suchen könne, die auf seinen Postkarten abgebildet seien. Er könne herausfinden, ob es die Gebäude vielleicht noch gebe, und sie fotografieren, um die Bilder mit seinen Postkarten zu vergleichen.

»Tja, dann viel Spaß«, sagte Mum. »Ich werde nicht mitfahren. Ich kann all diese Synagogen nicht mehr sehen.«

»Aber es wäre spannend, sie zu finden«, beharrte er. »Ich habe gedacht, vielleicht könnte ich ein Buch machen, in dem meine alten Postkarten abgebildet sind und dazu neue Fotos der Gebäude, die noch stehen. Das könnte eine wichtige Dokumentation sein.«

»Herrgott, Adrian, es muss sich wirklich immer alles um dich drehen, oder? Weißt du was? Ich werde nicht nach Budapest fahren und auch nicht nach Hatfield. Noch mehr von diesem Quatsch kann ich nicht ertragen.«

Als Dad am nächsten Tag, einem Samstag, im Büro war und Mum Tennis spielte, gewann meine Neugier die Oberhand. Ich nahm mir Dads Arbeitszimmer vor, um zu sehen, ob ich vielleicht irgendwelche belastenden Beweise finden konnte. Es war ein Raum, den nur mein Vater betrat, nicht zuletzt, weil er vollgestopft war mit muffig riechenden Sammelalben, Büchern über Synagogen und uralten Katalogen für Auktionen, bei denen Postkarten aus Palästina versteigert worden waren, alles verstaut in hoffnungslos überladenen Regalen. In der Ecke stand ein alter Aktenkoffer mit einem dreistelligen Zahlenschloss.

Nachdem 111, 123 und 999 versagt hatten, beschloss ich, systematisch alle Kombinationen auszuprobieren, bis ich die richtige hatte. Wie lange konnte das dauern? Eine halbe Stunde, wie sich zeigte. Irgendwann glaubte ich zu hören, dass die Haustür geöffnet wurde, und erstarrte, doch es war nur der Briefträger. Schließlich hatte ich die richtige Nummer, und das Schloss schnappte auf. Im Koffer fand ich eine uralt wirkende Visitenkarte eines Stripclubs und einen handschriftlich an die Büroadresse meines Vaters adressierten Brief mit einer kürzlich gestempelten Briefmarke. Ich zog ihn aus dem Umschlag und las ihn. Die Handschrift war rund und kindlich. Er war von einer Frau in den Niederlanden, die Flore hieß. Erst ging es um irgendwas, das mit israelischem Volkstanz zu tun hatte, doch dann stand da: »Ich kann es kaum erwarten, mit Dir zusammen zu sein und Dich wieder zu lieben, Adrian.« Ich spürte ein schreckliches Ziehen im Bauch, als hätte sich eine tektonische Platte tief in mir schmerzhaft verschoben. *Dich wieder zu lieben?* Rasch steckte ich alles wieder in den Aktenkoffer und atmete tief durch.

Was sollte ich tun? Ich stellte mir das Gesicht meiner Mutter vor, ich stellte mir vor, wie ein solches Trauma sie zerstören würde. Bei *Eine verhängnisvolle Affäre* hatte ihr das Ende nicht gefallen, weil Michael Douglas nicht hart genug bestraft wurde. »Wenn *mich* jemand so betrügen würde«, sagte sie und sah meinen Vater an, »dann wäre es aus.« Würde sie sich also von meinem Vater scheiden lassen? Würde sie allein zurechtkommen? Und was würde aus mir werden? Ich sah mich ungesichert zwischen Himmel und Erde schweben. Wer wäre ich, wenn die beiden Grundelemente meines Lebens nicht mehr zusammenpassten?

Als mein Vater abends nach Hause kam, war meine Mutter in der Küche. Er ging hinauf, um sich umzuziehen.

Ich erwartete ihn im Schlafzimmer. »Ich habe deinen Liebesbrief gefunden«, sagte ich mit bebender Stimme. Mein Herz raste, und die Geräusche, die meine Mutter in der Küche machte, waren verzerrt. »Im Aktenkoffer im Arbeitszimmer.«

»Wovon redest du?«, fragte er blinzelnd und lächelnd. Er schloss die Tür.

»Von dem Brief der Holländerin, die dich wieder lieben will.« Die Platten in meinem Bauch rieben sich aneinander. Ich suchte im Gesicht meines Vaters nach der Wahrheit.

Er schwieg, und sein Lächeln erstarb. Seine Schultern zuckten, und er legte die Hand vor den Mund.

»Es ist nichts passiert«, zischte er. Er holte tief Luft und beugte sich zu mir. »Die Kleine hat sich in mich verknallt, das ist alles. Ein dummes kleines Mädchen aus Amsterdam.« Er sprach jetzt ganz ruhig und deutlich, als würde er ein Gebet sprechen. »Und es gab nur einen einzigen Kuss. Ich schwöre es dir. Ich würde es nicht einmal einen richtigen Kuss nennen. Unsere Lippen haben sich berührt, als wir uns verabschiedet haben – das war alles. Es war nichts.«

»So klang das aber nicht, Dad. Es klang nach viel mehr.«

»Ich hätte den Brief nicht aufheben sollen. Es ist nichts passiert, Doobs. Und bitte: Es ist sehr wichtig, dass du deiner Mutter nichts davon erzählst. Wenn du das tust, wird sie versuchen zu verhindern, dass ich zu dem Volkstanz-Camp fahre. Also sag ihr bitte nichts, ja?«

Für eine Weile ging ich auf Abstand zu meinem Vater. Ich lauschte Miles' glosender Musik. Ich hatte furchtbare Schuldgefühle, wenn meine Mutter zum Supermarkt ging oder eine Mahlzeit zubereitete, die dann kalt wurde, weil mein Vater Überstunden machte. Ich glaubte ihm seine Version nicht – nicht wirklich – und war ziemlich sicher, dass meine Mutter sie ebenfalls nicht glauben würde. *Wenn mich jemand so betrügen würde, dann wäre es aus*, hatte sie gesagt. Manchmal, wenn ich in meinem Zimmer saß und Miles hörte, begann unten ein Streit. Ich konnte die Worte nicht verstehen, aber der Tonfall war vertraut und verriet mir, welche Variante sie gerade spielten: die mit Ruths Freund, die mit Grandma Lily oder die, bei der es darum ging, dass Dad praktisch gar nicht mehr da war und sich in einen Fremden verwandelt hatte. Ich übte Evans' Transkriptionen auf dem Klavier und hielt meinen Freunden Vorträge über Improvisation: Der Zuhörer sollte Miles Davis nicht *kennen*, sondern ihm zuhören; Miles Davis hatte nichts übrig für die Vergangenheit, denn die sei nichts als Tyrannei. Ich übte die Klavierstücke mit dem Metronom, und meine Finger flogen die Tastatur hinauf und hinunter und wussten ohne mein Zutun, wohin sie zu fliegen und was sie zu tun hatten. Immer wieder hörte ich die Stimme meines Vaters: »Sag deiner Mutter nichts.« Was sollte ich ihr nicht erzählen? Wenn es nichts zu erzählen gab, warum dann die Heimlichtuerei?

*

Miles im Hammersmith Odeon, er lehnte sich an die Schulter seines Bassisten Foley. Der trug ein Kopftuch, und seine Jeans hatte von oben bis unten lauter horizontale Risse. Ich war mit einem Mädchen namens Rachel da. Wir hatten uns noch nicht geküsst, wir gingen noch nicht offiziell miteinander. Sie war wirklich hübsch, aber eigentlich kein Jazzfan. Ich hatte den Verdacht, dass sie mit mir in dieses Konzert gegangen war, weil sie mich mochte. Miles' Trompete zeigte nach unten und auf Foleys Brust, und die Töne, die sie hervorbrachte, waren stöhnend und dann wimmernd. Er erzählte Foley etwas, und man hörte Anklänge an seine besten Sachen und bekam eine Ahnung davon, was er in den Fünfzigern gewesen war. Auf der Bühne ging es ziemlich bunt zu, nicht zuletzt wegen Miles' schillerndem Jackett und den blauen Spotlights. Der Bass dröhnte in meinen Ohren. Ich dachte: Als Sohn eines Zahnarztes nach London ins Hammersmith Odeon. Und dann dachte ich: Als Sohn eines Versicherungsmaklers nach …? Für einen Augenblick war ich wie beseelt. Ganz im Jetzt. Doch dann tauchte ein anderer Gedanke auf: Ich dachte an das Haus in Pinner, in das ich bald zurückkehren würde. An Mum, die allein in der Küche stand. An Dad, der die Haustür zuschlug. An mich, der den Tonfall ihrer Streitereien hörte.

Ich hatte nicht damit gerechnet, dass Miles dem Publikum während des ganzen Konzerts den Rücken zukehren würde. Ein paar Reihen hinter uns rief ein Mann mehrmals: »Dreh dich um, Miles!«, doch der hörte ihn vermutlich gar nicht. Ich hatte kein Problem damit, dass Miles uns den Rücken kehrte, denn ich wusste, dass das seine Art war, bei sich zu bleiben, alle Konzentration auf die Band und die Musik zu richten und die Erwartungen des Publikums auszublenden. Er spielte Michael Jacksons *Human Nature* und Cyndi Laupers *Time After Time*, und wenn einer aus der Band ein Solo spielte, legte er ihm den Arm auf die Schulter, wie um zu zeigen, dass er jetzt unter Miles' persönlichem Schutz stand und sich ausdrücken durfte, wie er wollte. Nach einer Stunde, als der Drummer ein langes, eng gehäkeltes Solo begann, sah ich Miles lässig von der Bühne gehen.

»Er geht!«, sagte ich zu Rachel. »Er kommt nicht zurück. Los!«

Wir liefen zum Bühneneingang, und tatsächlich: Da kam Miles Davis. Das Konzert war noch im Gange, doch er wollte ins Hotel. Unglaublich typisch. Ich hatte einen Stapel Karten und einen Filzstift dabei. Es hätte keinen Sinn gehabt, mein Album *Kind of Blue* mitzubringen: Er weigerte sich, alte Bilder von sich zu signieren. Wenn ich Glück hatte, kriegte ich ein schlichtes »Miles« mit einer Note. Aber es war ebenso gut möglich, dass ich gar nichts kriegte.

Er war abgeschirmt, als er in die Limousine stieg, doch als er Platz genommen hatte, reichte einer seiner Helfer ihm die Sachen, die er signieren sollte. Ich sah ihn etwas auf zwei meiner Karten schreiben, dann erhielt ich sie zurück. Da stand: »Miles Davis«.

»Er hat mit vollem Namen unterschrieben!«, rief ich Rachel beglückt zu.

Und dann tat Miles noch etwas, das er sonst nie tat, etwas, das ich unmöglich hätte ahnen können: Er hob die Hand ans Fenster und lächelte.

*

Auch dieses Jahr folgte mein Vater dem Gottesdienst mit der üblichen Gewissenhaftigkeit und leckte den Finger an, bevor er die Seiten unseres Gebetbuchs umblätterte und auf Hebräisch murmelte. Ich wusste, dass er den Ablauf so gut kannte, weil er mit neunzehn Jahren für kurze Zeit religiös geworden war, um seinen soeben verstorbenen Vater zu ehren. Ihm lag daran, zweimal täglich in die Synagoge zu gehen, und während des Trauerjahrs ließ er sich einen langen Bart wachsen. Laut Mum hatte er sich damals schuldig gefühlt, weil er seinen Vater im Alter nicht mit dem gebührenden Respekt behandelt hatte – er hatte es frustrierend gefunden, einen Vater zu haben, der an Parkinson litt und sich ständig schüttelte und hinfiel. Doch er habe nicht gewusst, wie krank sein Vater gewesen sei, sagte meine Mutter, und dann sei es plötzlich vorbei gewesen: Sein Vater sei gestorben. Manchmal fragte ich mich, ob das der Grund war, warum er Synagogen sammelte: als eine Art Wiedergutmachung.

Aber es weckte nicht mein Mitgefühl.

Wir näherten uns dem Ende des Gottesdienstes, wo man seine Sünden bereuen soll. Dazu nahm man einen Zipfel des Gebetsschals in die Hand und schlug sich an die Brust.

Ich bekam einen Rippenstoß.

»Komm, Doobs – steh auf.«

»Alle anderen sitzen noch«, erwiderte ich. Am liebsten hätte ich »Motherfucker« hinzugefügt, doch das ließ ich lieber bleiben. Aber es stimmte: Bis jetzt hatten sich nur ein paar Leute erhoben. Warum mussten wir unbedingt die Ersten sein? Und was hatte *ich* eigentlich zu bereuen? Ich dachte an den Brief der Holländerin. Hatte mein Vater nicht genug mit seinen eigenen Sünden zu tun?

»Die machen das falsch«, sagte mein Vater und zerrte wütend an meinem Ärmel. »Bei diesem Teil muss man stehen. Was ist denn los mit dir?«

»Mir ist das egal!«, sagte ich und blieb sitzen, während ringsum alle Männer aufstanden.

Mein Vater starrte mich an. Mit meiner Weigerung wich ich von unserem Jom-Kippur-Drehbuch ab. Ich sah, wie er nach einer Möglichkeit suchte, mich zu einer Kooperation zu bewegen.

»Steh auf, Adam. Aus Respekt vor mir! Steh auf!«

# NELSON MANDELA

Wir haben zu lange auf unsere Freiheit gewartet.

NELSON MANDELA

Wir hatten eine Beziehung, Rachel und ich, und das bedeutete viel Streit, viele Küsse und viele Briefe. Wie Mitglieder der französischen Resistance tauschten wir jeden Morgen um 8.15 Uhr im U-Bahnhof Preston Road tränenfleckige Zettel aus und standen dann schweigend in dem vollen U-Bahn-Wagen, wobei ich im Gesicht meiner Freundin nach verschlüsselten Botschaften über den Zustand unserer Beziehung suchte. Wir trennten uns im U-Bahnhof Finchley Road, und auf dem restlichen Weg zur Schule las ich ihren neuesten Brief, verschlang ihn gierig mit den Augen. Rachels Stil war untypisch und reichte von Andeutungen, so kryptisch wie das Times-Kreuzworträtsel, bis hin zu shakespeareschen Monologen. Ich bekam einen Knoten im Bauch, wenn unter ihrem Brief nur »IL« anstatt »In Liebe« stand oder wenn ich las, es werde alles zu »intensiv«. Wenn aber vier oder mehr Küsse aufgemalt waren, lächelte ich über meinen Erfolg und marschierte die Arkwright Road entlang wie ein Eroberer, ein Brennen in den Lenden.

Ich hatte mich nicht nur in Rachel verliebt, sondern auch in ihre Eltern.

Alvin, ihr Vater, war ein sanfter Mensch, der unermüdlich Fragen stellte. Er fragte mich nach der Schule, nach meinen Großeltern, nach meinen Autogrammen und hörte aufmerksam und langsam nickend zu.

»Ich bin eigentlich kein Sammler«, sagte ich, schlug die Beine übereinander und nahm einen Schluck Tee. »Mein Dad ist ein typischer Sammler – er würde niemals eine einzige Synagoge verkaufen. Ich bin eher Händler.«

»Tatsächlich?«, sagte Rachels Dad. »Ich verstehe.«

Er speicherte die Information nicht und stellte beim nächsten Mal dieselben Fragen, doch ich war beeindruckt von seinen

Qualitäten als Zuhörer. Er unterbrach mich höchstens, um ans Telefon zu gehen oder eine Weinflasche zu öffnen, doch dann setzte er sich wieder und sagte: »Wo waren wir?«

Wenn ich mich nach einem im Zimmer seiner Tochter verbrachten Samstagabend auf den Weg zur U-Bahn machen wollte, hielt Alvin mich auf.

»So ein Quatsch – ich fahre dich nach Hause«, sagte er. »Kein Thema, das dauert bloß fünf Minuten.«

Diese Zeitspanne wurde unter dem Namen »Alvins fünf Minuten« bekannt, denn die Fahrt dauerte in Wirklichkeit fünfundzwanzig Minuten. Ebenso dauerte »Alvins halbe Stunde« eher drei Stunden und »Alvins Woche« einen Monat. Dieses entspannte Verhältnis zu Raum und Zeit wurde anscheinend von der ganzen Familie geteilt. Niemand lief herum und bürstete sich hektisch das Haar, niemand wühlte auf der Suche nach einem Vergrößerungsglas lautstark in allen möglichen Schubladen. Alle fielen mit der freundlichen Nonchalance einer Alice im Wunderland durch das Leben: hinab, hinab, hinab, mit ausreichend Gelegenheit, sich umzusehen und zu orientieren. Vor allem gab es in Rachels Familie keine Gewissheiten. Niemand führte mit erhobenem Zeigefinger irgendwelche Tatsachen an.

Es gab jedoch eine Menge Tiere: zwei Hunde und zwei Katzen, die überall herumliefen und hechelten, sich ableckten, sich kratzten. Irgendjemand ließ immer gerade eine Katze zur Hintertür hinaus oder machte einen Spaziergang mit den Hunden, und es war tatsächlich, als hätten diese Tiere Bürgerrechte. Man trat für sie ein. »Ich glaube, Polly muss mal raus«, sagte jemand, und jemand anders sagte dann: »Okay, ich gehe mit ihr.« Und wenn sie sich an frühere Haustiere erinnerten, sagte Rachels Mutter Maureen: »Ach, Penny war wirklich lieb – so gutmütig.«

Maureen war eine kleine, energische Frau, die ihren Mann gern instruierte, etwa wenn er die erwähnte Weinflasche öffnen oder den erwähnten Freund der Tochter nach Hause fahren sollte. Sie hatte eine scharfe Zunge, duldete keinen Unsinn und war die Art von Frau, die auch ein Bein amputieren oder bei einer Geburt hätte assistieren können. Dass sie so tatkräftig war, lag offenbar daran, dass sie aus dem Norden stammte. Rachels Mum erzählte jedem, der es hören wollte, von ihrer idyllischen Kindheit in Macclesfield, von den Pubs, die ihr Vater besucht, und von den Zigaretten, die er geraucht hatte, sowie von ihren vierzehn Tanten. Ich musste mich mit ihr hinsetzen und ein Fotoalbum nach dem anderen durchblättern, während Rachel im Hintergrund mit den Füßen scharrte.

»Das ist Tante Annie«, sagte Maureen, als wäre die Frau mit den runden Brillengläsern und dem freundlichen Lächeln auch meine Tante.

Als sie mir ihre Familienfotos gezeigt hatte, waren die von Alvins Familie dran. Er selbst brachte nur wenig Interesse dafür auf und musste sich anstrengen, um sich an die Namen seiner engsten Angehörigen zu erinnern, aber Maureen kannte sie alle. Sie ermunterte ihren Mann, alte Geschichten zu erzählen, und wenn er auf halbem Weg den Faden verlor, übernahm sie den Rest.

»Meine Mum hat drei Kinder verloren«, sagte Rachel, als Maureen hinausgegangen war. »Als ich geboren wurde, war das ein Riesenwunder.«

Sie erklärte auch, ihre Mutter sei zum Judentum konvertiert, weil Alvins Eltern sie sonst nicht akzeptiert hätten und es die Dinge für ihr einziges Kind Rachel weniger kompliziert machte. Rachels großes, weichgezeichnetes, an Shirley Temple erinnerndes Porträt hing in einem silbernen Rahmen an der Wohnzimmerwand und blickte wie eine kindliche Göttin auf das Geschehen.

»Unerträglich«, sagte Rachel über das Porträt. »So idealisiert. Immer wenn ich dieses Foto ansehe, denke ich, was für eine große Enttäuschung ich sein muss.«

»Aber du bist umwerfend.«

»Bin ich nicht.«

»Bist du wohl.«

In Rachels Haus stand der Türklopfer nie still. Ständig kamen unangekündigt irgendwelche Leute, die innerhalb weniger Minuten betrunken waren und in Alben mit Fotos von Tante Annie und dem Rest des Macclesfield-Clans blätterten. Es wurde viel gelacht. Alvin lachte so sehr, dass er rot anlief und zu husten begann, besonders wenn er es war, der durch den Kakao gezogen wurde. Und Maureen hatte ein hohes, wieherndes Lachen, das sie erklingen ließ, wenn ich meine trockensten Witze über Dads Sammlung von Bierdeckeln aus Hotels in Palästina vor der Staatsgründung oder Grandma Lilys neuesten Clinch mit ihrem Au-pair-Mädchen erzählte.

»Oh, du schlimmer Junge!«, sagte sie, legte mir die Hand auf den Arm und schüttelte sich vor Lachen.

Wenn wir die Fotoalben und Geschichten hinter uns hatten, zogen Rachel und ich uns auf ihr Zimmer zurück, wo wir knutschend und Händchen haltend Sting oder Sinead O'Connor mit *Nothing Compares 2 U* hörten. Von Zeit zu Zeit kam Alvin, ohne anzuklopfen, herein und bot uns Tee und Kekse an – in Wirklichkeit wachte er natürlich über die Keuschheit seiner Tochter. Dann fuhren wir beide auseinander und arrangierten uns in gedankenvollen Posen.

»Dad! Klopf das nächste Mal gefälligst an!«, rief Rachel. »Du bist so aufdringlich!«

»Entschuldige, Schatz.« Alvin entfernte sich gehorsam.

Schließlich rief Maureen von unten, das Essen sei fertig, und dann gab es Hähnchenpastete oder einen Braten mit allem Drum und Dran.

»Komm, trink einen Schluck Wein«, sagte Maureen und griff zur Flasche.

»Nein danke«, sagte ich und hielt die Hand über mein Glas, doch sie bestand darauf.

»Na komm. Nur einen Schluck. Morgen bist du vielleicht tot.«

*

Als ich nach Hause kam, sahen meine Eltern gerade *Sophies Entscheidung*. Mum drohte an, gleich zu Bett zu gehen, und Dad reorganisierte nebenbei seine polnischen Synagogen. Die Brille saß auf seiner Nasenspitze und ließ ihn aussehen wie einen ordentlichen Professor der Völkermordkunde.

»Meryl Streep ist erstaunlich vielseitig«, sagte er und hob kurz den Blick. »Ihr Akzent ist unglaublich. Schönen Abend gehabt, Doobs? Was hast du gemacht?«

»Och, nichts. Ich glaube, ich gehe gleich nach oben.«

Seit ich den Brief der Holländerin entdeckt hatte, war ich meinem Vater nach Möglichkeit aus dem Weg gegangen. Er dagegen hatte ständig versucht, mich beiseitezunehmen und mir zu versichern, dieser Brief habe nichts zu bedeuten. Er sagte, er fühle sich schrecklich wegen dieser Sache, und erklärte mir zum dritten Mal, diese Frau habe sich unerklärlicher- und naiverweise in ihn verknallt; es sei jedoch nichts passiert; er habe ihr geschrieben und seine Empörung über ihren albernen Brief kundgetan; sie sei nicht mal attraktiv; nach seiner Erfahrung hielten Leute, die tatsächlich Affären hatten, diese so unglaublich geheim, dass niemand je davon erfahre. Ich hörte mir diese Beteuerungen nickend an, dachte an meine arme Mutter und betete, dass wenigstens eine dieser Erklärungen der Wahrheit entsprach. »Ich bin kein Mann, der eine Affäre hat«, schloss er.

\*

Ich übte täglich auf dem Klavier, denn es stand ein Schulkonzert bevor: Ich sollte, zusammen mit dem Schulorchester, den ersten Satz von Rachmaninows zweitem Klavierkonzert spielen. Ich übte Tonleitern und Arpeggios, ich machte, begleitet vom Metronom, Fingerübungen nach Hanon. Während ich mich durch die donnernde Einleitung hämmerte, war ich von der irgendwie verblüffenden Überzeugung erfüllt, dass die Welt mit jedem dieser wuchtigen Akkorde ein kleines bisschen besser wurde. Manchmal, wenn meine Großeltern da waren, erschien

Grandpa Jožka in der Tür, blieb, die Hände auf den Rücken gelegt, stehen und lauschte verträumt lächelnd der sehnsüchtigen Melodie. »Wunderschön«, sagte er, wenn ich zu Ende gespielt hatte. »Das Leben ist wunderschön.«

Als es dann so weit war, setzte ich mich an den Flügel und fühlte mich, als wäre ich berühmt. Meine Eltern, meine Schwester und alle drei Großeltern waren da. Ich warf einen Blick ins Publikum, holte tief Luft und griff in die Tasten.

Etwa zu dieser Zeit beschloss meine Mutter, eine Porträtskulptur von mir anzufertigen. Ich saß Modell in dem kleinen Arbeitszimmer hinter der Küche. Meine Mutter kniff ein Auge zu, das andere wanderte zwischen dem Gesicht ihres sechzehnjährigen Sohns und dem hölzernen Spatel hin und her. Ich saß ganz still, atmete durch die Nase und genoss den Blick meiner Mutter, erfüllt von dem Gefühl, etwas für die Nachwelt zu hinterlassen.

»Donnerwetter, dein Gesicht hat sich in letzter Zeit sehr verändert«, bemerkte sie und blinzelte. »Du hast so etwas Zielstrebiges.«

»Findest du?«

Während meine Mutter den Ton formte, verschwand die übliche Traurigkeit aus ihrem Gesicht. Stattdessen waren da plötzlich Möglichkeiten, und ich wusste, dass sie nicht an Synagogen dachte, nicht an Dads spätabendliche Besprechungen und auch nicht an ihre Versuche, von einem Mann verstanden zu werden, der nicht verstehen konnte.

Später am Tag, wenn sie ihre Zweifel über die Plastik äußerte, kehrte die Traurigkeit zuverlässig zurück.

»Ich habe dein Kinn ganz falsch gemacht«, klagte sie. »Ich bin mir nicht sicher, aber ich finde, es müsste energischer sein.«

»Wovon redest du?«, rief ich. »Das sieht sehr gut aus. Du hast mich wirklich getroffen.«

»Findest du?«

Manchmal sprach sie beim Modellieren über meinen Vater:

dass seine Probleme von seiner alles beherrschenden Mutter rührten und dass er den Tod seines Vaters in so jungen Jahren nie ganz verwunden habe.

»Er hatte kein Vorbild, wie ein Vater sein sollte – das ist das Problem. Und seine Eltern hatten eine schreckliche Beziehung. Sie sind sogar aufeinander losgegangen. Er hat ein paar schlimme Szenen mit angesehen. Die Polizei musste kommen.«

Wie Alvin stellte ich Fragen und nickte mitfühlend. Ich wollte, meine Mutter würde ein wenig von der Freiheit erleben, die in Rachels Familie herrschte, wo niemand seine Zeit darauf verschwendete, sich Sorgen über Talente oder Einschränkungen oder vergangene Tragödien zu machen, und wo es keine Schwierigkeit gab, die nicht mit einem Glas Wein behoben werden konnte.

Meistens aßen meine Mutter und ich allein zu Abend. Dann sprachen wir über die Verbindungen zwischen Musik und Skulpturen. Wir sprachen über mein Potenzial als Musiker, über den künstlerischen Prozess. Ich ermunterte sie, ihr Talent zu nutzen und sich ernsthaft an die Arbeit zu machen. Wenn ich auf der Universität sei, sagte ich, werde es ihr nicht guttun, zu Hause herumzusitzen und auf Dad zu warten. Sie müsse eine neue Beschäftigung finden.

»Ich weiß nicht«, sagte meine Mutter. »Ich sollte mehr Selbstvertrauen haben.«

Um neun oder zehn flog die Haustür auf, und Dad stürmte herein.

»Ich muss euch eine unglaubliche Synagoge zeigen. In all meinen Jahren als Sammler habe ich diese Karte noch nie gesehen.«

Meine Mutter und ich sahen uns an und schüttelten stumm den Kopf.

*

Nelson Mandela beschäftigte mich schon eine ganze Weile, besonders seit dem Konzert in Wembley zu Ehren seines siebzigsten

Geburtstags zwei Jahre zuvor, wo Tracy Chapman wie eine Straßenmusikerin ganz allein die Bühne betreten und alle elektrisiert hatte. Seither hatte ich Mandela Briefe ins Gefängnis geschickt, Fotos beigelegt, die ihn als jungen Mann zeigten, und harmlose Fragen über sein Leben als Gefangener gestellt. Ich bekam nie eine Antwort. Niemand bekam eine Antwort. Niemand wusste, wie seine Unterschrift aussah. Niemand wusste, wie *er* aussah. Doch Mandelas Anonymität machte ihn nur umso interessanter: ein zum Schweigen gebrachter alter Mann, der die Menschen zu Konzerten und T-Shirts inspirierte. Meine Kenntnisse der südafrikanischen Geschichte waren lückenhaft, aber dass Apartheid und siebenundzwanzig Jahre Haft ungerecht waren, sah ich so klar wie jeder andere.

Und wie jeder andere sahen meine Eltern und ich Mandelas Entlassung aus dem Gefängnis live auf BBC.

»Es wird viele geben, die sich, wenn sie sich später erinnern, fragen werden: ›Wo war ich an dem Tag, als Nelson Mandela freigelassen wurde?‹«, donnerte Jonathan Dimbleby.

In Pinner, dachte ich. Bei meinen Eltern. Im Wohnzimmer, auf dem Teppichboden.

»Ich glaube, es wird einen Bürgerkrieg geben«, sagte Dad aufgeregt und richtete seine Kamera auf den Fernseher, wo eine Menschenmenge und viele Wagen vor dem Eingang des Victor-Verster-Gefängnisses standen.

»Kannst du das nicht mal weglegen?«, sagte meine Mutter und verzog genervt das Gesicht. »Ich kann an den Fingern abzählen, wie oft ich in den vierundzwanzig Jahren unserer Ehe dein Gesicht gesehen habe, ohne dass dieses Ding davor gewesen wäre. Willst du wirklich unseren Fernseher fotografieren?«

»Es ist ein historischer Augenblick«, erklärte Dad und stellte das Objektiv ein.

In diesem Augenblick zoomte die Fernsehkamera auf einen Mann mit weißem Haar.

»Da ist Mr Mandela, Mr Nelson Mandela«, sagte Dimbleby mit bebender Stimme, »ein freier Mann, der seine ersten Schritte in ein neues Südafrika tut.«

»Und da ist die arme Winnie«, sagte Mum.

Wir drei saßen in Pinner vor dem Fernseher und vergossen Freudentränen beim Anblick des alten Mannes, Hand in Hand mit seiner Frau. Wir waren nicht ganz sicher, was das Ganze für uns persönlich bedeutete, so wenig, wie wir gewusst hatten, welche direkten Auswirkungen der Fall der Berliner Mauer auf die Familie Andrusier haben würde. Doch wir wussten, dass wir in großen, bedeutsamen Zeiten lebten, in denen alte Formen der Unterdrückung überwunden wurden. Und dann passierte noch etwas: Mandela hob die Faust zu einem trotzigen Gruß, und nun war er kein Opfer mehr, nun war er ein Held.

»Die eigentliche Frage ist«, sagte Dad mit erhobenem Zeigefinger, »was wird er als Nächstes tun?«

\*

Im Juli 1990 kam Nelson Mandela nach London, um mit Margaret Thatcher zu sprechen, einer treuen Verbündeten des Apartheid-Regimes. Er fuhr also zur Downing Street, und ich tat dasselbe.

»Ich kann heute nicht Modell sitzen«, sagte ich zu meiner Mutter. »Ich treffe mich mit Nelson Mandela.«

Sie setzte mich am U-Bahnhof ab und schenkte mir ihr schönstes aufmunterndes Lächeln.

»Viel Spaß«, sagte sie. »Und sei nicht enttäuscht, wenn's nicht klappt.«

»Keine Sorge, Mum. Es wird klappen.«

Die Downing Street war abgesperrt. Ich traf in dem Moment ein, als in der Ferne, vor Nr. 10, ein Blitzlichtgewitter zu sehen war. Die Fotografen trotteten zurück zur Hauptstraße und sahen ganz erledigt aus. Mir kam ein Gedanke.

»Wissen Sie, in welchem Hotel Mandela abgestiegen ist?«

»Keine Ahnung«, sagte ein ungepflegter Typ mit einer riesigen Kamera.

Ich stellte den anderen Journalisten dieselbe Frage, doch alle zuckten die Schultern.

Einer schließlich murmelte: »Park Lane Hotel, glaube ich.«

»Und wo ist das? Wie heißt der nächste U-Bahnhof?«

»Weiß nicht. Wahrscheinlich Hyde Park Corner.«

Und schon war ich mit meinen Blankokarten und dem Kugelschreiber unterwegs.


Ich lag offenbar richtig, denn vor dem Hotel standen zwei ANC-Männer.

»Wohnt hier Nelson Mandela?«, fragte ich den einen.

»Ja, aber er ist gerade nicht da. Warum willst du das wissen?«

»Ich will ihn um sein Autogramm bitten«, sagte ich.

Der Mann war bullig und wirkte ungeduldig. Er schüttelte den Kopf, doch der andere, jünger und freundlicher, hatte mich gehört.

»Vielleicht solltest du lieber drinnen warten«, sagte er. »Mr Mandela müsste in ungefähr einer Stunde kommen.« Er zeigte mir den Eingang zur Hotelhalle rechts neben dem Haupteingang.

Geduldig wartete ich in der mit dickem Teppich ausgelegten Hotelhalle, der einzige Autogrammjäger weit und breit, und bereitete mich auf Mandelas Größe vor. Es war, als wäre ich in ein Allerheiligstes eingetreten. Von der Eingangshalle meines Elternhauses in Pinner hierher, und ich hatte nichts weiter tun müssen, als einen Fotografen zu fragen, wo Mandela abgestiegen war! Die Stunde fühlte sich wie eine Alvin-Stunde an – ich zählte die Quadrate auf der Tapete –, doch schließlich entstand auf dem Bürgersteig vor dem Hotel eine Bewegung, und ein schwarzer Mercedes fuhr vor. Die ANC-Männer eilten herbei und rissen die Türen auf, und dem Wagen entstiegen Nelson und Winnie

Mandela. Sie traten in die Eingangshalle, und plötzlich standen wir einander gegenüber.

»Würden Sie mir bitte ein Autogramm geben?«

»Wie heißt du?«, fragte Nelson Mandela.

Er wirkte müde und gereizt. Keine Spur des Buddhalächelns aus dem Fernsehen, keine Spur der edlen Kinnlinie. Er sah aus, als liege die Freude über seine Freilassung sehr weit hinter ihm, und auch Winnie machte einen enervierten Eindruck. Ich fand, dass die beiden etwa so glücklich aussahen wie meine Eltern, und fragte mich, ob sie sich vielleicht gerade gestritten hatten. Vielleicht hatten Winnie und Maggie einander nicht gemocht. Oder Nelson hatte eine verdorbene Garnele gegessen.

Für einen derart gereizten Menschen nahm er sich jedenfalls sehr viel Zeit für das Autogramm. Er schrieb in großer, gerundeter Schrift: *Für Adam, mit den besten Wünschen, Nelson Mandela*

Er fügte das Datum hinzu und reichte die Karte seiner Frau, ohne diese anzusehen, und Winnie schien zu wissen, was sie zu tun hatte. Sie setzte ihren Namen über den ihres Mannes und nickte mir flüchtig zu. Da. Ich hatte es geschafft. Ich hatte eine Audienz bei den Mandelas gehabt. Ich wusste nicht, für wen es ein größerer Tag war – für Nelson oder für mich. Er hatte jedenfalls einen deutlich längeren Abend vor sich als ich. Winnies Geduld ging eindeutig zur Neige. Ich stellte mir vor, wie sie ihm aus dem Badezimmer ihrer Suite zurief: »Sieben-undzwanzig Jahre habe ich auf dich gewartet, Nelson, und du behandelst mich, als wäre ich eine deiner Sekretärinnen. Immer muss es um dich gehen. Erst warst du körperlich abwesend, und jetzt bist du emotional abwesend. Das ist zu viel Einsamkeit für eine Frau.«

Als ich zum U-Bahnhof kam, wurde dort die Abendausgabe des *Evening Standard* verkauft. Auf der Titelseite war ein Foto von Mandela, der Maggie Thatcher die Hand schüttelte und sein breites Lächeln zeigte. »Ja, aber seine Frau kann ihn nicht ausstehen«, wollte ich während der Heimfahrt den anderen Passagieren zurufen. »Das könnt ihr mir glauben – ich weiß Bescheid.« Ich musterte die Autogramme, studierte die Handschrift und das historische Datum auf meiner Karte und dachte: Die werde ich nie verkaufen, niemals. Binnen Kurzem war Mandelas frostiges Gesicht vergessen, und als ich wieder in Pinner war, hatte ich meine Geschichte in Gedanken ausformuliert, und sie erzählte von Größe, von Triumph im Angesicht gewaltiger Widerstände.

»Du hast es geschafft«, sagte Mum, als ich am U-Bahnhof Pinner in ihren Wagen stieg. »Nicht zu glauben!«

\*

Rachel konnte mich nicht ertragen.

»Du machst mir Platzangst«, beklagte sie sich am Telefon. »Ich darf mich nicht mit anderen Leuten treffen – immer wirst du eifersüchtig. Ich fühle mich, als wäre ich festgebunden. Ich bin zu jung, um mich auf eine so enge Beziehung einzulassen. Das ist mir zu intensiv geworden. Wir brauchen eine Pause. Es liegt nicht an dir – ich brauche einfach Raum, um rauszufinden, wer ich wirklich bin, anstatt immer nur die zu sein, die andere Leute in mir sehen wollen.«

Ich wollte vernünftig mit ihr reden, doch sie legte auf. Und von da an ging immer Alvin ans Telefon und sagte, seine Tochter sei im Bad oder gehe gerade mit den Hunden spazieren – ob er ihr etwas ausrichten könne. Ich war verletzt, aber auch wütend. Wenn es mir nur gelänge, meine Argumente vorzutragen, würde Rachel sicher begreifen, dass ich sie keineswegs festbinden wollte und dass Eifersucht eine ganz normale Regung war. Und konnte sie, konnte irgendjemand denn übersehen, dass diese Burschen, die sie als Freunde bezeichnete, in Wirklichkeit bloß scharf auf sie waren?

»Da kannst du nichts machen«, sagte Mum, als ich ihr mit Tränen in den Augen erzählte, was passiert war. »Du musst tun, was sie will. Du musst einen Schritt zurücktreten und ihr ihren Raum lassen. Mit ein bisschen Glück kommt sie zu dir zurück, wenn sie so weit ist.«

Ich saß wieder Modell. Nebenan sah mein Vater sich *Mastermind* an und schrie den Fernseher an: »Government Communication Headquarters!« Mum schien ihn nicht zu hören. Während sie dem Kopf ihres Sohns mit dem Holzspatel winzige Mengen Ton hinzufügte, war auf ihrem Gesicht wieder dieser entspannte Ausdruck. Sie hob einen Finger auf Augenhöhe und sah zwischen der Skulptur und mir hin und her. Dann atmete sie tief durch und drehte die Plastik um.

»Und? Wie findest du es?«

Das war ich, aber nicht ganz genau. Da war ein gewisser entschlossener Zug um die Augen meines Ebenbildes, als wäre in naher Zukunft Großes von ihm zu erwarten. Ich war mir nicht sicher, ob das meinem gegenwärtigen Gefühl entsprach. Und dieses Lächeln, das um den Mund spielte? Was gab es so bedeutsam zu belächeln? Ich stellte mir Rachels Familie vor: Eine Flasche Wein wurde geöffnet, alle scherzten und lachten, dann klopfte es an der Tür, alle möglichen Leute kamen herein – und ich war ausgesperrt.

»Es gefällt mir sehr«, sagte ich. »Aber mit dem Kinn hattest du recht, glaube ich. Das könntest du überarbeiten.«

# RICHARD GERE

Die Wirklichkeit ist: Wir können uns ändern.
Wir können uns selbst ändern.
Wir können unser Denken ändern.
Wir können unser Fühlen ändern.
Und dann ändert sich das ganze Universum.

RICHARD GERE

Es stellte sich heraus, dass meine Mutter sich nie schön gefühlt hatte. Selbst als junge Frau war sie immer überzeugt gewesen, sie sei zu schwer, sie sei fehl am Platz und sehe sonderbar aus – man konnte sich eben darauf verlassen, dass Grandpa Jožka und Grandma Lotka stets irgendetwas fanden, das sie kritisieren konnten.

»Ich kann mich nicht erinnern, dass sie ein einziges Mal gesagt hätten, ich sähe hübsch aus«, sagte Mum. »Wahrscheinlich fanden sie mich tatsächlich nicht hübsch. Sie hatten andere Dinge im Kopf: Sie mussten in England ein neues Leben anfangen und mit unglaublichen Tragödien fertigwerden. Aber sie haben ein paar schreckliche Fehler gemacht.«

»Sie hätten dir sagen sollen, wie schön du bist«, sagte ich. »Auf eurem Hochzeitsfoto siehst du aus wie Audrey Hepburn.«

»Ach, Addie, das ist lieb von dir, aber es stimmt nicht.«

Es war Freitagabend, und meine Mutter und ich saßen wie immer am Esstisch im hinteren Teil des Hauses. Zwischen uns auf dem Tisch standen zwei leere Kerzenhalter, die verbogenen aus Dads Kindheit. Sie waren verbogen, weil Grandma Lily sie mal nach ihrem Mann geworfen hatte. Das Terrassenlicht war eingeschaltet, und ich konnte Mums weiße Steinskulptur neben dem Grill sehen: ein Kopf, der sich aus dem Stein reckte, die Hände am Kinn, die Ellbogen nach außen gereckt wie jemand, der Luft holt.

»Das war eins der Dinge, die an deinem Vater besonders waren. Als ich ihn kennengelernt habe, hat er mir immer gesagt, wie schön ich sei, und mir Komplimente gemacht. Er hat mich nicht ein einziges Mal kritisiert. Ich konnte gar nicht glauben, dass jemand mich so liebenswert fand.«

Ich dachte an Rachel, die einen neuen Freund hatte, mit einer Mordsfrisur und mächtig eingebildet. Ich hatte ihn mal auf einer Party gesehen. Dan Soundso. Die Vorstellung, dass ein anderer Junge sie küsste und berührte, verursachte einen stechenden Schmerz in meinem Bauch, der sich, als er nachließ, in kalten Hass verwandelte – Hass auf Rachel, auf Dan Soundso, auf jeden. Was hatte er denn, das ich nicht hatte? Sah er besser aus? War er gewandter? Ich war nicht gewandt. Der Wind wehte ein paar dürre Blätter über die Terrasse und an der Skulptur meiner Mutter vorbei, und plötzlich überkam mich ein großer Überdruss. Selbst wenn ich Rachel hasste, wusste ich doch, dass sie es war, die ich wollte, und nicht meine Mutter. Ich wollte in dem Haus in der Preston Road sein, nicht in diesem Mausoleum meiner Kindheit, diesem Museum.

Ich war tatsächlich froh, als wir hörten, dass die Haustür ins Schloss fiel, und Dad rief: »Lo-lo, ich bin wieder da! Und ich hab dir was mitgebracht.«

Mein Vater stürmte herein; mit seinen Locken und seinem grauen Anzug sah er aus wie ein Chauffeur. Ich sah ihn durchs Wohnzimmer marschieren, im Mittelpunkt unserer Aufmerksamkeit, dunkelrote Einkaufstüten von Liberty in den Händen. Er blieb stehen, lächelte triumphierend und sah meine Mutter blinzelnd an.

»Noch ein Geschenk?«, lachte Mum und legte die Hände an die Brust. Sie drehte sich um und strahlte diesen Weihnachtsmann vor uns an. »Womit habe ich das denn verdient?«

»Dadurch, dass du einfach meine Lo-lo Bo-bo bist«, sagte Dad. »Komm, pack aus. Ich bin gespannt, ob es dir gefällt. Tut mir leid, dass ich so spät komme – die Klienten haben gar nicht mehr aufgehört zu quatschen. Stellt euch vor, was heute im Fernsehen kommt: *Psycho!* Das sehen wir uns zusammen an, ja?«

»Ich sehe mal nach meiner Post«, sagte ich und ging zu dem Stapel Briefe auf der Anrichte in der Küche. Ich fragte mich, wie meine Mutter immer wieder auf diesen Mann mit dem hauchdünnen Charme hereinfallen konnte. Gott sei Dank hatte er inzwischen aufgehört, sich für die Sache mit dem Brief zu rechtfertigen, aber ich hatte sie keineswegs vergessen. In meinen Augen hatte sie alles beschmutzt, und die Geschenke kamen mir vor wie Sühneopfer.

»Mein Sohn! Mein Sohn!«

Er streckte die Hand aus, um mir über die Wange zu streichen, so schnell, dass ich nicht ganz ausweichen konnte.

»Nein! Du hast ja Bartstoppeln! Was ist mit deinen Wangen passiert, Doobs?«

»Na ja, das, was eben damit passiert ist.«

Ich nahm meine Post, die aus einem großen gelben Umschlag, abgestempelt in Texas, bestand, und ging langsam die Treppe hinauf.

»Ich hoffe, die Handtasche gefällt dir«, hörte ich meinen Vater sagen. »Und hier, das sind zwei Paar Ohrringe – du kannst dir eins aussuchen. Das, welches dir am besten gefällt. Das andere schenke ich meiner Mutter.«

»Deiner Mutter?«

Während die beiden unten weitermachten, riss ich den an »Alan Andrewser« adressierten Umschlag auf und fand das Originalgemälde eines Schädels und zweier gekreuzter Knochen, verfertigt von dem verurteilten Serienmörder John Wayne Gacy. Der Absender war ein gewisser Dwayne Patrick Jr., der einen in kindlicher Handschrift verfassten Brief beigefügt hatte, in dem er mich bat, ihm für dieses »Kunstwerk« dreihundertfünfzig Dollar zu bezahlen oder aber es zurückzuschicken. Ich hatte von Gacy gelesen: Er hatte, als Clown verkleidet, Dutzende Jungen ermordet und unter seinem Haus vergraben. Ein sonderbares Werk, so viel war sicher. Ich musterte die in blutroter Tinte ausgeführte Signatur in der rechten unteren Ecke und legte das Ding mit der Bildseite nach unten auf den Schreibtisch.

*

Zwei Wochen lang bekam ich Rachel nicht zu Gesicht. Seit sie mir von ihrem neuen Freund erzählt hatte, nahm ich morgens eine spätere U-Bahn, die nicht um 8.15 Uhr, sondern erst um 8.25 Uhr in Preston Road einfuhr. Mein Blick ging über all die fremden Gesichter, und ich stellte mir vor, dass Rachel vor zehn Minuten unter ihnen gewesen war. Jetzt war sie aus dieser Szene gelöscht. Die U-Bahn saugte die Passagiere auf und rumpelte weiter. Meine Gedanken waren unruhig. Die karibische Ticketverkäuferin in Finchley Road mit der immer anderen Frisur – Coxy – sagte: »Ah, du hast Rachel verpasst – sie ist eben vorbeigegangen.« Und ich nickte, lächelte schmal und konnte meine Trübsal kaum verbergen. Ich war jetzt wieder Zivilist. Ich hatte meinen Glanz verloren. Jeder Schritt des Wegs die Finchley Road entlang – und ich war ihn so oft gegangen, dass er sich in mein Körpergedächtnis gebrannt hatte – war schwer und quälend. Es war, als würde ich all das Grau zum ersten Mal sehen. Wo war der Sinn von allem? Mein ganzes Leben war läppisch geworden.

Nach der Schule beschäftigte ich mich meist mit den Listen der Berühmtheiten in den Katalogen der amerikanischen Händler. Da gab es Unterschiede. Zwar waren es dieselben Personen, dieselben Kategorien – signierte Fotos / Briefe / Signaturen / signierte Dokumente –, doch jeder Händler hatte seine besondere Note. Manche waren auf Musik oder Film spezialisiert, und manche waren bei ihren Beschreibungen ausführlicher als andere. Hin und wieder bekam ich den teuer produzierten Katalog eines edlen Autografenhändlers in London oder New York, dessen Name in Gold oder Silber auf dem Umschlag prangte. Darin waren ausführlich beschriebene Schriftstücke historischer Persönlichkeiten aufgeführt, mit Preisen, die einem die Tränen in die Augen trieben. Ich blätterte nur aus Neugier darin; Briefe von Darwin oder Einstein waren außerhalb meiner Reichweite.

Wie ein Mörder, der auf kleinste Details achtet, ging ich alles durch, was in letzter Zeit geschehen war. Ich hörte in Gedanken noch einmal, was Rachel und ich zueinander gesagt hatten, welche Versprechen wir uns gegeben hatten. Mit einer eigenartigen

Lust ordnete ich meine Kümmernisse nach immer neuen Gesichtspunkten, als könnte eine grausam nüchterne neue Beurteilung der Ereignisse paradoxerweise dazu führen, dass alles wieder gut wurde. Was natürlich nie geschah. Und so gab ich mir, als ich meine Erinnerungen an Rachels Elternhaus Revue passieren ließ – die herumwuselnden Tiere, die herumliegenden Flaschenöffner, die eigenartige Ausdrucksweise –, alle Mühe, diese Leute als arme Schlucker abzutun, die ich nicht brauchte. Zurückweisung – das Vorrecht des Zurückgewiesenen. Dann wandte ich mich wieder den Händlerlisten zu, kreiste Interessantes mit rotem Stift ein und malte unordentliche Sternchen an den Rand.

Ich übte wie besessen Klavier. Ich hatte eine Fassung von *Le sacre du printemps* für Klavier zu vier Händen gefunden, eine frühe Version von Strawinskis berühmtem Orchesterwerk, und war entschlossen, sie zu meistern. Es gab eine Geschichte, laut der Strawinski sie zusammen mit Debussy irgendwo in der französischen Provinz gespielt hatte. Ich setzte mich mit einem Jungen in Verbindung, der meine Schule ein paar Jahre zuvor verlassen hatte, einem unglaublich guten Pianisten namens Tom Adès. »Oh, der wird es weit bringen«, hatten die Lehrer über ihn gesagt. »Ein phänomenales Talent, ein Wunderkind.« Ich schrieb ihm an seine Adresse am King's College in Cambridge, wo ich mich ebenfalls um einen Studienplatz für Musik beworben hatte, und fragte ihn, ob er sich vorstellen könne, diese Fassung in meiner Schule aufzuführen. Zu meiner Überraschung war er einverstanden, und wir vereinbarten drei Proben und einen Termin für das Konzert. Tom würde die tiefere Lage spielen und ich die höhere. Ich übte wie verrückt und spielte die rasend schnellen, schrillen Läufe sehr verlangsamt, bis ich sie beherrschte, und anschließend spielte ich sie in verschiedenen Rhythmen und anderen Tempi. Hin und wieder fiel mir Rachels neuer Freund ein, und dann hämmerte ich auf die Tasten, spießte mit den Fingern sein Gesicht auf und schlug ihn mit Strawinski zu Brei. Bei unserer ersten Probe war Tom liebenswürdig, machte mir Komplimente und stellte seine eigene Leistung unter den Scheffel. Er spielte die tieferen Lagen virtuos und mit beeindruckendem Können und war so freundlich zu sagen: »Mensch, Adam – brillant! Wie machst du das bloß?«

*

*The Inkwell* veranstaltete jährlich zwei Autografen-Märkte in einem Hotel in Mayfair, und ich ging mit meinem Vater hin, um zu sehen, was die etwa ein Dutzend Händler anzubieten hatten. Der Veranstalter war ein fahriger Mann in den Siebzigern, der Zigarettenasche verstreute und stets gerade mit etwas anderem beschäftigt zu sein schien. Jemand sagte mir, er sei früher professioneller Eisläufer gewesen, was jedenfalls seine gleitenden Bewegungen erklärte. Das Spektrum der Händler reichte von liebenswerten Gaunern, die einem neue signierte Fotos von Kim Basinger und so weiter andrehen wollten, bis hin zu Geschäftsleuten im Dreiteiler, die illustrierte Briefe von Arthur Rackham anboten und mit Scheckheften von Privatbanken hantierten. Mit siebzehn Jahren war ich der jüngste Sammler dort, und manche Händler waren freundlich, andere herablassend. Jeder durfte nur zwei Stühle an seinem Stand haben. Die mit den teuren Exemplaren seufzten, als ich mich setzte. Ich würde wohl kaum viel Geld ausgeben.

»Mörder haben Sie nicht, nehme ich an?«, sagte eine Opernstimme hinter mir.

»Mörder? Nein, tut mir leid«, murmelte der Händler. »Ich hatte einen Lord Lucan, aber der ist verkauft.«

Ich ergriff die Gelegenheit beim Schopf.

»Sind Sie vielleicht an einem Gemälde von John Wayne Gacy interessiert?«, fragte ich den Mann und drehte mich auf meinem Stuhl um. Vor mir stand ein schlanker Typ mit großem kahlem Schädel, einer Hornbrille und einem beigen Rollkragenpullover.

»Schon möglich«, sagte er mit volltönender Stimme, »obwohl von denen eine ganze Menge in Umlauf sind.« Seine Stimme klang seidenweich, und er sprach sehr gepflegt, aber mit auffallender Lautstärke.

»Es ist ein sehr schönes«, versicherte ich ihm.

»Dann komm Samstag ins *Electric Ballroom*«, sagte er. »Ich bin Movie Guy.« Er zog eine Visitenkarte hervor, die Bruce Lee und Elvis in zärtlicher Umarmung zeigte.

»Ich werde es mitbringen«, sagte ich.

»Ausgezeichnet. Ich freue mich darauf.«

Am nächsten Samstag ging ich mit Gacys Kunstwerk in einem gepolsterten Umschlag die Camden High Street hinunter. Ich trat in den Saal und schob mich durch eine Ansammlung schäbiger, dicht an dicht stehender Stände mit Antiquitäten, wo Interessenten sich über Schachteln voller Fotos beugten. Das Serienmörderbild fühlte sich wie eine schwere Last an. Wenn die Leute wüssten, was ich da unter dem Arm trug! Schließlich fand ich Movie Guy an seinem aufgeräumten Stand hinter der Verkaufstheke mit ordentlich aufgereihten Sammelalben. Er war im Gespräch mit einem Kunden, einem amerikanischen Touristen, der sein Kinn festhielt, als würde es sonst herunterfallen.

»Es kommt darauf an, was Sie suchen«, sagte Movie Guy gerade. Seine Glatze wurde von oben beleuchtet und glänzte. Diesmal trug er einen schwarzen Rollkragenpullover und weiße Jeans. »Ich habe zu Hause einen schönen Warhol-Druck – ›Electric Chair‹, signiert. Oder wie wär's mit einem Hitler?«

»Hitler? Oh. Was haben Sie denn?«, fragte der Amerikaner. »Das könnte mich interessieren.«

»Ein unterschriebenes Dokument«, sagte Movie Guy lächelnd und schloss halb die Augen. »Ein ziemlich schönes Exemplar.« Er nahm eins der Alben, überblätterte die ersten Seiten und hielt es dem Amerikaner aufgeschlagen hin. Auf der linken Seite war ein Foto von Adolf Hitler, der zornig in die Kamera starrte, auf der rechten ein Stück Papier, auf dem unter einem Hakenkreuz und einer gedruckten deutschen Mitteilung eine unleserliche, krakelige Unterschrift stand.

»Ist das wirklich seine Unterschrift?«, fragte ich und kniff mit professionellem Interesse die Augen zusammen.

Ich hatte noch nie einen Hitler besessen. Die Vorstellung, einen zu kaufen, war widerwärtig und selbstverletzend, aber irgendwie auch sehr faszinierend – wie die »Kammer des Schreckens« bei Madame Tussauds. Es gab Zeiten, da war ich in Versuchung, dieses Gefühl weiter zu verfolgen: Wie würde es wohl sein, meinen eigenen Führer zu besitzen? In solchen Momenten erschien vor meinem geistigen Auge das Gesicht meines Vaters, ein stirnrunzelnder Richter, im Begriff, das härteste Urteil zu fällen.

»Sie ist jedenfalls nicht von einem Autopen, wenn du das meinst«, sagte Movie Guy. »Ich habe auch noch ein hübsches signiertes Foto.« Er bückte sich, wühlte in einer Plastiktüte unter der Theke und zog ein postkartengroßes Foto des Diktators hervor, das ihn im Profil mit starrem Haifischblick zeigte.

»Und was kosten die?«, fragte der Amerikaner.

»Das Schriftstück tausend, das Foto fünfzehnhundert.«

»Schön, sehr schön«, sagte der Amerikaner. »Ich muss darüber nachdenken, aber ich bin definitiv interessiert. Ich sehe mir mal Ihre Alben an.« Movie Guys Gesicht war steinern – keine Spur mehr von der früheren Begeisterung.

»Natürlich. Sehen Sie sich um.« Movie Guy schlug das Album zu, drückte es an die Brust und neigte den Kopf. Ein Lächeln spielte um seinen Mund und verschwand, als bereitete es ihm Mühe, freundlich zu erscheinen. Dann sah er auf meinen Umschlag. »Ist das der Gacy?«

»Ja. Sehen Sie ihn sich an.« Verlegen gab ich ihm das Bild.

Movie Guy wendete es hin und her und fuhr mit der Fingerspitze über Gacys Pinselstriche. Vermutlich studierte er das Chiaroscuro und den Farbverlauf. Ich griff nach einem Ordner mit der Aufschrift »Berüchtigt und unerwünscht« und blätterte darin.

»Die Briefe am Anfang sind von Peter Sutcliffe«, murmelte Movie Guy, rückte die Brille zurecht und senkte die Stimme.

»Sie meinen den Yorkshire Ripper?«

»Ja. Er schreibt aus dem Gefängnis an meine Freundin. Die Karten kosten je fünfzig, die Briefe hundert.«

Die Handschrift war krakelig, und unterschrieben waren sie mit »Pete« und einigen X, die Küsse darstellten. Es waren lauter Weihnachts- und Geburtstagskarten, aufmerksam und liebenswürdig. Ich blätterte um.

»Und da ist Dennis Nilsen, der Typ, der getötet hat, um Gesellschaft zu haben. Weiter hinten findest du einen seltenen Jeffrey-Dahmer-Brief – das ist der, der seine Opfer gegessen und bestimmte Körperteile aufbewahrt hat.«

Ich blätterte in dem Album. Ein Scheck, ausgestellt von Charles Manson, eine Unterschrift von Fred West, beglaubigt von dem Polizisten, der ihn festgenommen hatte, der besagte Brief von Jeffrey Dahmer (»Alles Gute, Jeff«) und ein unbeholfenes Selbstporträt von Mark David Chapman.

»Der hat John Lennon umgebracht«, erklärte Movie Guy, »nachdem er sich das Album *Double Fantasy* von ihm hat signieren lassen. Oh, und dann sind da noch zwei wirklich seltene Briefe von Ian Brady, einem der Mörder von Saddleworth Moor.«

Ich hatte einen Dokumentarfilm über Brady gesehen: Er hatte Kinder entführt und gefoltert. Hier nun war ein langer, höflicher Brief in sorgsamer, eng geführter Handschrift, aus dem hervorging, dass Brady sehr daran gelegen war, eine DVD von *Pretty Woman* zu bekommen. Langsam begriff ich, dass Serienmörder im Grunde nette Burschen in beklagenswerten Umständen waren.

»Er wollte sich *Pretty Woman* ansehen?«

»Über Geschmack lässt sich nicht streiten«, kicherte Movie Guy.

»Wie sind Sie darauf gekommen, Mörder zu sammeln?«

»Ach, ich hatte schon immer eine Schwäche für Dinge, die ein bisschen … anders sind«, erklärte er mit einem breiten Lächeln.

»Und Ihre Freundin schreibt an den Yorkshire Ripper?«

»Tja, das Problem ist: Er antwortet nur Frauen. Einmal hat er bei uns angerufen – du kannst dir nicht vorstellen, wie harmlos er klang. Eine hohe Stimme mit Yorkshire-Akzent.« Movie Guy verzog das Gesicht zu einem seltsamen Lächeln, das gleich darauf wieder verschwand. »Also, das einzige Problem, das ich mit deinem Gacy habe – und der ist prima, versteh mich nicht falsch –, ist, dass ich eigentlich nur Bilder von Pogo dem Clown verkaufen kann. Das ist das, was die Leute wollen: den Clown.«

»Sie meinen den Clown, als den er sich für die Kindergeburtstage verkleidet hat?«

»Genau. Oder eins von seinen Bildern von den sieben Zwergen – aber sie müssen Spitzhacken tragen.«

*

Ich hatte *Celebrity Services Inc.* abonniert, ein Mitteilungsblatt, das hauptsächlich für Journalisten bestimmt war und sich für Sammler von authentischen Autogrammen wie mich als höchst nützlich erwies. Dort stand, welche Berühmtheiten nach London kommen und wo sie wohnen würden – manchmal war sogar die Flugnummer angegeben. Ich teilte mir das Abonnement mit Yogesh Gupta und Darren Pendle.

So erfuhr ich, dass Richard Gere eine Ausstellung buddhistischer Kunst in der Royal Academy besuchen würde. Als Anhänger des Dalai Lama hatte Gere die Ausstellung mit einer großzügigen Spende unterstützt. Ich war kein großer Fan von Gere, und sein Autogramm gehörte nicht zu denen, die ich besonders gern haben wollte, aber trotzdem ging ich zur Academy, versehen mit einem Postkartenfoto des lässig eleganten Gere in einem tadellosen Anzug, Rücken an Rücken mit Julia Roberts in ihrem winzigen Minirock und kniehohen Stiefeln. Wenn er das signierte, konnte ich vierzig bis fünfzig Pfund dafür kriegen. Ich stand mit ein paar Kameraleuten vor dem Haupteingang, drinnen warteten geduldig zwei Mönche in orangeroten Gewändern. Ein Wagen fuhr auf den Hof der Academy, und ein grinsender, athletisch und gesund wirkender Richard Gere stieg aus. Für einen Augenblick blieb er stehen und sah sich um, lächelnd und blinzelnd, als gehörte das alles ihm.

»Mr Gere, würden Sie das bitte signieren?«

Er unterschrieb, ohne mich anzusehen. Sein Blick war auf die Kameras hinter mir gerichtet. Dann ging er hinein und umarmte nacheinander die beiden Mönche. Die Kameras blitzten, und Gere legte demütig die Hände aneinander, wusste aber immer ganz genau, wo die Fotografen standen. Er trat zurück, damit sein Assistent den Mönchen einige hübsch verpackte Geschenke überreichen konnte. Gere und die Mönche verbeugten sich.

»Der Typ ist Schauspieler!«, wollte ich rufen. »Fallt nicht auf seine Geschenke rein!«

Dann ging ich in die Eingangshalle, um es noch einmal mit einer weißen Karte zu versuchen. Vielleicht konnte ich ja ein zweites Autogramm ergattern und an Yogesh Gupta verkaufen. Doch Gere war jetzt ungeduldig. Er unterschrieb auch auf der Karte, aber es war im Grunde nur ein R in einem großen Kreis. Ich trat ein paar Schritte zurück und nahm die ganze Szene in mich auf. Geres Lächeln war wie zementiert; ich stellte mir die Übungen zur Stärkung der Gesichtsmuskulatur vor, die er morgens machen musste, um es aufrechtzuerhalten. Seine Frisur sah prima aus, das musste man ihm lassen. Er wandte sich zu den Kameras, dann zu einer jungen Mitarbeiterin der Gallery – sie verbeugte sich errötend – und dann wieder zu den Mönchen, und schließlich breitete er die Arme aus, als wollte er sagen: »Da wäre ich also.«

*

Es kam der Tag unserer Aufführung von *Le sacre du printemps*. Ich hatte die Schule mit Ankündigungen tapeziert, und die Aula war voll besetzt. Meine Familie war da, und die Lehrer beugten sich über die Brüstung des Balkons. Ich hatte Rachels Gesicht im Publikum entdeckt. Wer hatte ihr davon erzählt?

Ich spielte die seltsame Volksliedmelodie der Eröffnung mit der rechten Hand, dann setzte Tom ein, und gemeinsam arbeiteten wir uns durch den schwermütigen ersten Teil zu den starken bitonalen Akkorden mit den gegenläufigen Rhythmen, die Tom hämmerte, während ich spitze, stoßende, schrille Einwürfe machte. Alle paar Minuten suchte ich Rachels Gesicht, dann sah ich wieder auf die Tasten. Es gefiel mir zu wissen, wo sie saß, und mir vorzustellen, wie ich aus ihrer Perspektive aussah. »Kann Dan Arschgesicht das auch?«, wollte ich rufen. »Oder kann er sich nur schön frisieren?«

Wir kamen zum Ende des ersten Teils. Tom und ich hatten die Hände über Kreuz: Seine linke Hand spielte Achtelnoten am unteren Ende der Tastatur, während seine rechte am oberen Triolen produzierte; ich war mit beiden Händen in der Mitte und hatte Sechzehntelnoten, die eine Terz auseinanderlagen. Das Ganze war ein mörderisch intensives Klanggeflecht. Es war Chaos, kontrolliertes Chaos. Und dann wurden die Schlussakkorde losgelassen, sie waren wie die Duschszene von Hitchcock. Ich spielte sie mit beiden Händen – auf dem Schlag, neben dem Schlag –, und gemeinsam brachten wir es zu Ende und hoben die Hände gleichzeitig von den Tasten.

*

Ich war in meinem Zimmer und las noch einmal Rachels neuen Brief. Mit Dan war es nicht so gut gelaufen. Sie hatte ihn nie wirklich geliebt. Sie wusste nicht, wie es jetzt weitergehen sollte – sie wusste nur, dass sie mich unbedingt wieder in ihrem Leben haben wollte. Sie konnte nicht fassen, wie großartig meine Darbietung von *Le sacre du printemps* gewesen war. Sie hatte sich ganz komisch gefühlt, als sie mich hatte spielen sehen, mit so viel Energie und Selbstvertrauen. Sie hatte an die Zeit gedacht, die wir zusammen verbracht hatten, und daran, wie viel ihr das bedeutete. Sie hatte sich all die albernen Geschenke angesehen, die ich ihr gemacht hatte, und war ganz sentimental geworden. Vielleicht hatte ich irgendwann mal Lust, mich mit ihr zu unterhalten? Vielleicht am nächsten Samstag, bei ihr?

Ich lächelte in mich hinein und zwinkerte vergnügt, während ich Gacys Totenschädel und gekreuzte Knochen wieder in den gepolsterten Umschlag schob.

»Nicht mein Ding«, erklärte ich in einer Notiz an Dwayne. »Bin in letzter Zeit von Serienmördern abgekommen. Aber wenn Du ein Bild von Pogo dem Clown zu fassen kriegen kannst, gib mir Bescheid. Ich wüsste vielleicht jemanden.«

# BORIS JELZIN

Man kann einen Thron aus Bajonetten bauen,
aber man kann nicht lange darauf sitzen.

BORIS JELZIN

Ich bekam einen Studienplatz in Cambridge, worauf die ganze Familie Andrusier vor mir in die Knie ging. Es war, als wäre ich zum Mitglied des Königshauses erklärt worden; ich ließ sie ihre Verbeugungen und Kratzfüße machen.

»Mein Sohn, der Cambridge-Student«, sagte mein Vater und war den Tränen nahe.

»Was für ein *knacker*«, sagte Grandpa Jožka und kniff mich in die Wange.

»Du Glückskind«, sagte meine Mutter.

»Glückskind? Ich habe fleißig gelernt«, erwiderte ich. »Da ist ›Glück‹ wohl nicht ganz das richtige Wort.«

Doch sie meinte etwas anderes. Sie wünschte, *sie* könnte studieren, ihren wachen Intellekt einsetzen, etwas erforschen.

Trotz meiner Freude über diese Nachricht lächelte das Marmorstandbild meiner selbst, das, ausgestattet mit Zepter und Lorbeerkranz, vor meinem geistigen Auge rasch Gestalt annahm, ein wenig unbehaglich und hob fragend die Hände, denn ich hatte mit einem Mal ein Jahr zu überbrücken. Die Zusage für einen Platz am King's College galt erst für 1993. Ich brauchte also eine Beschäftigung. Und nicht nur das. In wenigen Monaten würde ich meine Freundin an ein Kunstgeschichtsstudium in Manchester abtreten müssen.

Mein Glück war also getrübt, doch ich wischte meine Bedenken beiseite. Eine Fernbeziehung konnte ja nicht allzu schwer sein. Außerdem: Während dieser Punkt noch am fernen Horizont lag, gab es im Vordergrund jede Menge Angenehmes, zum Beispiel den Sommerurlaub in Südfrankreich, den Rachel und ich geplant hatten.

»Es gehört sich nicht, dass ihr beiden euch ein Zimmer teilt«, sagte meine Mutter stirnrunzelnd.

Das war im Haus meiner Großeltern, wo wir *knedlički* aßen – böhmische Knödelchen. Schüsselchen mit Zimt, geschmolzener Butter, Kakaopulver, Zitronensaft, gehackten Nüssen und Sauerrahm standen wie kleine Ideen auf dem geblümten Tischtuch. Mein Großvater machte sein hoch konzentriertes Gesicht, als enthielten die Knödelchen eine wichtige Information, die seine ganze Aufmerksamkeit erforderte.

»Das ist aber billiger«, widersprach ich.

»Schon möglich«, sagte meine Mutter. »Aber ich bin dagegen.«

»Andererseits, *bobki*«, sagte Grandpa Jožka und wandte sich zu ihr, wobei er sein Besteck mit Daumen und Zeigefingern horizontal auf den Teller legte, »kann man in zwei Zimmern genau dasselbe tun wie in einem.« Er lachte in sich hinein, hob die Hände und zuckte die Schultern.

Und damit war die Sache entschieden.

*

Dann war es so weit: Unser einwöchiger Urlaub in Bandol, dem Städtchen, in dem D. H. Lawrence einmal ein Haus gemietet hatte, begann. Als ich Rachel in der Preston Road abholte, nahm ihre Mutter Maureen mich beiseite.

»Du passt aber bitte gut auf, ja?« Sie drückte mir eine Riesenmenge Kondome in die Hand. Ich setzte mein bescheidenstes Lächeln auf, nickte eifrig und eilte zum Taxi.

Rachel und ich tollten im Meer herum, wir liebten uns, wir vögelten. Wir fuhren mit einem Boot zu der kleinen Insel Bendor, wo wir im billigsten Restaurant, das wir finden konnten, Steak und Pommes aßen. Wir badeten nackt. Wir tranken warmen Wein. Wir blätterten Buchseiten um, ohne die Worte gelesen zu haben. Unser Hotel war ein heruntergekommenes Drei-Sterne-Haus, direkt an einer belebten, im prallen Sonnenlicht liegenden Bucht, und wir liebten alles. Wir rieben einander den Rücken mit Sonnencreme ein, trugen Sonnenbrillen und lagen auf unseren Handtüchern, als wären wir Schauspieler, wir hielten uns an den Händen, während wir die Wärme der Sonne und des Sandes aufsogen. Abends, auf unserem Zimmer, nahm ich nackt – ich trug nicht mal einen Lorbeerkranz – irgendwelche Posen ein, und Rachel zeichnete mich mit großer Ernsthaftigkeit.

Eines Tages zählte ich mein Geld auf dem Balkon, als ein plötzlicher Windstoß es mir aus der Hand riss.

»Oh, Scheiße! Nein! Sieh doch!«, schrie Rachel.

Die Banknoten wurden hochgewirbelt und flogen über das Hoteldach, als würden sie von unsichtbaren Fäden gezogen. Wir rannten hinunter auf die Straße und sahen in der Ferne gerade noch ein paar Scheine um eine Ecke verschwinden. Wir lachten, wir standen auf der Straße und hielten uns den Bauch vor Lachen. Wer brauchte schon Geld? Dann würden wir eben weniger essen. Nur eine Portion für uns beide! Wir liebten uns! Wir waren unverwundbar! Wir küssten uns bei Sonnenuntergang, und keiner verlor ein Wort über das, was vor uns lag: die Weggabelung, an der die Straße nach Manchester begann und das Leben, das wir kannten, endete. Wir verweigerten uns dem Schicksal, wir lieferten uns nicht seinen Klauen aus. In diesem Sommer ging es nur um den Augenblick, um das, was vor unseren Augen lag. Wir tanzten und verschmolzen wie die leuchtenden, pulsierenden Gestalten auf einem Bild von Dufy.

*

Das erste Semester in Manchester war gerade drei Wochen alt, da rief Rachel an, um mir zu sagen, die Dinge entwickelten sich nicht so, wie sie gehofft habe. Eine Fernbeziehung sei einfach zu schwierig. Sie brauche mehr Intensität. Sie könne es nicht ertragen, so hin- und hergerissen zu sein zwischen ihrem neuen Leben in Manchester und ihrem alten Leben mit mir. Sie müsse herausfinden, wer sie eigentlich sei. Ach ja, und sie habe einen neuen Freund.

*

Ich begann meine zwölf Monate Zwangsarbeit in der Spielzeugabteilung des Kaufhauses Debenhams in Harrow. Ich redete mir ein, das bilde den Charakter. Es war ein Aushilfsjob für die Vorweihnachtszeit, befristet bis Ende Dezember.

Doch bevor wir auf die Kunden losgelassen wurden, mussten wir Aushilfen uns stundenlang Videos über die Geschichte des Kaufhauses ansehen. Der Instrukteur war ein klapperdürrer Südafrikaner, der alles mit großem Ernst vortrug, als hinge das Wohl und Wehe einer kleinen verarmten Nation von der Sorgfalt ab, mit der wir die Regale auffüllten. Wir lernten, was das gewisse Etwas von Debenhams ausmachte, wie man Ladendiebe ertappte, wie man das Potenzial der Ware erschloss. Die Pausen verbrachten wir in der verrauchten Cafeteria im obersten Stock, wo die Festangestellten in einer Ecke zusammenhockten, ihre schwieligen Hände untersuchten und Geschichten über haarsträubende Ungerechtigkeiten erzählten. »Die tun so, als würden sie uns bezahlen, und wir tun so, als würden wir arbeiten«, sagte einer und lachte rau. Ich war eigenartig fasziniert von der trostlosen Atmosphäre, von dieser nackten Wirklichkeit. Das schlechte Essen, das trübe Licht, die Tatsache, dass wir allesamt Leidensgenossen waren – all das half, Gedanken an Rachel und Sonnenuntergänge in Bandol in den Hintergrund zu drängen. Ich quatschte mit Kollegen, pulte an meinen Nägeln herum, futterte Cornish Pasties und wagte nicht, auch nur ein einziges Wort über meine Liebe zur klassischen Musik oder meinen Studienplatz in Cambridge zu verlieren. Ich sah die Zigarettenkippen, die sich in den riesigen Aschenbechern der Cafeteria sammelten, und dachte an mein früheres Ich: Pianist, Freund, Sohn, Enkel – alles hinfällig, alles aufgegangen im großen Einerlei. Meine erste Aufgabe in den Verkaufsräumen bestand darin, ein langes Regal mit Spielzeugtrollen aufzufüllen. Die waren 1992 der letzte Schrei: kleine Puppen mit Affengesichtern und gewaltigen, spitzen, knallbunten Frisuren. Ich reihte sie gewissenhaft auf, ein hässliches Gesicht neben dem anderen. Um halb zehn wurden die Türen geöffnet, und dreißig Sekunden später war eine Bande Siebenjähriger mit ausgestreckten Armen an dem Regal entlanggelaufen und hatte mein Troll-Arrangement in eine Mini-Apokalypse verwandelt. Die kleinen Gangster zogen weiter, und mein Abteilungsleiter wies mich an, alles sofort wieder in die Regale zu räumen. Das tat ich, doch wenige Minuten später erfolgte der nächste Angriff. Inzwischen war ein Sonderverkaufsstand für Papierflieger in der Nähe der Hauptkasse eröffnet worden. »Ein Sortiment von drei Stück – sie kommen alle zurück«, rief der Anreißer ins Mikrofon und ließ seine Pappschwalben im Kreis fliegen. Kleinkinder taumelten mit verkniffenen Gesichtern in alle Richtungen, verfolgt von ihren erschöpften, Buggys schiebenden Eltern. Jemand stellte die Hintergrundmusik auf eine ohrenbetäubende Lautstärke: »All I want for Christmaaaas is youuu …«

Da die meisten meiner Freunde bereits auf der Uni waren, musste ich mich mit meinen Kollegen begnügen und präsentierte mich als geheimnisvolle Person von klugem Humor. Ich erlebte einen ernüchternden Kneipenbesuch mit einem langhaarigen, leise sprechenden Goth, der noch nie von John Major (dem Premierminister) gehört hatte. Ich gab einer jungen, in einer arrangierten Ehe gefangenen Asiatin billige Ratschläge (»Du musst ihn verlassen – das bist du dir schuldig«). Ich nahm an der Weihnachtsfeier teil, bei der Cabaret-Nummern aufgeführt wurden, die sich fast ausschließlich um das Thema Transvestismus drehten; mein Abteilungsleiter gab Diana Ross' *Upside Down* zum Besten. Ich bediente die Kasse, räumte Trolle in Regale und wünschte, nein, *flehte* einen schönen Ladendiebstahl herbei. Und ich erzählte jedem, der lange genug zuhörte, von der Tragödie mit meiner Ex-Freundin in Manchester und wie sie mich wegen eines anderen abserviert hatte – aber na ja, was sollte man machen?

»Das ist echt übel«, sagte eine energische, pausbäckige Kollegin namens Donna. »Soll ich dir sagen, was ich getan hab, als mein Freund Schluss gemacht hat? Ich bin um sein Haus gegangen und hab alle Fenster eingeschmissen.«

Abends traf ich mich mit den wenigen Schulfreunden, die noch in der Stadt waren. Wir bedauerten einander wegen unseres tristen Lebens und der Schwierigkeiten, mit denen man zu kämpfen hatte, wenn man noch immer bei seinen Eltern lebte. Mein Vater hatte in letzter Zeit ständig das gehetzte Gesicht eines Mannes auf der Flucht. Er redete nur noch vom »Stress in der Arbeit« und ging auf und ab wie ein eingesperrter Löwe, als würde nicht ich, sondern er gegen seinen Willen in Pinner festgehalten. Mir war bewusst, dass meine fortdauernde Anwesenheit in meinem Elternhaus die Dinge zusammenhielt – so gerade eben jedenfalls. Als meine Schwester zwei Jahre zuvor ausgezogen war, hatten wir die Familienkonfiguration zu etwas Erträglichem umgestaltet, wobei mir die Rolle des Ersatz-Ehemanns zufiel. Jetzt, da ich Rachel nachtrauerte, wurde dieses Arrangement brüchig. Ich konnte mir nur schwer vorstellen, wie die beiden miteinander zurechtkommen sollten, wenn ich nach Cambridge gezogen war. Bestimmt würden die dünnen Risse, die ich seit Langem bemerkte, sich vertiefen, und meine Eltern würden auseinandertreiben wie zwei Eisberge.

»Mach dir deshalb keinen Kopf«, sagte mein Freund Steve. »Das ist nicht dein Problem. Warum fahren wir nicht ein bisschen in der Welt herum? Sagen wir, bis Juli. Das wird bestimmt gut.«

»Klar. Machen wir. Aber wohin?«

»Keine Ahnung. Es müsste was Ausgefallenes sein«, sagte Steve. »Irgendwas – wohin du willst.«

»Mal sehen …« Ich ging in Gedanken die entlegensten Orte

durch, die mir einfielen. Ich stellte mir Schriftzeichen vor, die von rechts nach links gelesen wurden, und Gebirge, deren Gipfel bis zu den Wolken aufragten. »China. Wie wär's mit China?«, schlug ich vor.

»China? Aber klar doch. Scheiß auf den Rest.«

Mein nächster Job war in der Vermietungsabteilung eines Immobilienmaklers in Muswell Hill. Der Boss war ein unangenehmer älterer Mann mit Bart, der ganz unverhohlen eine Affäre mit seiner verheirateten Teilhaberin hatte, einer Frau in den Vierzigern namens Devika; sie trug einen Sari. In den Ferien brachte sie ihre Kinder mit ins Büro, wo sie mit dem Fotokopierer spielten, während ihre Mutter ins Büro des Bosses marschierte und die Tür hinter sich schloss. Wenn er allein dort drinnen war, ließ er die Tür ein Stück offen, damit die Angestellten seine beleidigenden Anrufe mithören konnten.

»Könnte ich bitte mit jemandem sprechen, der wenigstens ein halbes Gehirn hat?«, sagte er gern.

Der Boss wusste nicht, wer ich war, und sprach mich nie an, worüber ich sehr froh war. Wenn ich mich in seinem Blickfeld befand, nahm er mich ebenso wenig wahr wie das Faxgerät. Die anderen Angestellten hatten weniger Glück und mussten sexistische Witzchen, anzügliche Blicke und armselige Gehaltsschecks erdulden. Ich teilte mir einen Raum mit einer schüchternen alleinerziehenden Mutter namens Deedee, die immer traurig lachte. Sie hasste ihre Arbeit und träumte davon, etwas Lohnenderes zu tun, sich weiterzubilden und vielleicht eines Tages eine eigene Firma zu gründen. Sie führte traurige Telefonate mit ihrem Ex, bei denen sie ihn beschwor, mehr Geld für ihren gemeinsamen zehnjährigen Sohn zu zahlen.

»Zwecklos«, sagte sie, legte den Hörer auf die Gabel und schüttelte den Kopf mit schon gewohnter Enttäuschung. »Er will einfach keine Verantwortung übernehmen. Er denkt nur an sich selbst. Er findet das alles lächerlich.«

Ich machte es mir zur Aufgabe, Deedee aufzumuntern. Das war nicht schwer, ich hatte es bei meiner Mutter oft geübt. Ich machte Witze über den Boss und seine grässliche Affäre mit Devika und brachte Deedee mit Geschichten über die Ehe meiner Eltern, über Rachel, die mit mir Schluss gemacht hatte, und alle möglichen anderen Leute zum Lachen.

»Es ist doch alles ein großer Beschiss«, sagte ich, weiser alter Bürobote, der ich war. »Der Mensch ist im Grunde schlecht.«

»Oh, nein, nein!«, schrie Deedee und schlug die Hand vor den Mund.

»Du solltest diesen Job aufgeben«, sagte ich. »Du bist zu gut dafür, du hast was Besseres verdient.«

»Meinst du?«

»Wenn ich hier fertig bin, werde ich nie mehr für jemand anders arbeiten. Ich weiß noch nicht, was ich machen werde, aber jedenfalls werde ich dabei keinen Anzug tragen. Ich werde selbstständig sein. Ich werde frei sein. Das Leben ist einfach zu kurz.« Mein jugendlicher Schwung und entschlossener Blick schienen Deedee zu ermutigen.

»Du hast recht«, sagte sie und nickte entschlossen. »Und eines Tages werde ich das auch tun. Ganz bestimmt.«


Ich hatte jetzt ein eigenes Auto: den zweifarbig lackierten Nissan Laurel meines Großonkels Marek, der seinen Führerschein abgegeben hatte. Der Nissan war breit und flach wie ein amerikanischer Wagen, und ich brauste damit täglich auf der A406 zur Arbeit und hörte dabei Jazz: neue, kantige, funkige Miles-Davis-Stücke oder seufzende, weltmüde Billie-Holiday-Songs. In meinem Kopf war kein klarer Gedanke mehr, nur weiße Wut. Ich fühlte mich wie ein Soldat, der in die Schlacht zog. Ich war ein Londoner Arbeitnehmer, ein Automat. Wie war es dazu gekommen? Rachel schlich sich in meine Gedanken wie damals Greta Garbo: ein unberührbarer Filmstar, eine mythische Gestalt, eine Frau, die in einem Paralleluniversum lebte, und ich ertappte mich bei einem grausamen Lächeln, als hätte ich wissen müssen, dass es so enden würde, als wären die Erinnerungen an schönere Zeiten einfach falsch.

Manchmal, wenn ich von der Arbeit nach Hause fuhr, kam mir der Gedanke, ich könnte den Nissan einfach von der Straße steuern. Der Tod war nur ein, zwei Sekunden entfernt – eine kleine Drehung am Lenkrad, und ich hätte alles hinter mir. Es war kein bisschen durchdacht. Ich war ganz ruhig. Mein Leben lief nicht vor mir ab. Langsam, als würde ich die Augen schließen, um zu träumen, trieb ich auf diesen Gedanken zu – doch im entscheidenden Moment griff irgendetwas ein. Ich riss mich zusammen, ich übernahm wieder die Kontrolle. Nein, ich würde nicht nachgeben. Ich würde all das hinter mir lassen und die Situation am Kragen packen, wie sie es verdiente.

*

Als ich hörte, Boris Jelzin sei in London, meldete ich mich sofort krank. Jelzin-Autogramme waren selten und kosteten zwischen drei- und vierhundert Pfund. So was kriegte man nicht per Post. Die einzigen, die ich je gesehen hatte, waren im Katalog eines deutschen Auktionshauses abgedruckt gewesen. Damals hatte ich in diesen kleinen illustrierten Katalogen geblättert, Sternchen an den Rand gemalt und mir vorgestellt, welche Autogramme mir vielleicht einmal gehören könnten. Weil ich meine Doubletten an Brieffreunde verkaufte, konnte ich es mir manchmal leisten, ein schriftliches Gebot abzugeben, und erwischte hin und wieder etwas, zum Beispiel ein seltenes signiertes Foto des Jazzpianisten Bill Evans. Als es eintraf, platzierte ich einige Berühmtheiten in meinem Sammelalbum um, entfernte einen der Unbedeutenderen und sortierte Evans ein. Ich besaß inzwischen mehrere Hundert Autogramme, die ich regelmäßig studierte, berührte, bewunderte. Ich betrachtete meinen Schatz, meine breit gefächerte Sammlung – von Clint Eastwood über Bill Evans bis hin zu Mutter Teresa – mit dem Stolz eines Museumskurators.

Es war ein Mikrokosmos weltbewegender Ereignisse, auf einzigartige Weise gestaltet von mir.

Aber Jelzin war nicht dabei, und ich wollte ihn.

»Migräne«, erklärte ich Devika.

»Wir erwarten, dass Sie morgen wieder zur Arbeit erscheinen«, kam die ungerührte Antwort.

Ich studierte die Zeitungen und erfuhr, dass der russische Präsident im Hyde Park Hotel in Knightsbridge residierte. Mit meinen Karten und einem Filzstift machte ich mich auf den Weg. Es war wie bei Mandela, wie eine Rückkehr zu großen alten Zeiten. Ich war beschwingt.

Da die Vorderseite des Hotels von der Polizei abgesperrt war, beschloss ich, zum rückwärtigen Eingang zu gehen. Über dem Portal hing eine rote Fahne mit Hammer und Sichel, und ein ebenfalls roter Teppich reichte vom Gebäude bis zum Bürgersteig, wo Sicherheitsmänner in Zivil und mit Sonnenbrillen in winzige Headsets sprachen. KGB-Leute, den kantigen Gesichtern nach zu urteilen. Ich brauchte wohl nicht zu fragen, ob Präsident Jelzin hier abgestiegen sei – das war ja offensichtlich –, und sah weit und breit keine anderen Autogrammjäger. Vielleicht war das Glück auf meiner Seite. Ich erinnerte mich an meine früheren Erfolge, an Miles Davis und Ray Charles, an die Zeit, als ich noch nicht Trolle in Regale geräumt oder Mietverträge aufgesetzt und das Leben noch einen Sinn gehabt hatte.

Plötzlich entstand eine Bewegung: Drei Agenten rannten am Hyde Park entlang zum Hotel. Wenige Augenblicke später fuhr eine Motorradeskorte, gefolgt von einem Dutzend schwarzer Limousinen, zum Hoteleingang. Das war Jelzin. Die Wagen hielten exakt gleichzeitig am Bordstein, und ihnen entstiegen mindestens hundert Männer in Anzügen. Einige schlenderten, andere rannten zum Eingang. Einer der KGB-Männer postierte sich neben mir und ließ mich nicht aus den Augen.

»Ich will bloß ein Autogramm!«, rief ich.

Und dann sah ich ihn. Oder vielmehr: Ich sah Jelzins weißes

Haar, in Form gesprüht und unempfindlich gegen Wind. Der russische Präsident stapfte wie ein Bär über den Bürgersteig, die Fäuste erhoben, ein hoffnungslos Betrunkener, der noch eine wichtige Sache bekannt zu geben hatte, bevor man ihn ins Bett steckte.

»Mr Jelzin!«, rief ich. »Würden Sie mir ein Autogramm geben?«

Ich sah, dass er den Kopf in meine Richtung wandte. Er hatte mich eindeutig gehört. Dann stieß er ein lang gezogenes, missmutiges Grunzen aus, das ich als entschiedenes »Nein« deutete. Aber es lag noch etwas anderes darin. Wankte dieser arme Staatsmann unter der Last der Verantwortung für Mütterchen Russland? Sandte er mir ein Signal der Brüderlichkeit? Wie auch immer – sein weißes Haar hüpfte vorüber wie der Schrittmacher beim Pferderennen, und sämtliche KGB-Agenten drängten sich hinter ihm ins Hotel.

Es war vorbei. Wie deprimierend. Nichts von Triumph. Es war ein eindeutiger Reinfall. Und jetzt begann es auch noch zu regnen. Gerade wollte ich zurück zur U-Bahn trotten, da entdeckte ich eine weitere schwarze Limousine, die langsam zum rückwärtigen Eingang des Hotels fuhr. Das war interessant. Der Wagen hielt an, und wer entstieg ihm und wirkte geschmeichelt? Norma Major, die Frau des Premierministers und Schutzpatronin der Normalos. Ich bat sie um ein Autogramm. Alles andere wäre unhöflich gewesen.

»Oh ja, natürlich«, sagte sie und schrieb »Norma Major« auf meine Karte. Als sie sie mir zurückgab, fiel ein Regentropfen darauf, und sie verschmierte mit dem Daumen ihre Unterschrift.

Ich bedankte mich bei ihr wie bei jemandem, der mir einen Parkplatz weggeschnappt hatte, und dachte: Ja, das passt doch – fahr schön heim nach Pinner und verbring einen weiteren schön normalen Abend mit deinen Eltern.

*

Die Sonne schien über dem Südchinesischen Meer, und ich las lächelnd die ersten Zeilen von *David Copperfield:* »Ob ich mich in diesem Buch zum Helden meiner eigenen Leidensgeschichte entwickeln werde oder ob jemand anders diese Stelle ausfüllen soll, wird sich zeigen …«

Es war Monsunregen vorausgesagt, doch der Himmel war blau. Niemand wusste, dass ich hier war, an Bord eines Fährschiffs auf der vier Tage dauernden Fahrt von Shanghai nach Hongkong – was für ein Spaß! Niemand außer Steve natürlich, der neben mir saß, sein Gesicht in die Sonne hielt und sich über den Mangel an Snacks beklagte. Wir hatten »VIP«-Tickets gekauft, aber die Bar war bereits am zweiten Tag geschlossen worden. Für unsere teuren Tickets bekamen wir lediglich doppelt so viel von dem Essen, das sie an die chinesischen Passagiere ausgaben: Klöße aus undefinierbarem Fleisch in einer Brühe aus undefinierbarer Flüssigkeit. Was hätte ich für ein paar *knedlički* gegeben!

Unvermittelt verschwand die Sonne hinter Wolken, und das Schiff neigte sich schwer zur Seite und richtete sich wieder auf – vielleicht war der Monsun jetzt tatsächlich da. Ich stellte mir meine Eltern in ihrem Wohnzimmer vor, wo sie an ihren Sohn dachten, sich fragten, wo in aller Welt er wohl sein mochte, und dann wieder aneinander vorbeisahen. Dickens lesend auf einem Schiff im Südchinesischen Meer. Wer hätte das gedacht?

Während das Schiff hin und her schaukelte, dachte ich an die siebentausend Schritte, die uns auf den Tai Shan gebracht hatten. Wenn man das schaffte, wurde man nach dem Volksglauben hundert Jahre alt. Ich war mit meinen neunzehn ganz zufrieden. Ich dachte an die Jazzband im Peace Hotel in Shanghai: ältere Männer, die noble Louis-Armstrong-Posen einnahmen, während die japanischen Geschäftsleute am Nachbartisch in alkoholinduzierte Hysterie verfielen. Ich dachte daran, wie betrunken Steve und ich in dem Billardclub in Beijing gewesen waren: Wir hatten je eine Flasche Wodka getrunken und dem

Typen am Keyboard erzählt, ich sei Elizabeth Taylors Sohn, und er hatte mir geglaubt. Ich dachte an den Panoramablick vom Gipfel des Mondbergs bei Yangshuo: Bis in die weite Ferne ragten die Kalksteingipfel auf und sahen aus wie der Hintergrund einer Episode von *Monkey*. Ja, kein Zweifel, ich war jetzt in der Welt unterwegs, und ich hatte ein grässliches Jahr hinter mir: Debenhams, Immobilien, Norma Major. Ich klopfte mir an die Brust, wo eigentlich ein Orden für Normalheit hätte prangen sollen. Was einen nicht umbringt, macht einen stärker – hatte das nicht mal jemand gesagt?

# STEVE REICH

Ich stellte fest,
dass die allerinteressanteste Musik entsteht,
wenn man die Loops in Einklang bringt
und sie ganz langsam auseinandertreiben lässt.

STEVE REICH

Der erste Tag in Cambridge. Meine Eltern fuhren im Volvo einer ungewissen Zukunft entgegen, und ich ging ins Stadtzentrum, um eine Flasche Whisky zu kaufen. Ich trug eine gebatikte Hose, Converse-Basketballschuhe und eine Mao-Mütze. Vor meiner Stirn baumelte eine hypnotisierende gelbe Hippie-Perle. Ich ging zu Athena, um mir ein paar Poster auszusuchen, und zu Sainsbury für den Whisky. Ich hatte keine Ahnung, warum ich Whisky kaufte – ich mochte ihn gar nicht. Und außerdem ließ ich ihn mitten auf der King's Parade fallen. Die Flasche zerbarst in tausend Scherben, und teerige Alkoholdünste stiegen auf. Ich tat mein Bestes, nonchalant zu wirken, und ging einfach weiter. Ein Akt der Geringschätzung. Hier gibt's gar nichts zu sehen! Im hellen Sonnenlicht kniff ich die Augen zusammen.

Minimalistische Musik dröhnte aus den Lautsprechern, während ich mein Zimmer dekorierte. In letzter Zeit begeisterte ich mich für eine Aufnahme von einem Priester, der den Satz »It's gonna rain« rief, volle sieben Minuten lang – es waren zwei identische Schleifen, die einander überlappten, bis der Satz jede Bedeutung verlor. Dann legte ich Steve Reichs *Drumming* auf und stellte auf volle Lautstärke: das trockene Pochen afrikanischer Rhythmen am Anfang. Während das Stück Tempo aufnahm, hängte ich mit Reißzwecken meine mitgebrachten Postkarten auf: Szenenfotos aus Buñuels *Un Chien Andalou* (den ich nie gesehen hatte), ein paar van Goghs, Che Guevara und das Sinatra-Foto mit dem verschmierten Silberfleck. Dann kamen der Panoramablick vom Mondberg in China – zwanzig in rascher Folge gemachte Fotos – und die Bilder von Grandpa Joźka in seiner Armeejacke, der mit einem Fernglas aufs Meer blickte, von meinem als Chassid verkleideten Vater, von meiner

Schwester und mir mit fünf und zwei Jahren (sie war im Begriff, mich zu kneifen). Und natürlich die Poster, die ich gerade bei Athena gekauft hatte: Eschers einander zeichnende Hände, Dalís mit tropfenden Uhren übersäte Landschaft und Matisse' »Schnecke«. Mochte ich Matisse überhaupt?

Das Stück kam jetzt an die Stelle, wo einer der Trommler schneller wurde, dem anderen zum nächsten Schlag des Takts vorauseilte. Ich hielt inne, um den Moment zu spüren, den meine Ohren nie ganz mitbekamen, den Augenblick, in dem die beiden Tempi in Konflikt miteinander waren und die Schläge der einen Trommel wie Kegel ins Taumeln gerieten, während der beschleunigende Trommler den neuen Rhythmus vorgab. Jetzt waren die beiden wieder im Takt, aber anders als zuvor: Die Verschiebung eröffnete einen anderen rhythmischen Austausch. Plötzlich dachte ich an meine Zahnspange und daran, wie meine Mutter mit mir nach der Schule nach Harpenden gefahren war, damit der Kieferorthopäde die Spange neu einstellte; noch tagelang hatte mein Mund sich ganz falsch angefühlt, als gehörte er eigentlich einem anderen.

Zum Rieseln der Trommeln setzten jetzt die Xylofone ein, und wieder machte Reich dasselbe: Er ließ eins der Xylofone beschleunigen und einen neuen Rhythmus etablieren, und wieder war ich entzückt über den Augenblick, in dem alles kippte und verschwamm und Rhythmus und Melodie auseinandertrieben. Und in diesem Chaos hörte ich noch etwas: eine Art Klicken, das Timbre des Xylofons. Wie das Klappern von Würfeln in der geschlossenen Faust. Es war schon immer da gewesen, aber ich hörte es jetzt zum ersten Mal. Wie konnte das sein?

Ich trat einen Schritt zurück, um die an der Wand arrangierte Collage meines Lebens zu begutachten, und fummelte an meinem neuen Ohrring herum. 1993 galt: links für Hetero. Das war etwas, das ich mir in den letzten Sommerwochen gegönnt hatte: Ich hatte mir ein Loch ins Ohrläppchen stechen lassen und das Gefühl gehabt, etwas Großes getan zu haben. »Nur Schwächlinge tragen Ohrringe«, hatte mein Vater verkündet und den Kopf geschüttelt, als wäre er König Salomo.

»Tja, dann bin ich wohl ein Schwächling.«

In diesem Sommer hatte ich meine erste Zigarette geraucht. Ich hatte ein vergessenes uraltes Päckchen Marlboro Red aus der Anrichte im Esszimmer genommen. Strohtrocken, das Verfallsdatum war 1979. Als meine Eltern im Bett lagen, stand ich am offenen Fenster meines Zimmers und sah dem grauen Rauch nach, der gleichmütig davonzog. Mein Geist war erfüllt von Möglichkeiten.

Und jetzt zündete ich mir in meinem Studentenzimmer eine Marlboro Light an, während sich *Drumming* dem Ende näherte. Im großen Finale vereinigten sich alle Elemente, alle zuvor gespielten Instrumente fielen ein, alle rhythmischen und harmonischen Gesten flossen zusammen, und das ganze Leben bebte und pulsierte wie Sonnenstrahlen an einem glühend heißen Sommertag.

*

Die Einführungswoche war ein Chaos. Ein Zirkus. So viele Menschen. Und die meisten hatten dasselbe Gesicht. Ich brauchte Tage, um sie auseinanderzuhalten. Sie waren geistreich und intelligent und nervös wegen der Erfahrung, die ihnen bevorstand, und keinem war bewusst, dass sie selbst – wir selbst – die Erfahrung waren. Ich probierte mich an ihnen aus, mischte sie wie ein großes Kartenspiel. Ich unterhielt mich mit einem weißhaarigen Provost und tat, als wüsste ich etwas über die Bloomsbury-Gruppe, während jemand mein Weinglas auffüllte und es mit einer Plastikklemme an meinem Teller befestigte. Ich kletterte mit Herzklopfen und nach Bier stinkend zusammen mit ein paar anderen, die ich eben erst kennengelernt hatte, über das verschlossene Tor am Hintereingang des Colleges. Ich quatschte mit einem Typen aus Leeds, zog an einem Joint und lachte wie ein Kind, ich lachte und weinte und wusste nicht mal, warum. Ebenso wenig, wie ich wusste, wer dieser Typ überhaupt war. Und dann legte jemand Aphex Twin auf, und dieser Sound saugte mich ein und zog mich tief, tief hinunter – es klang wie unter Wasser –, an einen anderen Ort, in eine andere Zeit. Ich hing in einer Studentenkneipe kotzend über der Kloschüssel, dachte: Villeroy und Boch, Villeroy und Boch, und stellte mir das Gesicht meiner Mutter vor. Was würde sie denken? Sie konnte nicht wissen, ja nicht einmal ahnen, dass ich den einen Rhythmus hinter mir ließ und in einen neuen wechselte. Ich verspürte Schuldgefühle, starrte in den Spiegel und erkannte den verschwommenen, verquollenen Studenten, der mich ansah, kaum wieder. »Was denke *ich* eigentlich?«, fragte ich mich. »Wie finde ich diesen betrunkenen Burschen da?« Die Fotos meines Vaters fielen mir ein: Oliver Reeds Gesicht auf Adam Andrusiers Körper. Ich lachte. Der Gedanke verschwand.

\*

Tagsüber kehrte ich zu meinem alten Ich zurück. Ich übte Klavier wie verrückt, spielte schwierige Stücke von Komponisten, die, wie ich glaubte, nur ich entdeckt hatte: Skrjabin, Nancarrow, Suk, Sorabji. Die Taktzeichen wechselten mit jedem Takt, die Läufe waren – und zwar für beide Hände gleichzeitig – halsbrecherisch schnell und die Melodien wild und fragmentiert. Die Musik, die mir jetzt gefiel, klang, wenn ich sie richtig spielte, wie eine Psychose. Ich übte, bis meine Finger schmerzten. Ich übte so viel, dass mein Nachbar Vaughan in ein Zimmer im Stockwerk über mir zog. Während ich spielte, dachte ich an *Le sacre du printemps* und Rachels Gesicht im Publikum und meine applaudierende Familie.

Und dann war Rachel plötzlich da. Einfach da. Sie stand vor dem Garden Hostel. Lebendig, hübsch und unsicher lächelnd.
»Hallo«, sagte sie.
Sie sei nach Cambridge gekommen, um mich zu besuchen,

erklärte sie. Wir hatten uns ein Jahr nicht gesehen, und sie wollte wissen, wie es mir ging. Wir tranken Tee in meinem Wohnheimzimmer. Ich sah, dass sie die Collage der Fotos aus meinem Brückenjahr betrachtete. Wie es aussah, war ich wirklich überall gewesen und hatte die Welt erobert. Aber das hatte sie ebenfalls. Es gab jetzt einen amerikanischen Freund. Er hatte einen Namen. Sie hatten den Sommer in Kalifornien verbracht. Ich stellte mir die beiden in Beverly Hills vor, in den Universal Studios, in Achterbahnwagen in Disneyland, wo ihnen Wasser ins Gesicht spritzte. Die Atmosphäre kühlte ein wenig ab. Trotzdem begleitete ich meine ehemalige Freundin zum Bahnhof – um der alten Zeiten willen. Wir umarmten einander, und dann kehrte jeder in sein Leben zurück.

Ich machte einen kleinen Abstecher zu einem Weingeschäft in der Mill Road. Auf dem zwanzigminütigen Rückweg zum College trank ich eine ganze Flasche Wein. Als ich dort ankam – es war halb neun an einem Freitagabend, und in der Kneipe kam man gerade auf Touren –, war ich reichlich betrunken.

Was für ein Zufall! In einer der Nischen saß Rachels Ex-Freund Dan mit der Mordsfrisur in Gesellschaft einer jungen Frau. Es sah aus, als hätten die beiden ihre erste Verabredung. Ich holte mir an der Theke ein Glas Snakebite and Black und setzte mich zu ihnen. Sehr erfreut, euch zu sehen. Schon mal von mir gehört? Ich hatte wohl eine Menge zu sagen, denn Dans Gesicht war abwechselnd nachdenklich, amüsiert und besorgt. Seine Freundin wirkte ungeduldig.

Dann ging ich wieder an die Theke und bestellte mir zahlreiche Getränke. Freunde rechts und links wollten mich davon abhalten.

»Du hast genug«, sagte der Barmann.

Ich riss mich los und fiel der Länge nach auf den Boden. Stille senkte sich über den Raum. Besorgte Gesichter blickten auf mich herab.

»Ich habe kein Leben!«, rief ich und brach in Tränen aus.

An einem Freitagabend um zehn in einer überfüllten Studentenkneipe.

»Ich habe kein Leben!«

Die Freunde trugen mich auf mein Zimmer – zwei nahmen die Arme, zwei die Beine. Als wir dort waren, legte jemand Musik auf. Weitere Freunde fanden sich ein. Man legte mich aufs Bett, wo ich die Arme weit ausbreitete. Wie Jesus am Kreuz, bemerkte einer später. Ich wälzte mich herum, kotzte in den Mülleimer, murmelte wirres Zeug über Rachel und mein trostloses Leben. Jemand zog mir die Hose aus. Jemand anders setzte Wasser auf und machte Toast.

Am nächsten Morgen war mein Körper wie ein durchlöcherter Ballon: schlaff und zusammengesunken. Mein Kopf fühlte sich an, als hätte ihn jemand mit einem Vorschlaghammer bearbeitet. Ich zog meine Batikhose an und wankte zum College. Vom Münztelefon in der Pförtnerloge rief ich meine Schwester in Durham an und genoss den mitfühlenden Singsang ihrer Stimme: »Oh, du Armer … Keine Sorge … Ach, Schätzchen …« Ruth, die ihren kleinen Bruder immer vor schlimmen Dingen bewahren wollte. Dann schleppte ich mich in die Stadt, fand einen Friseursalon und ging hinein. In einer Situation wie dieser gab es nur eins: einen Haarschnitt.

»Einmal Glatze, bitte«, sagte ich.

»Sind Sie sicher?«

»Absolut sicher. Schneiden Sie alles ab.«

»Und was ist mit der Perle? Was soll ich damit machen?«

»Die kann auch weg«, sagte ich. »Darüber bin ich hinaus.«

*

Eines Tages sagte einer, jemand habe aus dem Turing Room eine »E-Mail« verschickt. Was das war? Eine Nachricht, die man mit einem Computer an jemanden in Amerika senden konnte. Und warum schrieb man dann nicht einen Brief oder rief einfach an? Das Besondere war offenbar, dass die Nachricht noch im selben

Augenblick da war. Ich kapierte es trotzdem nicht. Amerika lag in einer vollkommen anderen Zeitzone. Wozu das Ganze? Ich war sicher, dass es sich um eine Modeerscheinung handelte, die sich bald wieder erledigt haben würde.

Inzwischen füllte ein steter Strom von Autogrammen mein Postfach. Ich leerte es mit Nonchalance. Ah, noch ein signiertes Foto von Ronald und Nancy Reagan. Ronald signierte nicht, aber wenn man sich an Nancy wandte, überredete sie ihn. Und eine Schulz-Zeichnung von Snoopy – na endlich! Ich wusste nicht, was ich richtig gemacht hatte. Berühmtheiten aus aller Welt schrieben mir. Nur Steve Reich rührte sich nicht – ich hatte ihn um die Notation eines Zitats aus *Drumming* gebeten. Ich fühlte mich meinem alten Hobby entwachsen – der Sog ließ nach. Diese Autogramme hatten etwas, das nicht recht zu den Veränderungen passte, die ich gerade durchmachte. Wenn ich an die Präsentationsalben in meinem Zimmer in Pinner dachte, fühlte ich mich irritiert und eingeengt von der Vergangenheit. Ich hatte begriffen, dass man sammelte, damit alles immer gleich blieb, oder vielmehr: damit man selbst immer gleich blieb. Ich dachte daran, wie mein Vater über seine Postkarten sprach, an sein abgedroschenes Geschwafel von Kontinuität und davon, dass seine Postkarten ihm das Gefühl gäben, ein Retter und Zeuge zu sein. Nun, ich wollte kein Zeuge sein. Ich wollte nicht immer gleich bleiben. Ich wollte eine neue Geschichte. Ich wollte sehen, wer ich sonst noch sein konnte.

*

Eines Sonntags schlenderte ich durch einen Gemeindesaal in Cambridge, wo ein Flohmarkt stattfand, und war verblüfft, als ich einen Stand entdeckte, an dem Autogramme verkauft wurden. Dahinter sah ich einen etwa sechzigjährigen Mann mit Kassenbrille, der mit hinter dem Rücken verschränkten Händen hoch aufgerichtet wie ein Vogel dastand und nur hin und wieder seine Präsentationsalben zurechtrückte. Ich ging hin und blätterte in den signierten Fotos von Filmstars und Politikern; die von Margaret Thatcher und François Mitterrand waren die gleichen, die sie mir geschickt hatten.

»Zu Hause habe ich noch viel mehr«, sagte der Mann. Seine Stimme war sanft, aber er klang wie ein Schauspieler. Er sah mich nachdenklich an, im Mundwinkel erschien seine Zungenspitze. »Sind Sie Sammler?«

»Na ja, früher habe ich gesammelt«, sagte ich und fuhr mir mit der Hand über den kahl geschorenen Schädel. »In letzter Zeit liegt der Schwerpunkt mehr auf Kaufen und Verkaufen.«

»Oh, tatsächlich? Und was hätten Sie zu verkaufen?«

Er nahm die Brille ab und riss die Augen begehrlich auf, kniff sie aber gleich wieder zusammen, als hätte er gelernt, freudiges Interesse zu verbergen.

»Ach, ich habe eine ganze Menge Zeug in meiner Studentenbude«, sagte ich schulterzuckend.

»Wissen Sie was – ich gebe Ihnen meine Telefonnummer. Ich wohne am Stadtrand. Kommen Sie doch mal vorbei, dann können Sie sich den Rest meiner Sammlung ansehen. Also …«

Er kritzelte Adresse und Telefonnummer auf einen Zettel. Seinen Namen schrieb er in Großbuchstaben: DAVID MOOR-COCK.

*

Eine Woche später stellte ich mein Fahrrad vor einer bemoosten Haustür ab. In einer Schultertasche hatte ich ein Album mit etwa hundert Doubletten im Wert zwischen fünf und hundert Pfund. Ich betätigte den Türklopfer aus Messing und bemerkte, dass die gesamte Fassade des Hauses mit Moos bewachsen war. Sie sah aus wie ein von einem Bart überwuchertes Gesicht, wie die Front von Ronnie Barkers Haus in Pinner, wo Adam Brichto und ich den Kopf durch die Hecke hatten strecken müssen, um etwas zu sehen.

»Wie schön, dass Sie da sind«, sagte der Mann, der in gestreiftem Hemd, Flanellhose und Schaffellpantoffeln in der Tür erschien. Er stemmte die Hände sehr hoch in die Seiten, eigentlich fast in die Rippen. »Kommen Sie rein, Ihr Fahrrad können Sie da stehen lassen.«

»Danke.«

Ich folgte ihm ins Haus.

»Es ist im Keller«, sagte er mit erhobenem Finger und ging eine steile Treppe hinunter.

Wir waren in einer riesigen unterirdischen Bibliothek, die sich unterhalb der Eingangstür zu erstrecken schien. Der Keller war niedrig und roch modrig. Es war sehr dunkel – man wäre nie darauf gekommen, dass es vier Uhr nachmittags war –, und nur da und dort verbreitete eine Glühbirne trübes Licht. Die Regale waren gefüllt mit alten Büchern und Papierstapeln. Wir gingen etwa eine halbe Minute durch schmale Korridore zwischen Regalen hindurch, bis auf einer Art Lichtung ein Tisch und zwei Stühle erschienen.

»Ich habe den Keller für meine Sammlung ausgebaut«, erklärte Moorcock. »Ich sammele seit siebenundvierzig Jahren, müssen Sie wissen. Wohlgemerkt: Nicht alles, was Sie hier sehen, ist signiert. Aber in dieser Abteilung sind all meine Briefe von Schriftstellern und Künstlern.«

Er wies auf drei Regalfächer, in denen Ordner mit Aufschriften wie »Literatur A–C« und dergleichen standen. Er wollte sie mir zeigen. Er wollte mir seine Sachen zeigen.

»Sie haben all diese Leute um etwas Schriftliches gebeten?«, fragte ich.

»Tue ich noch immer«, sagte Moorcock. »Die meisten behalte ich natürlich. Aber man kann nie wissen. Es kommt darauf an, was Sie haben.« Sein Blick ruhte auf meiner Umhängetasche, und sein Lächeln erstarb.

Wie Movie Guy, dachte ich und erinnerte mich, wie sehr er sich angestrengt hatte, freundlich zu sein, während unter der Oberfläche etwas ganz anderes brodelte. In meinem alten Leben hätte Moorcock die Rolle von Movie Guy übernehmen können. Diese Leute waren austauschbar. Oder war er mehr wie mein Vater? Ich dachte an all die Sammelalben, die sich in seinem Arbeitszimmer in Pinner stapelten, gefüllt mit Dingen, die er nie im Leben verkaufen würde.

Und dann wurde alles ziemlich unscharf. Moorcock saß am Tisch und blätterte begierig, besitzergreifend in meinem Album. So war es doch immer, nicht? Das war es, was wir Sammler taten: Wir wühlten uns durch die Sammlungen anderer und wussten erst, wonach wir gesucht hatten, wenn wir es gefunden hatten. Wir sprachen dieselbe Sprache. Wir sprachen von Exemplaren und Raritäten. Wir sprachen von guten und schlechten Zuständen. Er rieb sich das Kinn, er grunzte und hüstelte. Sein Gesicht bekam einen konzentrierten Ausdruck, als hinge sein Leben von der Frage ab, welches Autogramm er heute erwerben würde. »Sehen Sie sich ruhig meine Alben an«, hörte ich ihn sagen. Seine Stimme klang jetzt blechern – die Akustik im Keller hatte das warme Timbre verschwinden lassen.

Gab es eine Ex-Frau?, fragte ich mich. Entfremdete Kinder? Irgendeine vergangene Tragödie, die ihn zwang, in diesem Keller zu sitzen, an David Hockney und Jasper Johns zu schreiben und ihre Antworten alphabetisch zu sortieren? Ich dachte daran, dass meine Mutter mir von den schrecklichen Dingen erzählt hatte, die mein Vater in seiner Kindheit erlebt hatte. Seine Eltern hatten sich ständig gestritten, und einmal hatten seine Mutter und Großmutter so sehr auf seinen Vater eingeschrien, dass Adrian die Polizei gerufen hatte. Da war er dreizehn gewesen.

Plötzlich wollte ich in der Studentenkneipe sein. Ich wollte mit dem Typen aus Leeds mit den überlangen Joints quatschen, ich wollte Aphex Twin hören. Ich wollte dieses besondere Gefühl spüren, das ich hatte, wenn ich mich fragte, wer ich war und wohin mein Leben mich führen würde. Dies hier, dieser muffige Keller am Stadtrand, war mir vertraut, das kannte ich schon.

*Ich bin kein Sammler!*, wollte ich schreien. *Ich bin nicht wie Sie!*

Ich stellte mir vor, dass Moorcock mich in seinem Keller fest-hielt, bis ich diesen Gedanken endlich aufgab, mich beruhigte und wieder zu dem wurde, der ich gewesen war. Ich stellte mir vor, wie ich mir die Knöchel an der Falltür wund klopfte, wäh-rend der alte Mann dort oben Tee trank, sich im Fernsehen die Nachrichten ansah, Baked Beans auf Toast aß oder in aller Ruhe ein Kreuzworträtsel löste.

»Wenn Sie in meinen Alben irgendetwas finden, das Sie haben wollen«, sagte David Moorcock, spitzte die Lippen und zwin-kerte, »dann nehmen Sie es einfach raus und legen es beiseite. Ich bin nämlich ganz verliebt in Ihren Paul McCartney.«

*

Im College erwartete mich ein Luftpostbrief aus Amerika. Steve Reich hatte geantwortet. In steiler, zerklüfteter Handschrift hatte er, wie erbeten, die ersten Takte von *Drumming* nieder-geschrieben, die eröffnenden rhythmischen Andeutungen, die rudimentären Zellen, aus denen alles Weitere sich entwickelte. Ich freute mich, aber meine Hände schwitzten nicht, und ich unterdrückte meine Freude nicht, wie Movie Guy oder David Moorcock es wahrscheinlich getan hätten. Ehrlich gesagt, be-trachtete ich es nicht mal als Exemplar. Ich nagelte es mit einer Reißzwecke an die Wand.

Später, als ich in meinem Zimmer Klavier übte und meine Finger über die Tasten glitten, als wären sie Teil einer großen Maschine, spürte ich, dass das Gefühl für dieses neue Ich, das in mir entstand, stärker wurde. Man fügt sich selbst etwas hinzu, dachte ich, mehr und mehr. Aber trug man das Vergangene nicht immer mit sich herum? Nicht bewusst jedenfalls. Es war ohne-hin da. Nichts war jemals wirklich weg. Es wurde alles recycelt.

Ich zündete mir eine Zigarette an und dachte an meine Mut-ter, die noch immer in dem Haus in Pinner lebte, und fühlte mich schuldig. Aber das spielte keine Rolle. Ich konnte nichts tun. Ich konnte sie nicht retten. Konzentriere dich auf diese

Zigarette und sieh, wohin sie dich führt. Ich rauchte inzwischen so viel, dass ich mir Sorgen um meine Lunge machte. Nachts, wenn ich im Bett lag, dachte ich manchmal an all die Zigaretten, die ich geraucht hatte, stellte mir vor, sie lägen in einem großen Haufen mitten im Zimmer, und fragte mich, was meine Mutter dazu sagen würde. Meine arme, verlassene Mutter. Ich hatte nie vorgehabt, irgendjemanden zu verlassen, aber vielleicht blieb einem letztlich gar nichts anderes übrig. Sobald man begann, sich in eine bestimmte Richtung zu bewegen, entwickelte diese Bewegung ihren eigenen Schwung. Und ich hatte begonnen, mich zu bewegen. Ich wusste, dass ich begonnen hatte.

# SALMAN RUSHDIE

# THE SATANIC VERSES

THE CONSORTIUM

Man könnte sagen,
dass die Vergangenheit ein Land ist,
aus dem wir alle ausgewandert sind,
und dieser Verlust ist Teil von dem,
was allen Menschen gemein ist.

SALMAN RUSHDIE

Im Sommer meines ersten Jahrs auf der Universität kamen meine Großeltern zu einem Abendessen nach Pinner. Mein Großonkel Marek und seine Frau Ilse waren ebenfalls da. Auch meine Schwester war aus Durham gekommen, und wir saßen da und warfen uns vielsagende Blicke zu, wenn unsere Eltern ihre Schlüsselsätze sagten. Ich sehnte mich nach einer Zigarette, doch die würde ich erst um Mitternacht am Fenster meines alten Zimmers rauchen können.

Ich hatte allen von meinem ersten Jahr auf dem College erzählt, allerdings die dramatischeren Sachen – Alkohol, Drogen, Partys – ausgelassen, ebenso wie die Tatsache, dass ich inzwischen ein vollkommen anderer Mensch geworden war. Als ich meinen Besuch in David Moorcocks Keller beschrieb, machte mein Vater einen Kommentar über meinen Unternehmungsgeist und das Glück, dass ich in Cambridge einen Autogrammhändler gefunden hatte, mit dem ich Geschäfte machen konnte. »Mein Sohn ist ein Geschäftsmann!« Dann kam mein Großvater auf die Studentenzeit seines Bruders Marek zu sprechen.

»Ich hab dafür bezahlt, aber er hat nie gearbeitet«, klagte er. »Das Einzige, was mein lieber Bruder getan hat, war Tennis spielen.«

Onkel Marek lachte errötend und strich mit den Händen das Tischtuch glatt. »Ich war ein guter Tennisspieler«, gab er zu bedenken.

»Spieler, ja – Arbeiter, nein.«

»Ach, Daddy«, sagte meine Mutter.

»Was, *bobki?* Was denn?«

»Nichts, nichts.«

Das Ganze war so vertraut und doch zugleich auch fremd. Es war, als würde ein Stück aufgeführt, das ich schon tausendmal gesehen hatte. Früher war ich ziemlich sicher gewesen, dass meine Verwandten beeindruckende Persönlichkeiten waren, aber jetzt sagten sie ihren Text auf und spielten ihre Rolle wie Schmierenkomödianten – vielleicht, weil sich die Dinge für sie nicht mehr veränderten. Doch für mich war es anders: Ich war mitten im Prozess der Veränderung. Ich wusste, dass ich etwas Dynamisches war – ein junger Mann, ein Frischling –, für den überkommene Vorstellungen rasch an Geltung verloren. Ich fühlte mich wie mein eigener Doppelgänger: Ich saß nickend und lächelnd mit meinen Verwandten am Tisch, als wären wir uns in allem einig, während ich doch genau wusste, dass es nicht so war.

Und dann ging es um Grandpas anderen Bruder Aron, der 1938 mit Grandpa Joškas Eltern in der Tschechoslowakei geblieben war.

»Wie war das mit seiner Flucht?«, fragte ich. »Ist er nicht vom Zug gesprungen?«

»Na ja, das wissen wir nicht genau«, sagte Grandpa Joška.

»Wir sollten nachforschen«, sagte meine Mutter. Sie sah plötzlich besorgt aus.

Ich erinnerte mich, wie wir darüber gesprochen hatten und dass ich mir vorgestellt hatte, ich könnte Aron irgendwo in Osteuropa finden und ihn nach fünfzig Jahren mit seinen Brüdern vereinen.

»Aber wir wissen doch, was passiert ist«, sagte Onkel Marek, hob erstaunt die Augenbrauen und breitete die Hände aus.

»Was? Was wissen wir?«, fragte Grandpa und starrte seinen Bruder an.

»Als ich vor ein paar Jahren in der Tschechoslowakei war, habe ich einen kennengelernt, der im selben Lager wie Aron gewesen war. Du kennst die Geschichte ja schon, Joška. Also, dieser Mann hat damals einen Ausbruch aus dem Arbeitslager organisiert – erfolgreich, wie sich herausstellte – und unseren Bruder gefragt, ob er mitmachen wolle. Aber Aron wollte nicht. Er wollte unsere Mutter nicht allein lassen.«

»Also *das*«, sagte Grandpa, »wusste ich nicht.«

»Ach, das hab ich dir doch erzählt – das wusstest du«, sagte Marek. »Sie sind zusammen umgekommen.«

Alle schwiegen. Ich hörte im Garten eine Krähe rufen.

»Tja«, sagte Grandma Lotka, »möchte vielleicht irgendjemand ein Stück Käsekuchen?«

*

»Wie ist es, tot zu sein?«, fragte ich das Ouijabrett. Ich war wieder im King's College. Das zweite Studienjahr hatte begonnen. Ich hatte ein neues Zimmer, das nach vorn hinausging, und neue Londoner Freunde.

»L-A-N-G-W-E-I-L-I-G.«

»Bist du wenigstens glücklich?«

»N-E-I-N.«

»Gibt es irgendwas zu tun?«

»N-E-I-N.«

Unser Botschafter aus dem Jenseits war müde – wie Josh, der auf meinem Bett eingeschlafen war. Es war drei Uhr morgens, und Jessie war so betrunken, dass sie vermutlich halluzinierte: Ihre Finger glitten immer wieder vom Glas ab. Carrie und ich aber waren entschlossen weiterzumachen.

»Gibt es im Jenseits Sex?«

»N-E-I-N.«

»Sind deine Freunde auch da, wo du bist?«

»N-E-I-N.«

Seit Onkel Marek uns von Aron erzählt hatte, veranstaltete ich diese nächtlichen Ouija-Séancen. Der Moment, in dem ich die Buchstaben auf dem Tisch auslegte, war der Höhepunkt des Tages. Wir begannen damit, dass wir den Botschafter nach seinem Namen fragten. Ich wollte immer Aron Schwartzmann aus Český Těšín, doch stattdessen bekamen wir Andy aus Peru, Sue aus Ägypten oder unseren augenblicklichen Scherzkeks: Bob aus Peking.

191

»Was ist nach deiner bescheidenen Meinung der Sinn des Lebens, Bob?«

Carrie unterdrückte ein Gähnen.

Das Weinglas zögerte, zog Kreise, schien ratlos. Dann trat es in Aktion.

»F-U-G-E-N.«

Wir fielen lachend hintenüber. Denn ich hatte für den morgigen Tag eine Fuge zu komponieren. Ich hatte immer eine Fuge zu komponieren. Entweder das oder Klaviervariationen in der Manier von Beethoven oder einen Choral mit Harmoniefolgen, die J. S. Bach gefallen hätten. Mein Studium in Cambridge erwies sich als so trocken wie Cornflakes. Ich studierte dem Namen nach »Musik«, doch »Theorie der Musik« wäre die passendere Bezeichnung gewesen. Hätte man uns in Laborkittel gesteckt, dann hätten wir Studenten Experimente durchführen können, um herauszufinden, welchen erkennbaren Nutzen die Menschheit von einem Studienabschluss wie unserem haben könnte. Die Ergebnisse wären im *Guardian* veröffentlicht worden.

Was mich bei der Stange hielt, war das Klavierspiel. Wenn ich spielte, war mein Herz dabei. Zur Hölle mit den Seminaren über Notationen im 16. Jahrhundert – ich würde Ravels Klavierkonzert in der King's College Chapel spielen, und wenn es das Letzte war, das ich tat, und ich würde es spielen wie ein *terrible motherfucker*. Niemand hatte mich darum gebeten. Ich hatte mich freiwillig gemeldet. Tatsächlich freute ich mich darauf, beim Konzert zum Semesterende vor fünfhundert Leuten aufzutreten. Die anderen Musikstudenten würden da sein, meine Tutoren ebenfalls. Im Komponieren von Fugen mit Stift und Notenpapier war ich zwar nicht besonders gut, aber sie sollten sehen, was ich mit den Fingern auf der Tastatur vollbringen konnte. Diese Akademiker hatten sich so sehr in der Form der Sonate verloren, dass sie vergaßen, richtig zuzuhören. Ich würde sie erinnern.

Es war ein teuflisch schwieriges Stück, und so übte ich täglich in einem leeren Saal auf einem der Steinways des Colleges. Ich übte so viel, dass meine Finger schmerzten: die unmöglichen Läufe im dritten Satz, die Serie paralleler Quinten, bei denen meine Hände übereinander stolperten. Und dann waren da noch die Tonleitern und Arpeggios und Hanon-Übungen. Die machte ich morgens als Erstes und stellte mir dabei vor, wie mein neuer Nachbar, der Bodybuilder, den Kopf unter dem Kissen vergrub. Außerdem war die kleine Aufgabe zu bewältigen, das ganze Ding auswendig zu lernen, denn ich würde das Konzert ohne Noten spielen. Der Trick war, irgendwo einzusetzen und zu sehen, wie weit ich kam. Langsam bekam ich ihn in den Griff, diesen Ravel. Er klang sehr elegant.

Etwa zu dieser Zeit entdeckte ich ein anderes Stück, das ich ebenfalls übte: eine Klaviersonate von einem tschechischen Komponisten namens Gideon Klein. Er hatte sie in Theresienstadt geschrieben, als meine Verwandten dort gewesen waren, und war später, mit sechsundzwanzig, in Auschwitz ermordet worden. Ich war fasziniert davon. Anfangs wirkten die Harmonien atonal, doch das Stück war nicht ohne Melodie. Sie strebte empor, sie reckte sich, wie die Skulpturen meiner Mutter, nach etwas Unerreichbarem. Ich spielte die Sonate immer wieder, nicht um sie zu meistern, sondern um über Grandpas Bruder und sein Opfer zu meditieren. Ich dachte auch an die Nöte, die mein Großvater ausgestanden hatte, weil es ihm nicht gelungen war, seine Eltern zur Flucht zu bewegen, weil er sie zurückgelassen hatte und sie ermordet worden waren. Ich verlor mich im Klang. Ich ließ meine Finger die Tastatur hinauf und hinunter laufen und kämpfte mit den zornigen, stampfenden Akkorden. Manchmal fühlte ich mich dabei, als säße ich am Steuer eines Wagens, der ohne Bremsen dahinraste. Zu anderen Zeiten war mein Kopf zu langsam, und ich hatte ein seltsames Gefühl von Losgelöstheit, als wären meine Finger in Wirklichkeit die von Gideon Klein, als würde jemand anders diese Musik spielen.

Ich übte täglich bis zum späten Abend und machte dann einen Spaziergang über das College Green. Ich starrte in den Himmel über Cambridge – die Wolkenformationen, die vereinzelten Sterne, die Verfinsterung des Firmaments – und dachte daran, wie meine Urgroßeltern in Český Těšín aus ihrem Haus geholt worden waren und in die Nacht hatten marschieren müssen.

*

Inzwischen hatte ich es nur noch auf Autogramme Verstorbener abgesehen. Meine Doubletten lebender Berühmtheiten hatte ich an Brieffreunde verkauft und mit dem Erlös Autogramme von Toten ersteigert. In Cambridge hatte ich in Antiquariaten auch einige signierte Bücher gefunden: eine nummerierte Sammlung von Gedichten von Edward Blunden und ein altes Autogrammalbum mit einer Unterschrift von Churchill. Ich studierte die Handschrift, strich mit den Fingerspitzen über die Furche, die die Füllfeder ins Papier gegraben hatte, und spürte etwas, das ich nicht erklären konnte: Dieser längst gestorbene Mensch hatte einmal gelebt, und dies war der Beweis.

Den ersten Katalog stellte ich in meiner Studentenbude zusammen: fünfzig Exemplare mit kurzen Beschreibungen – meist handelte es sich um von Hollywoodgrößen signierte Albumblätter. Auch das Buch von Blunden war aufgeführt. Der Churchill war das Paradestück. Ich heftete die Seiten und ein paar Fotokopien zusammen und verschickte sie an Brieffreunde und die neuen *Inkwell*-Abonnenten, die auf der letzten Seite der vergangenen sechs Ausgaben standen. Bestellungen konnten nur per Post aufgegeben werden; man musste einen Scheck beilegen und die erste, zweite und dritte Wahl mitteilen für den Fall, dass das gewünschte Exemplar bereits verkauft war.

Trotz meines nachlassenden Interesses für lebende Berühmtheiten war ich bereit, eine Ausnahme zu machen, als ich erfuhr, dass Salman Rushdie in der Buchhandlung Waterstones einen seiner seltenen öffentlichen Auftritte haben würde. Immerhin war Rushdie ein Gezeichneter. Fünf Jahre waren vergangen, seit etwas Schreckliches über ihn hereingebrochen war. Von einem Tag auf den anderen war er aus seinem alten Leben in ein neues katapultiert worden: Millionen forderten Rache und wollten sein Blut sehen. Er stand unter ständigem Polizeischutz, was ihn nie vergessen ließ, dass seine Bücher verbrannt wurden und sein Leben bedroht war. Mir kam der Gedanke, dass ein signiertes Exemplar von *The Satanic Verses* möglicherweise einiges Geld wert war, besonders wenn es irgendjemandem gelang, Rushdie umzubringen. Ich kaufte eine Eintrittskarte, für einen Termin, der erst wenige Stunden vor der Lesung bestätigt wurde, und ein Exemplar des Buchs. Nur noch eine Woche bis zu meinem Ravel-Konzert, aber an diesem Abend übte ich nicht. Ich kannte das Stück in- und auswendig. Ich konnte es praktisch rückwärts spielen.

Die Buchhandlung war in eine Art Hochsicherheitszone verwandelt worden. Man musste durch einen Metalldetektor gehen, und Handtaschen wurden durchleuchtet oder manuell überprüft. Polizisten begleiteten jeden Besucher hinein. Carrie war mitgekommen, denn sie war ein großer Rushdie-Fan. Ich dagegen hatte noch nie ein Wort von ihm gelesen und wollte nur seine Unterschrift. Die Veranstaltung fand in der ersten Etage statt. Wir nahmen unsere Plätze ein. Gespannte Erwartung lag über dem Publikum. Ich hatte das Gefühl, in einen inneren Kreis vorgedrungen zu sein, zu dem geheimnisvollen Ort, wo die Verdammten lebten. Ich stellte mir die komplexen Vorbereitungen für diesen Abend vor, die Telefonate, die schriftlichen Vereinbarungen und Geheimhaltungsklauseln. Und dann trat Rushdie auf die Bühne. Er hatte einen federnden Gang und ein Bäuchlein, er schien begierig und sah, wie ich fand, erstaunlich gesund aus. Wie sich herausstellte, wollte Rushdie tatsächlich nichts anderes, als uns aus seinem neuesten Buch vorzulesen.

Er las gut, das musste ich ihm lassen. Er verlieh den verschiedenen Protagonisten verschiedene Stimmen, wie es auch mein Vater getan hätte, und trug den Text vor, als handelte es sich um ein kleines Bühnenstück, das jemand anders geschrieben hatte. Er genoss ganz offensichtlich jeden Augenblick. Eigentlich hätte es mich mehr interessiert zu hören, was er über die Fatwa zu sagen hatte oder über die Nacht, in der er von Spezialkräften in Sicherheit gebracht worden war, und ich hätte gern gewusst, wie er es schaffte, morgens aufzustehen, wenn sich die Bevölkerung ganzer Länder seinen Tod wünschte. Aber er wollte offenbar mal einen ganz normalen Abend mit einer ganz normalen Lesung verbringen. Ich fragte mich, wie er all das aus seinem Bewusstsein verbannen und einen so guten Auftritt hinlegen konnte.

Zum Schluss setzte er sich an einen Tisch und signierte Bücher. Ich stellte mich mit meinen *Satanic Verses* in die Schlange und war gespannt, was er tun würde. Ich stellte mir vor, dass er langsam aufsehen würde, als stünde sein Mörder vor ihm, als erwartete er jeden Augenblick, das Klicken des Zünders zu hören, doch als ich ihm das Buch reichte, klappte er es einfach auf und schrieb seinen Namen auf das Titelblatt. Ohne zu zucken. Ich sah seine Hand auf und ab fahren, dann gab er mir das Buch mit einem höflichen Lächeln zurück. Und das war alles.

»Ich hatte gedacht, er würde etwas … ich weiß nicht, *ängstlicher* wirken«, sagte ich zu Carrie, als wir die Buchhandlung durch den von einem freundlichen Polizisten bewachten Hintereingang verließen.

»Willst du denn, dass er ängstlich ist?«, fragte Carrie.

»Irgendwie schon, glaube ich. Er sollte wenigstens ein bisschen nervös sein. Die halbe Welt will seinen Tod, und er benimmt sich, als wäre er ganz unbesorgt. Sonderbar.«

»Er wird schon ein paar Sorgen haben, Adam. Immerhin

sieht er jeden Tag dem Tod ins Auge. Ich finde es mutig, dass er öffentlich auftritt. Der Sonderbare bist du, mein Freund.«

»Kann sein. Aber findest du es nicht seltsam, dass er die *Satanic Verses* signiert hat? Ohne zu zögern.«

Wir gingen zurück zum College. Ich umklammerte das signierte Buch, als wäre es eine Jagdtrophäe.

»Und wie viel ist das jetzt wert?«, fragte Carrie.

»Ich weiß nicht. Zweihundert Pfund? Dreihundert? Ich habe noch nie ein signiertes Buch von ihm gesehen.«

Als wir wieder in meinem Zimmer waren, rauchten wir einen Joint und legten Nas auf.

*Life's a bitch and then you die*
*That's why we get high*

Dann holten wir das Ouija-Brett hervor.

»Wie bist du gestorben?«, fragten wir einen mürrischen Geist.

»M-O-R-D«, buchstabierte das Weinglas mit gereizten, ruckartigen Bewegungen.

Carrie und ich sahen uns aufgeregt und entsetzt an.

»Mein Gott«, sagte sie.

»Wie bist du ermordet worden?«, fragte ich.

Das Weinglas zuckte zu einem Buchstaben nach dem anderen, »H-I-T-L-E-R.«

»Oh Mann«, sagte Carrie. »Hat er wirklich ›Hitler‹ gesagt?«

Das nächste Wort war »G-I-D-E-O-N«.

»Ist das dein Name?«, rief ich.

»J-A.«

»Scheiße – bist du Gideon Klein?«

»J-A.«

»Ist das nicht dein Holocaust-Komponist?«, fragte Carrie.

»J-A«, sagte das Weinglas.

Als das Glas die nächste Botschaft buchstabierte, überlief es mich kalt.

»G-E-N-I-E-S-S-T   D-A-S   L-E-B-E-N,   S-O-L-A-N-G-E   I-H-R   K-Ö-N-N-T.«

Dann rührte es sich nicht mehr.

*

Zum Konzert erschien meine ganze Familie. Ich hatte mir das Gesicht mit Seife gewaschen, bevor ich sie begrüßte, denn ich fürchtete, man würde den Zigarettenrauch riechen, und das hätte zu einem verstörenden Konflikt zwischen ihrer und meiner Welt geführt. Als ich in die King's College Chapel kam, bewunderten Grandpa Jožka und Grandma Lotka das prächtige Innere der Kirche. Mein Großvater dachte wahrscheinlich an die einfachen Verhältnisse, aus denen er stammte, und staunte, dass sein Enkel an einem solchen Ort auftrat.

»Mein Lieblingsenkel«, sagte er. »Viel Glück!« Er schenkte mir sein gewinnendes Lächeln und riss die Augen auf, als hätten wir gerade einen Vertrag abgeschlossen.

Meine Schwester Ruth war eigens aus Durham gekommen. Sie umarmte mich und sagte, wie stolz sie sei. Meine Eltern standen links und rechts neben ihr, und meine Mutter hatte wieder ihren besorgten Blick aufgesetzt. Ich wusste nicht, ob sie wegen meines Konzerts nervös war oder ob sich irgendein Drama mit meinem Vater abgespielt hatte – oder mit Grandma Lily, die mit sanftem Nachdruck zu ihrem Platz auf der Kirchenbank bugsiert worden war.

»Ich hoffe, alles geht gut«, sagte mein Vater und strich mir über die Wangen. »Dass mein Sohn mal ein Konzert in der King's College Chapel spielt! Wer hätte das gedacht? Wenn ich an das Haus in Tottenham denke, in dem ich aufgewachsen bin. Wir hatten eine Außentoilette, musst du wissen – und ich habe dir bestimmt mal erzählt, wie wir vor die Tür gesetzt wurden. Und jetzt das! Mein Sohn hat's geschafft!«

Er breitete die Arme aus, als wäre die Kirche zu seinen Ehren errichtet worden. Mir fiel auf, wie herausgeputzt er aussah in seinem Anzug und mit den frisch gebürsteten Locken. Er wippte auf den Zehen – hocherfreut, hier zu sein, und hochzufrieden mit sich selbst –, und ein Teil von mir hätte ihn am liebsten umgebracht.

Das Orchester setzte ein, und ich spielte die erste Notenkaskade. Die Flöte führte das Hauptthema ein. Aus dem Augenwinkel sah ich fünfhundert Zuhörer. Der Provost des Colleges saß, die Beine übereinandergeschlagen, im Kreis seiner Freunde, nicht weit von meinem Studiendirektor, während mein Analyse-Tutor auf der anderen Seite des Mittelgangs Platz genommen hatte. Und ich wusste genau, wo dicht zusammengedrängt meine Familie war. Ich dachte an den traurigen Ausdruck auf dem Gesicht meiner Mutter, an ihre Skulpturen und das Stück von Gideon Klein. Ich kann sie nicht retten, dachte ich – und das war genau das, was meine Therapeutin sagte, eine ernste, lakonische Frau, die ich einmal pro Woche in ihrem Haus in der Nähe von Midsummer Common aufsuchte. Es war nicht meine Aufgabe, meine Mutter zu retten. Ich dachte daran, wie sehr mein Großvater sich freute, hier zu sein, und an den Trost, den er immer wieder im Leben fand. Ich wollte meinen Teil zu diesem Trost beisteuern. Und dann dachte ich an meinen Vater, der vor Stolz beinahe platzte und dessen Lippen bebten bei dem Gedanken, dass ich die Frucht seiner Lenden war – und es drehte mir beinahe den Magen um.

»Wir werden sterben«, hatte Carrie mittags aus heiterem Himmel gesagt.

Ich hörte den Satz in meinem Kopf.

»Stimmt«, hatte ich geantwortet. »Josh wird sterben. Paul wird sterben. Siehst du?«, hatte ich gesagt und auf unsere Freunde gezeigt, die gerade die King's Parade entlanggingen. »Eine ganze Straße voller Toter.«

»Schrecklich«, hatte Carrie kichernd gesagt. »Alles so sinnlos.«

Ich musste mich konzentrieren, denn ich spielte ohne Noten. Ich sah zum Dirigenten. Er nickte heftig und fuchtelte mit den Armen.

Ich spiele mein Konzert, dachte ich. Jetzt geschieht es. Wir kamen an die Stelle, wo das Orchester aussetzte und ich allein spielte – die kleine, unheimliche spanische Melodie und die lyrische Passage mit den bitonalen Einsprengseln. Dann kam der schnelle Teil. Ich hatte ihn hundertmal geübt: das rhythmische Pochen mit den gershwinhaften Abwärtsläufen, gefolgt von einigen perkussiven Takten. Ich sah die Augen meines Vaters, die mich beobachteten. Ich dachte an den handschriftlichen Brief in seinem mit einer Zahlenkombination gesicherten Aktenkoffer. Er kommt mit allem davon, dachte ich. Dann starrte ich auf meine Hände. Sie flogen über die Tasten. Wer bewirkte das? Und dann passierte dasselbe wie bei der Klein-Sonate: Eine andere Kraft übernahm. Für zwei, drei Sekunden spielten meine Hände ganz von allein – ich sah nur zu. Es war ein verblüffender Anblick.

Und dann fiel alles in sich zusammen. Meine Hände bewegten sich über die Tastatur und schlugen falsche Töne an, als wäre ich ein blutiger Anfänger. Ich hatte keine Ahnung, wo wir waren. Im Publikum saßen fünfhundert Menschen. Ich versuchte, in Gedanken die richtige Stelle zu finden. Ich hatte dieses Konzert so oft geübt – ich hatte irgendwo eingesetzt und einfach weitergespielt. Aber es hatte keinen Zweck: Ich hatte die Orientierung verloren. Ich winkte dem Dirigenten. Er wirkte perplex. Seine Arme fuhren fort, sich zu bewegen, das Orchester spielte weiter.

»Stopp!«, rief ich. »Wir müssen noch mal von vorn anfangen!«

Und das taten wir dann. Der Dirigent hielt inne, das Orchester verstummte, und dann begannen wir noch einmal. Ich spielte die einleitenden Läufe. Scheiße, Scheiße, Scheiße, Scheiße, Scheiße. Passierte das hier wirklich? Es war jedermanns schlimmster Albtraum, und ausgerechnet ich musste ihn durchleben. Noch mal von vorn anfangen? Wer macht so was? Und wieso hatte ich dieses Konzert überhaupt spielen wollen? Während ich die Tasten anschlug, verdichtete sich eine weitere Sorge: Ich musste in Gedanken vorausgehen zu der Stelle, wo ich den Faden verloren hatte – während ich die richtigen Töne spielte, musste ich mich erinnern, was gleich kommen würde, doch ich hatte keine Ahnung. Nicht die leiseste.

Das ganze Publikum hatte mich scheitern sehen. Meine Tutoren hatten es gesehen. Wahrscheinlich befürchteten sie, dass ich erneut scheitern würde. Mir blieb nichts anderes übrig, als darauf zu vertrauen, dass meine Hände wussten, was sie zu tun hatten. Ich hatte bis zum Umfallen geübt. Ich kannte das Konzert in- und auswendig. Während die Stelle, an der ich den Blackout gehabt hatte, näher rückte, ließ ich innerlich los und hörte auf, mein Spiel zu kontrollieren. Ich hatte schon früher meinen Händen zugesehen. Ich dachte daran, wie ich geübt hatte: mal mit Metronom, mal ohne, mal rasend schnell, mal so langsam und bedächtig, wie ich konnte, ohne den Lebenswillen zu verlieren.

Während ich meinen Händen zusah, wie sie die richtigen Noten spielten, fasste ich einen Entschluss: Sollte ich abermals nicht wissen, wie es weiterging, würde ich einfach hinausrennen. Ja, das war der Plan! Ich würde an meinen Eltern und dem Provost, an meinen Großeltern und den Tutoren vorbeirennen und nicht mehr stehen bleiben. Sie würden mich suchen, aber nicht finden. Ich würde längst in Grantchester oder noch weiter entfernt sein. Ich stellte mir Salman Rushdie vor, der in einer nächtlichen Aktion auf dem Rücksitz eines Kleintransporters an einen sicheren Ort gebracht wurde. Jemand reichte ihm einen Becher heißen Kakao, und er starrte hinaus in den dunklen Himmel.

# HARRY SECOMBE

*Harry Secombe*

Dann entwarf ich einen Plan.
Um ihre Aufmerksamkeit zu erregen, zündete ich mich an.
Es funktionierte. Sie briet sich auf mir ein Spiegelei.

HARRY SECOMBE als NEDDIE TOULOUSE-LAUTREC
in *The Goon Show*

Gegen Ende meines Studiums in Cambridge starb meine Grandma Lotka. Während meines dritten Jahrs am College wurde sie im Northwick Park Hospital operiert. Man fand ein inoperables Krebsgeschwür in ihrer Bauchhöhle und gab ihr noch drei Monate. Ich fuhr in meinem Nissan Laurel nach London, um an ihrem Bett zu sitzen und ihre Hand zu halten, und genehmigte mir eine Zigarette und eine Schachtel Pfefferminzbonbons für den Hinweg und zehn Zigaretten für den Rückweg. Sie war tapfer, beklagte sich nie und machte Pläne für eine Zukunft, die sie, wie wir wussten, nicht hatte. Einmal wachte sie aus einem Tiefschlaf auf und erklärte: »Die Kanarischen Inseln – da würde ich nächsten Sommer gern hinfahren. Wir könnten doch alle zusammen fahren.«

Dann hörte sie auf zu essen.

»Aber sie muss doch essen!«, rief Grandpa Joẑka. »Wie soll man am Leben bleiben, wenn man nicht isst? Und dass sie die ganze Zeit im Bett liegt, ist auch nicht gut. Sie muss dagegen ankämpfen. Sie muss aufstehen!«

»Aber verstehst du denn nicht, Daddy? Sie kann nichts essen«, erklärte meine entnervte Mutter. »Ihr ist ständig übel. Und sie hat nicht die Energie, um aufzustehen. Sie hat Krebs.«

Verständnislos breitete er die Hände aus. Es leuchtete ihm nicht ein. Nachdem er ein paar Minuten lang geseufzt und die Stirn in Falten gelegt hatte, als würde er gezwungen, bei der Abwicklung eines ganz miesen Geschäfts zuzusehen, ging er hinaus. Er gab meiner Großmutter einen Kuss auf die Wange und sagte mit erhobenem Zeigefinger: »Bitte, *zlato*, du musst wenigstens *versuchen*, etwas zu essen.«

Als die Tür hinter ihm ins Schloss gefallen war, sagte meine Großmutter: »Wenn ihr das nächste Mal mit ihm sprecht, tut mir einen Gefallen. Sagt ihm, ich sei auf Rollschuhen nach Pinner gefahren und hätte eine Pizza gegessen.«

Ich donnerte mit hundertfünfzig Sachen nach Cambridge zurück, wo ich in einer Studentenkneipe die rasende Fahrt in einem Videospiel fortsetzte, bei dem man so schnell wie möglich quer durch Nordamerika fahren musste. Als meine Freunde sich einfanden, zogen wir zur Quiz-Maschine um und riefen die Antworten. Die anderen amüsierten sich, weil ich längst vergessene Doris-Day-Filme und Tony Curtis' richtigen Namen Bernard Schwartz kannte. Schon bald traten die fiependen Maschinen, die drei Monate, die meiner Großmutter blieben, und ihre weichen Hände in den Hintergrund. Ich war wieder in Cambridge und hatte Fugen zu komponieren und Joints zu drehen.

Die Wochen vergingen, und meine Großmutter verlor mehr und mehr an Gewicht. Der Krebs brachte ihre bislang verborgene Schönheit zur Geltung. Sie hatte noch nie so gut ausgesehen wie jetzt, da ihr Tod näher rückte. Sie schlief sehr viel, war aber, wenn sie wach war, oft so schwach, dass sie nicht sprechen konnte. Einmal, als ihr Blick verträumt in die Ferne ging, fragte meine Mutter sie: »Denkst du gerade an Leute von früher?«, und meinte damit natürlich die Schulfreunde, die Tanten und Onkel, die Cousinen und Cousins, die verschwunden gewesen waren, als meine Großeltern 1946 in die Tschechoslowakei zurückgekehrt waren. Grandma Lotka wandte den Kopf, sah meine Mutter an und nickte ernst.

Sie wurde im Krematorium des Friedhofs an der Hoop Lane eingeäschert. Bei der Trauerfeier wurde Smetanas *Má Vlast* gespielt, die musikalische Beschreibung des Weges, den der große böhmische Fluss Moldau zurücklegt. Beim Anblick ihres Sarges auf dem Podium war mir, als wäre sie heiliggesprochen worden. Im Tod hatte meine Großmutter einen neuen, Ehrfurcht gebietenden Status gewonnen. Ich ließ meine Erinnerungen an sie Revue passieren und betrachtete und bewertete die Person, die sie gewesen war, mit der Gründlichkeit eines Sammlers. Es erschien mir jetzt einleuchtend, dass der Wert des Autogramms einer berühmten Persönlichkeit stieg, sobald diese gestorben war: bei Miles Davis auf das Doppelte, bei Audrey Hepburn auf das Vierfache.

Mein Großvater machte bei der Trauerfeier eine seltsame Figur. Er weinte nicht – das war nicht seine Art. Laut meiner Mutter hatte er über das Schicksal seiner Eltern keine Träne vergossen. Und jetzt stand er, die Hände hinter dem Rücken, sehr formell da, als wäre Trauer eine demütigende Unannehmlichkeit, als wollte er zeigen, dass er seine Rolle als Witwer verstand und genau wusste, wie er sie zu spielen hatte. Aber natürlich konnte er es nicht wissen, ja nicht einmal ahnen.

Eine bunt gemischte Schar von Freunden meiner Großeltern war erschienen. Sie schüttelten den Kopf über diesen viel zu frühen Tod – einundsiebzig war doch kein Alter. Ich hatte das Gefühl, dass meine Großmutter der Leim gewesen war, der viele dieser Freundschaften zusammengehalten hatte. Eine Mrs Rotte war allein gekommen. Sie war den ganzen Weg von Bayswater mit dem Bus gefahren. Sie war es, die all die *vanilkové rohlíčky* gebacken, sie in Schuhkartons verpackt, mit Puderzucker bestäubt und die Lagen mit Seidenpapier getrennt hatte. Ich wusste, dass meine Großmutter das Gebäck hauptsächlich darum bei Mrs Rotte bestellt hatte, weil diese ihr leidgetan hatte; sie hatte ein schweres Leben gehabt und redete sehr viel. Jetzt stand diese Frau vor mir und suchte nach den richtigen Worten.

»Sie war eine nette Frau«, sagte sie schließlich mit schwerem tschechischem Akzent.

Das war das Berührendste, was ich an jenem Tag zu hören bekam.

\*

Der Tod meiner Großmutter machte mir zu schaffen, und meine wenigen verbleibenden Monate an der Uni bekamen etwas Hektisches. Es zeichnete sich ab, dass meine Familie mich in London erwartete, und so war ich entschlossen, die Freiheit, die ich noch besaß, nach Kräften auszukosten. Darum erschien es mir sinnvoll, drei Freundinnen gleichzeitig zu haben. Das Problem war, dass ich mich nicht entscheiden konnte. Ich wollte alle drei an mir teilhaben lassen; ich liebte alle drei mit der Leidenschaft eines Mannes, der dem Tod ins Auge geblickt hatte und leben wollte. Es endete damit, dass alle drei stinksauer auf mich waren und ich keine Freundin mehr hatte.

Ich veranstaltete meine Séancen. Ich rauchte meine Marlboro Lights. Ich streifte spätabends durch die Studentenkneipen und suchte Gesellschaft, doch die war schwer zu finden, denn alle außer mir bereiteten sich auf die Abschlussprüfungen vor. Es fühlte sich an, als wäre meine Studentenzeit beschnitten worden, als wäre mir aus heiterem Himmel etwas weggenommen worden – wie Grandma Lotka. Drei Jahre lang war ich überzeugt gewesen, auf einem Nebenfluss unterwegs zu einem großen Strom zu sein, nur um jetzt festzustellen, dass mich eine schroffe Steilküste erwartete.

Das Examen war ein Witz. Ein schlechter Witz. Ich lieh mir von Kommilitonen drei Aufsätze über Akustik und lernte sie auswendig. Ich hatte keine Ahnung von dem, was da stand, und schrieb es in der Prüfung einfach nieder. Die einzige Schwierigkeit bestand darin, den jeweiligen Aufsatz der richtigen Frage zuzuordnen. Des Weiteren musste ich unter Examensbedingungen – also ohne Klavier – eine Fuge komponieren. Jeder Prüfling bekam eine Melodie und musste innerhalb von zwei Stunden eine vierteilige Fuge daraus machen – eine so grässliche Folter, dass sie bestimmt im Kleingedruckten der Genfer Konvention aufgeführt war. Meine Komposition war so hässlich, dass sich sogar Arnold Schönberg im Grab umgedreht hätte, und er war immerhin derjenige, der die Zwölftonmusik erfunden hatte, bei der es sich im Grunde um Musik handelte, deren Missklang beabsichtigt war. Rachel kam nach Cambridge, um mir bei den Prüfungsvorbereitungen zu helfen. Sie blieb mit ihrem roten Mini unterwegs liegen, weil ihr das Benzin ausgegangen war, und musste an einer Tankstelle ihren Mantel als Pfand zurücklassen. Wir wurden wieder ein Liebespaar; sie zwang mich, die ganze Nacht alles über italienische Opern des 19. Jahrhunderts zu lernen.

»Nein, nein, nein – du meinst *Bellini!*«, korrigierte mich Rachel. »Das ist der mit den langen Melodien, bei denen die Musik so perfekt zum Text passt.«

»Ich dachte, das ist ein Cocktail.«

An dem Tag, an dem die Ergebnisse bekannt gegeben wurden, ging ich zum Prüfungsamt und kehrte einigermaßen ernüchtert in meine Studentenbude zurück: Ja, ich hatte bestanden – allerdings ohne Glanz und Gloria. Ich zündete mir eine Zigarette an und legte Prince' *The Most Beautiful Girl in the World* auf. Ich sah noch einmal aus meinem Fenster auf die King's Parade und dachte an Rachel und meine Großmutter. Damit war mein Studium an der Cambridge University also abgeschlossen. Und da mein Nissan Laurel den Geist aufgegeben hatte – exponentielle Selbstbeschleunigung auf über hundert Stundenkilometer hatte den Motor überfordert –, musste mein Vater mich mit dem Volvo abholen. Als wir die Innenstadt hinter uns ließen, fanden die drei Jahre, in denen ich Partys gefeiert, nicht gearbeitet, Quiz-Maschinen bedient, gelacht, geraucht, getrunken, Séancen veranstaltet und getanzt – getanzt! – hatte, ein abruptes Ende.

»Hab ich dir eigentlich schon den Witz von der jüdischen Hausfrau erzählt?«, fragte mein Vater, als wir in Richtung M11 fuhren. »Sie fragt ihren Mann: ›Sag mal, Schatz, fällt dir irgendwas an mir auf?‹«

»Den kenne ich schon, Dad.«

»›Hast du ein neues Kleid an?‹, fragt ihr Mann. ›Nein‹, sagt sie. ›Hast du dir die Nägel lackiert?‹«

»Ich kenne ihn schon«, unterbrach ich ihn. »Du hast ihn schon hundert Mal erzählt. Sie trägt eine Gasmaske.«

»Ja, stimmt. Du kennst ihn«, sagte mein Vater und schlug auf das Lenkrad. »Schade.«

*

Wieder in Pinner zu sein, war nicht leicht. Meine Eltern bewegten nach wie vor umeinander herum, allerdings mit größerer Distanz, als hätte sich mein Vater in einen jener Planeten verwandelt, die die Sonne in einem unfassbar großen Abstand umkreisen. Der Orbit meines Vaters bestand aus israelischem Volkstanz. Er nahm jetzt an »Marathons« teil, bei denen die ganze Nacht durchgetanzt wurde; außerdem gab es wöchentlich zwei Tanzabende, und für die beiden Sommercamps, zu denen er sich angemeldet hatte, musste er das ganze Jahr trainieren. Die Fotoalben, die diese Aktivitäten dokumentierten, waren stets in Reichweite.

»Ich bin in Trauer, Adrian«, sagte meine Mutter und schob ein verwackeltes Foto beiseite, auf dem ihr Mann mit angeklebtem chassidischem Bart auf Yitzchak Golans Schultern saß. »Glaubst du wirklich, ich will das sehen?«

»Tja, ich weiß nicht«, sagte er und lächelte gekränkt. »Manchmal tut ein bisschen Ablenkung ganz gut.«

»Ich will keine Ablenkung. Ich will trauern. Meine Mutter ist vor vier Monaten gestorben.«

*

Mit der Ehe meiner Eltern ging es weiter bergab, doch mein größtes Problem war jetzt, wie ich die Tatsache, dass ich täglich zwanzig Zigaretten rauchte, geheim halten sollte. Wenn meine Mutter es herausfand, würde sie mir Vorträge über Krebs halten. Sie würde sagen, dass sie bereits ihre Mutter an diese Krankheit verloren hatte, und dann würde sie die ganze Nacht nicht schlafen können und sich Sorgen machen. Ich versuchte, das Rauchen aufzugeben, doch es war hoffnungslos. Ich schrieb Sätze auf kleine Zettel, die ich mir in die Taschen steckte; wenn ich das Verlangen nach einer Zigarette hatte, zog ich einen davon hervor und las: »Zu meinem Bedauern muss ich Ihnen mitteilen, dass Sie Krebs im Endstadium haben«, oder: »Leider ist in Ihrem linken Lungenflügel ein Tumor von der Größe einer Aubergine.« Es half nicht. Ich brauchte eine Zigarette, um die schlechte Nachricht zu verarbeiten.

Ich liebte meine Mutter, doch wie sich herausstellte, liebte ich Nikotin noch mehr. Aber wie sollte ich diese Sucht verbergen? Meine Taktik war simpel: Ich erfand Treffen mit Freunden, die recht früh stattfanden, denn ich hatte festgestellt, dass ich bis etwa zwei Uhr nachmittags ohne Zigarette durchhalten konnte, ohne auszusehen wie einer, der Durchfall hat und vor einer besetzten Toilette steht. Dann ging ich in den Pub, rauchte fünf Zigaretten hintereinander und inhalierte so tief, als hinge mein ohnehin demnächst endendes Leben davon ab. Während ich auf den Abend wartete, widmete ich mich den Spielautomaten. Gewöhnlich hatte ich drei bis vier Stunden totzuschlagen, bis tatsächlich einer meiner Freunde auftauchte. Ich gab Geld aus. Ich verlor Geld. Ich löste das Konto auf, das ich nach meiner Bar Mitzwa eingerichtet hatte, und fing an, auch dieses Geld auszugeben, ohne zu wissen, warum. Die Kirschen auf der Walze des Spielautomaten huschten vorbei, und ich fragte mich, was jetzt werden sollte. Ich hatte kein Ziel, keinen Plan. Ich kannte den Geschmack der Freiheit nicht mehr. Jede Nacht war ich bis lange nach Mitternacht unterwegs. Ich wollte sicher sein, dass meine Mutter schon schlief.

Manchmal traf ich mich mit Rachel, aber meistens nicht. Ihre Eltern hatten jetzt Geldprobleme. Das Geschäft für Oberbekleidung, das sie zusammen betrieben hatten, war in Konkurs gegangen. Sie verkauften ihr Haus und wollten an die Küste ziehen. Ein lieber Studienfreund von Rachel hatte sich das Leben genommen, und das riss sie in einen Strudel der Traurigkeit. Sie wollte alles hinter sich lassen, nach Edinburgh ziehen, in einer Kunstgalerie arbeiten. In ihren Plänen war offenbar kein Platz für mich. So blieben mir fürs Erste nur Pubs, Zigaretten und Spielautomaten. Jede Nacht fuhr ich nach Hause, warf meine nach Zigarettenrauch stinkenden Kleider in einem Haufen auf den Boden und fiel in einen traumlosen Schlaf.

»Im Pub wird viel geraucht«, erklärte ich, wenn meine Mutter an meinen Sachen roch und das Gesicht verzog.

»Aber du rauchst nicht, oder?«

»Natürlich nicht.«

»Es freut mich, dass du dich amüsierst«, sagte sie, »aber du musst langsam anfangen, dir einen Job zu suchen.«

»Einen Job?«

Mir war bis dahin nicht bewusst gewesen, dass ich so etwas brauchte. Ich hatte mit dem Gedanken gespielt, Konzertpianist zu werden, doch dieser Traum war verblasst – dafür hatte Ravel gesorgt. Nachdem ich im zweiten Studienjahr ein Konzert mit indischer Musik in der King's College Chapel organisiert hatte, war mir die Idee gekommen, ich könnte »Impresario« werden. Das Konzert war ein großer Erfolg gewesen – schwirrende Sitarklänge und rasende Tablawirbel hatten von den Buntglasfenstern aus der Zeit Heinrichs VIII. widergehallt –, doch jetzt war ich wieder in Pinner, und diese Tätigkeit erschien mir wenig reizvoll. Das Problem war: Mir fiel nichts ein, das mir reizvoll erschienen wäre.

»Ich habe eine Idee«, sagte mein Vater. »Ich werde mal mit einer Klientin von mir sprechen. Sie organisiert sehr erfolgreich Konzerte. Vielleicht weiß sie jemanden, der helfen kann.«

Ich sah ihn an, als wäre er irgendein unbewegliches Objekt in meinem Blickfeld.

»Ja«, sagte ich. »Okay. Frag sie.«

*

Die Klientin meines Vaters schlug vor, ich solle mich mit einem Mann namens Richard Korda in Verbindung setzen, einem Musikmanager mit einem Büro in der Holloway Road. Er suchte offenbar jemanden im Zusammenhang mit einer Veranstaltung – eine Hommage an Ira Gershwin – in der Royal Albert Hall. Das Büro befand sich über einem Gemüseladen. Ich brauchte einige Zeit, um den richtigen Klingelknopf zu finden. Drinnen führte eine schmutzige Treppe zu einem kleinen Büro, an dessen Wänden zahlreiche gerahmte Ankündigungszettel und Plakate von West-End-Shows hingen, unter anderem die Originalplakate von *Cats* und *Aspects of Love*. Korda war ein dicker Mann mit Hosenträgern, der seine Zigaretten nur zur Hälfte rauchte und sie dann ausdrückte oder im Aschenbecher verqualmen ließ, als hätte ihm das irgendein Quacksalber geraten.

»Adam!«, rief er, als wären wir alte Freunde.

Sein Grinsen war beinahe so breit wie sein Bauch. Später erfuhr ich, dass er früher Gebrauchtwagen verkauft hatte.

»Was für ein Instrument spielen Sie?«

»Hauptsächlich Klavier. Eigentlich wollte ich Konzertpianist werden, aber dann hatte ich ein schreckliches Erlebnis, als ich mitten in einem Konzert in der King's Chapel nicht mehr wusste, wie es weiterging. Der schlimmste aller Albträume. Ich musste noch einmal von vorn anfangen. Im zweiten Anlauf war dann alles in Ordnung, aber ich weiß nicht, ob ich je noch mal …«

Korda wirkte verwirrt. »Also Keyboard?«, fragte er.

»Ja. Ich glaube, ich könnte auch Keyboard spielen. Klar.«

Ich dachte an das Casio-Ding, das mein Vater in der Wohnung meiner blinden Grandma Lily aufgebaut hatte, damit sie darauf spielen konnte. Ihre Interpretation von *Danny Boy* war legendär und klang wie die Musik eines Horrorfilms. Ich spürte einen kleinen, demütigenden Stich.

»Und Sie sind bereit, mein Mädchen für alles zu sein?«

Korda lehnte sich zurück und legte die Füße auf den Tisch. Ein paar Papiere gerieten durcheinander, und ein Stapel Broschüren rutschte vom Tisch.

»In dieser Branche fängt man ganz unten an und arbeitet sich hinauf. Das haben wir alle gemacht.«

»Klar«, sagte ich. »Ich bin dabei.«

»Ausgezeichnet. Aber Sie brauchen ein Handy. Haben Sie eins?«

»Äh, nein.«

»Dann besorgen Sie sich eins, Adam. Ich melde mich bei Ihnen.«

Was dann folgte, war eine wilde Jagd durch London im Honda meiner Mutter. Ich fühlte mich wie in *Der tolle Käfer in der Rallye Monte Carlo*. Ich war Kurier und verdiente fünfundsiebzig Pfund am Tag. Ich war ständig in Eile. Ich war tüchtig. Ich war verwirrt.

»Sie müssen in Stanmore ein paar Noten abholen«, rief Korda mir durchs Handy zu, »und sie – dafür werden Sie mich hassen – nach Balham bringen, okay?«

»Balham?« Ich fuhr rechts ran, um den Stadtplan zu konsultieren. »Klar. Kein Problem.«

In Stanmore öffnete sich eine Tür. Ein Mann drückte mir einen Stapel Noten in die Arme. In Balham öffnete sich eine andere Tür. Ich drückte die Noten einem anderen Mann in die Arme. Danach legte ich in einem Pub in Seven Sisters eine Pause ein und hatte gerade achtzig Pfund an einem Spielautomaten verloren, als das Handy wieder vibrierte.

»Könnten Sie mich in Angel abholen und zum Savoy bringen? Ich muss dort Lorna Luft abholen.«

»Klar.«

Und da war sie, Judy Garlands Tochter, und diskutierte auf dem Rücksitz über die Tonart für *The Man That Got Away*.

»F ist zu hoch, Richard. Ich bin schließlich keine Sopranistin.«

»Welche möchtest du denn, Lorna?«, sagte Korda, der sich neben sie gequetscht hatte, und zog an seiner Zigarre. »Sag einfach. Such's dir aus. Willst du G? Oder wie wär's mit H?«

»Ich glaube, D wäre gut«, sagte Luft und sah hinaus auf den Verkehr.

»Na, dann also D«, sagte Korda und schlug sich auf den Schenkel, als wäre D ein Ort, wo wir uns jetzt ein feudales Abendessen genehmigen würden.

*

Die Hommage an Ira Gershwin kam und ging, und mein Handy hörte auf zu vibrieren. Was nun? Korda hatte einen anderen Job für mich: ein Weihnachtsprogramm mit Harry Secombe im Oxford Playhouse. Für die Abendvorstellung wurde ein Keyboardspieler gebraucht – hundert Pfund. Ich erinnerte mich an *The Goon Show*, eine Radiosendung aus den Fünfzigerjahren, in der Secombe mitgespielt hatte. Mein Vater ließ Aufnahmen davon im Volvo laufen: drei Männer, die schrien und kreischten und über ihre eigenen Witze lachten. Ich hatte Secombe auch in der Fernsehserie *Highways* gesehen, wo er vor versammelten Schafhirten opernhaft aufgeblasene Kirchenlieder zum Besten gegeben hatte. Urks. Tja, das würde ich wohl hinkriegen.

Ich sollte zur Matinee erscheinen, mich neben den Keyboardspieler setzen, ihm zusehen und mich mit dem Ablauf vertraut machen, damit ich am Abend einspringen konnte. Leider kam es anders. Am Tag der Vorstellung ging ich in Pinner erst einmal in einen Pub und verlor an einem Spielautomaten hundertfünfzig Pfund – meine Spielsucht war mittlerweile schlimmer als das Rauchen. Dann machte ich mich auf den Weg nach Oxford, doch auf der M40 gab es eine Baustelle, und so brauchte ich drei Stunden. Als ich endlich dort eintraf, war die Matinee längst beendet, und die Musiker saßen im Aufenthaltsraum. Mir blieb eine Viertelstunde, um mir die Noten anzusehen.

Die Abendvorstellung begann, und ich verlor schon im ersten Takt den Faden. Das Tempo war gewaltig. Ich gab nicht auf, rumpelte durch das erste Stück, spielte vom Blatt – ausgerechnet ich! – und schlug in die Tasten, als wären es die eines Spielautomaten. Harry Secombe stand auf der Bühne und begeisterte seine Fans mit alten, abgedroschenen Witzen. Was für ein Albtraum!, dachte ich. Ich versuchte, die Noten im Blick zu behalten. Das war nicht so schwer, nur hatte ich sie noch nie im Leben gesehen. An den Rändern war markiert, wo ich die Klangfarbe des Keyboards wechseln sollte – »#44« oder »#131« –, doch das ignorierte ich und versuchte einfach, nicht auf der Strecke zu bleiben. Und dann bemerkte ich, dass die anderen Musiker nach und nach verstummten. Was war hier los? Ich hatte noch jede Menge Noten. Auf einmal war ich der Einzige, der noch spielte – der Einzige! Ich spielte, und Secombe sang. Wir vollführten einen eigenen *pas de deux*. Ich war unsicher, kriegte es aber so gerade eben hin. Eine Randnotiz verlangte Schlittenglöckchen, doch damit konnte ich nicht dienen. Secombe bemerkte das Fehlen des Klangeffekts. Ich sah die Schweißperlen auf seiner Stirn, als er in den Orchestergraben spähte. Wer zum Teufel spielte das Keyboard? Jedenfalls nicht der übliche Typ.

Nach der Vorstellung blieb ich noch ein wenig hinter der Bühne. Der Dirigent verzog das Gesicht. Er trug einen roten Bart und hatte eine Haarsträhne über seine Halbglatze gekämmt. Er wirkte stocksauer und rief später Korda an, um sich zu beschweren. Und Secombe? Früher hätte ich gewartet und ihn um ein Autogramm gebeten. Eigentlich war ich noch immer in Versuchung. Doch dann hörte ich, dass jemand nach Secombe fragte.

»Er fühlt sich nicht gut«, sagte der Dirigent und erdolchte mich mit einem Blick. »Er ist in seiner Garderobe und ruht sich aus.«

Ich stellte mir vor, wie Secombe sich, Tränen in den Augen, bei seinem Manager beklagte: »Nicht ein einziges Scheiß-Schlittenglöckchen!«, bevor er noch eine Paracetamol einwarf.

Gedemütigt kehrte ich nach Pinner zurück. Meine Mutter war allein zu Hause – mein Vater war bei einem Volkstanzabend. Ich rannte hinauf ins Bad, um mir die Zähne zu putzen, zu duschen, den Tabakgeruch abzuwaschen und mich wieder in einen guten Sohn zu verwandeln. Dann erzählte ich ihr, wie es gelaufen war. Sie lachte; zum ersten Mal, seit Grandma Lotka gestorben war, lachte sie laut. »Oh, wie schrecklich!«, rief sie, doch ich merkte, wie sehr sie sich über meine Respektlosigkeit amüsierte: der abgehalfterte Komiker Secombe und sein neuer Keyboardspieler, der erst im Stau stecken blieb und dann vom Blatt spielen musste. »Das ist wirklich komisch«, sagte sie, »sehr komisch. Ich konnte Harry Secombe nie leiden. Seine Witze sind grässlich.«

Ich rauchte zum Fenster hinaus, bereit, mich zu ducken, sollte der Volvo meines Vaters auftauchen, doch er tauchte nicht auf. Es wurde elf – um diese Zeit kehrte er normalerweise von seinen Tanzabenden zurück –, es wurde zwölf, und er war noch immer nicht da. Um halb eins schließlich fuhr sein Wagen in die Einfahrt. Ich lag im Bett und lauschte dem Wortwechsel meiner Eltern. Mein Vater erklärte, ihm sei das Benzin ausgegangen, kein Tropfen mehr im Tank, zum allerersten Mal. Er habe anderthalb Kilometer laufen müssen, um an einer Tankstelle einen Kanister zu kaufen. Ich schloss die Augen und schüttelte den Kopf.

Am nächsten Morgen weckte mich das Radio mit einem Song von Billie Holiday. Ihre Stimme war erfüllt von ihrer tiefen Ergebenheit in ein schlimmes Schicksal:

*Good morning heartache,*
*Thought we said goodbye last night.*

# BEISSER

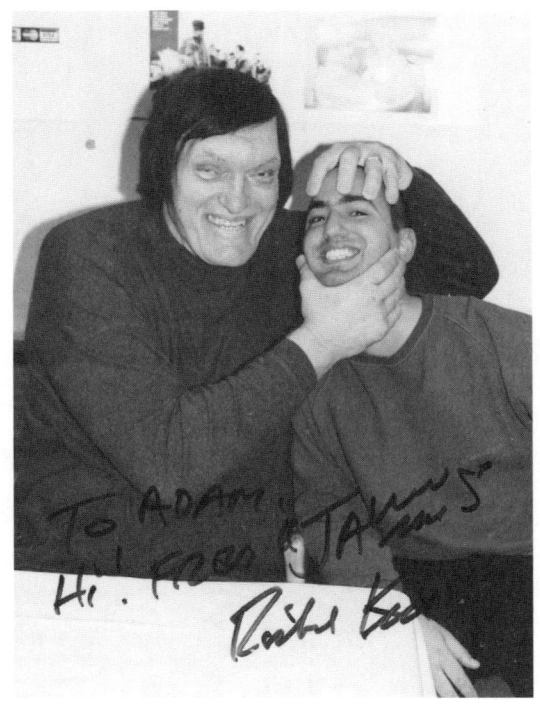

Einmal ein Bond-Fan,
immer ein Bond-Fan.

RICHARD KIEL

Ich fuhr auf den Parkplatz des Landquist Hotels, nicht weit von Heathrow. Mein Schädel war rasiert wie der eines Sträflings, aus den Lautsprechern dröhnte *Notorious B.I.G.*, und auf dem Rücksitz rutschten Plastiktüten voller Autogramme hin und her. Ich fuhr jetzt Grandma Lotkas schnittigen Honda Civic, und das Ding war verdammt schnell. Mit diesem Wagen war sie nach Brent Cross gefahren, wenn ihr Mann mal wieder schlechte Laune gehabt hatte. Von null auf hundert in acht Sekunden: *Zu schnell für dich, zlato!*

Ich trug meine Tüten in die schicke, viel zu große Lobby, wo eine Täfelung aus Holzimitat und Lüster aus Kristallimitat eine Atmosphäre von Glanz und Opulenz verbreiteten. Abreisende Gäste standen gähnend am Empfang oder saßen neben ihrem gestapelten Gepäck am Eingang mit der riesigen Schiebetür. Wenn ich mich nicht sehr täuschte, war der Mann, der vor mir in der Schlange stand, der Astronom Patrick Moore. Und der Typ mit dem kantigen Gesicht und der aufgemalten Sonnenbräune, der sich an der Rezeption über einen Luftschacht beschwerte, musste George Lazenby sein, der Mann, der in dem einzigen Bond-Film, den ich nicht gesehen hatte, James Bond gespielt hatte.

*

Mein Ausflug ins Showbusiness war vorbei. Keine breit grinsenden Männer, kein Mädchen für alles, keine Schlittenglöckchen. Auch den Spielautomaten und ihren bunten Lügen hatte ich den Rücken gekehrt. Ich wollte nicht mehr verlieren. Ich hatte beschlossen, den Handel mit Autogrammen zum Beruf zu machen, jedenfalls fürs Erste, bis ich wusste, was ich eigentlich werden wollte. Es war leicht verdientes Geld – ich kannte eine Menge Sammler, die mir ihre Wunschlisten schickten –, und es ersparte mir, für jemand anderen zu arbeiten. Ich war jetzt Händler, wollte Geld verdienen, suchte nach Schnäppchen und schlug zu, wenn die Gelegenheit günstig war.

Eine solche bot sich im Auktionshaus Bonhams: Das Lebenswerk eines Sammlers namens Lionel wurde als Einzellos angeboten: Autogramme aus der Zeit zwischen den 1930er- und den 1980er-Jahren, von Charlie Chaplin bis Harrison Ford. Offenbar hatte dieser Mann sein ganzes Leben damit verbracht, vor Hotels und Bühneneingängen zu warten. Mein Großvater erbot sich, mir das nötige Startkapital von zehntausend Pfund zu leihen.

»Aber du musst es mir zurückzahlen«, sagte er mit Nachdruck, hob warnend den Finger und sah mich über den Küchentisch hinweg durchdringend an.

»Aber natürlich, Grandpa. Sobald ich kann.«

»Gut. Schulden sind immer schlecht. Weißt du, an wen du mich erinnerst? An mich selbst als jungen Mann. Ich war Unternehmer, genau wie du! Ich habe angefangen, indem ich schwarz Devisen gewechselt habe. Später habe ich mich auf Goldbarren verlegt, aber das war der reinste Albtraum. Ich musste für eine Weile untertauchen – eine lange Geschichte. Aber was ich nicht verstehe, ist, warum Leute Geld für eine Unterschrift ausgeben. Das ist doch kein Kunstobjekt, da geht es nicht um irgendein besonderes Können – es ist bloß eine Unterschrift auf einem Stück Papier. Unglaublich.«

Die Küchenuhr tickte. Sonst war kein Laut zu hören.

»Es ist so still hier«, klagte er.

Er schüttelte den Kopf und sah mir tief in die Augen, als hätte ich die Macht, an seiner Situation etwas zu ändern. Ich stellte mir vor, wie er vor vielen Jahren, nach dem Krieg, als er in London eine Firma hatte eröffnen wollen und einen Kredit gebraucht hatte, in die Augen irgendwelcher Banker geblickt hatte.

Alles, was mir einfiel, war: »Ich weiß, Grandpa. Aber du hältst dich gut.«

»Findest du?« Er lachte bitter und lehnte sich zurück. Dann beugte er sich wieder vor und faltete die Hände. »An diese Stille kann ich mich nicht gewöhnen. Und an die Einsamkeit auch nicht.«

Was den Kredit betraf, hatte meine Mutter anfangs kein gutes Gefühl.

»Mein Vater ist sehr kompliziert«, sagte sie. »Und sehr jähzornig. Als ich ein Kind war, wurde er manchmal so wütend, dass er ganz rot im Gesicht wurde und keuchend an der Spüle stand. Ich dachte, er würde einen Herzanfall bekommen. Und er erzählt, dass er mich, als ich ganz klein war, geschlagen hat, weil ich ins Bett meiner Eltern wollte. Er sagt, er hat mich geschlagen, bis ich eingeschlafen bin – um mir eine Lektion zu erteilen. Kannst du dir das vorstellen? Ich war erst zwei. Ich mag gar nicht daran denken. Und einmal, viel später, hat er bei einem Streit einen Karton mit Geschirr nach deinem Vater geworfen. Ich will damit nur sagen: Er ist niemand, mit dem du dich anlegen solltest.«

»Aber das will ich doch gar nicht, Mum. Grandpa will mir nur helfen. Ich werde ihm das Geld ganz schnell zurückzahlen.«

»Sei vorsichtig«, sagte sie und hatte einen besorgten Zug um den Mund.

Ich kaufte die Sammlung, nahm die Alben – es waren Dutzende – auseinander und steckte die Autogramme, jedes mit einem individuellen Preis versehen, in Präsentationsmappen. Bald hatte ich durch Verkäufe an Händler an der Strand und am Cecil Court, einer Seitenstraße der Charing Cross Road, wo es viele Antiquariate gab, mehrere Tausend Pfund eingenommen und konnte einen Teil des Kredits zurückzahlen.

»Aber willst du denn nicht ein paar behalten?«, fragte mein Vater und blätterte in den Mappen. Bei den Marx Brothers hielt er inne und setzte sein trauriges Stan-Laurel-Gesicht auf.

Ich hatte mit Sentimentalitäten nichts im Sinn. »Kann ich mir nicht leisten«, sagte ich. »Ich bin jetzt Händler.«

»Zu schade, Doobs. Es sind ein paar wirklich schöne Exemplare dabei.«

Ich richtete eine sehr schlichte Website – eigentlich nur eine unbebilderte Liste meiner Autogramme – und meine erste E-Mail-Adresse ein. Dann schaltete ich Anzeigen in *The Inkwell*, verbrachte den ganzen Tag auf eBay und wartete darauf, dass mein Telefon läutete. Das Faxgerät war eine echte Entdeckung: Ich konnte Autogramme fotokopieren und an Interessenten faxen. Manchmal, wenn ich in Eile war, schob ich ein Original ins Faxgerät und hoffte, dass es da drinnen nicht zerrissen wurde. Im Übrigen wühlte ich mich durch Auktionskataloge. Manchmal dauerte es Minuten, bis eine Seite geladen war: Die kleineren Abbildungen erblühten unvermittelt wie Blumen, während die größeren ruckend und Pixel für Pixel erschienen, bis schließlich das soundsovielte Foto von Leonardo DiCaprio mit gefälschter Unterschrift zu erkennen war.

Mein altes Zimmer in Pinner war mein Büro, doch ich wohnte jetzt mit Rachel zusammen. Wir hatten eine möblierte Wohnung in Harlesden gemietet. Der Umbau des Hauses, in dem sie lag, war einigermaßen schiefgegangen, daher war der Grundriss chaotisch. Außerdem lagen viel zu viele Teppiche herum, der Flur nahm eine große Fläche ein, und es gab ein Stück Treppe, das nirgendwohin führte. Wir rauchten. Wir tranken billigen Wein. Wir saugten Staub. Wir kochten Gerichte, die unsere Mütter gekocht hatten. Wenn wir genug hatten von Spaghetti Bolognese, gingen wir zu *Starburger* am heruntergekommenen Ende der Hauptstraße oder zu der chinesischen Imbissbude an der Ecke, wo man mit anderen ängstlichen Kunden auf das Essen wartete, das in großen Woks herumgewirbelt wurde. Die Abende verbrachten wir mit Freunden in Pubs, wo wir über unsere Vermieter herzogen und über Themen sprachen wie: »Und wer macht bei euch den Abwasch?« Und irgendeiner zog dann zehn Pfund hervor und bezahlte.

Jetzt, da wir Erwachsensein spielten, bekamen diese Geldscheine eine andere Bedeutung und waren nicht mehr das Monopolygeld von einst. Säumige Mieter wurden auf die Straße gesetzt und von Gerichten verurteilt. Ohne Geld keine Burger. Doch wir ertrugen diesen neuen finanziellen Druck mit Gleichmut. Wir waren arm, ja, aber wir hatten Stil: Wir surften elegant auf dem See der Armut und sonnten uns an seinem Ufer. Wir waren jung. Wir waren die Zukunft. Rachel bekam einen Job als Kunstlehrerin an einer Grundschule und begann nebenher eine Ausbildung zur Psychotherapeutin. Ich fuhr jeden Morgen nach Pinner, setzte mich in mein altes Zimmer und wartete darauf, dass sich Amerikaner meldeten, die ein Stück beschriebenes Papier haben wollten. Abends waren wir wieder zusammen und lachten darüber.

Meine Anzeigen brachten mir eine Handvoll Stammkunden ein. Roberta Hernandez zum Beispiel, eine Frau aus New York, interessierte sich für Schauspieler und Schauspielerinnen, die sich das Leben genommen hatten, jung an einer Überdosis gestorben oder so kurz berühmt gewesen waren, dass sie praktisch die Einzige war, die sie gekannt hatte. Ich erhielt regelmäßig Anrufe aus Telefonzellen in Manhattan, bei denen sie mich aufgeregt fragte, was es Neues gebe.

»Tja, lassen Sie mich nachdenken … Ich hätte da ein seltenes Autogramm von Belinda Lee.«

»Belinda wer?«

»Britische Schauspielerin, mit fünfunddreißig bei einem Autounfall ums Leben gekommen. Es ist einem Mann namens Lionel zugeeignet.«

»Das will ich haben«, sagte Roberta. »Legen Sie es für mich beiseite. Haben Sie auch eine Lottie Pickford? Sie war die jüngere Schwester von Mary. Herzanfall mit dreiundvierzig.«

Und dann war da Raymond Funamoto aus Hawaii, der Autogramme von Schauspielern sammelte, die in einem der *Carry-On*-Filme mitgespielt hatten.

»Ich suche dringend einen handschriftlichen Brief von Charles Hawtrey«, erklärte er und kämpfte tapfer mit den Fünf-Sekunden-Verzögerungen.

Es gab eine Frau, die in einem Leuchtturm am Lake Ontario lebte und hundertdreizehn gerahmte, signierte Fotos von Laurence Olivier besaß; es gab eine Frau in Michigan, die gar nicht mehr aufhörte zu reden und ein unstillbares Verlangen nach Autogrammen von Shirley Temple hatte; es gab einen Texaner, der regelmäßig anrief und sich mit ausgesuchter Höflichkeit nach Autogrammen von »erfolglosen Präsidentschaftskandidaten« erkundigte.

*

Die Autogramm-Messe fand in zwei Sälen statt: In dem einen waren die Stände der Händler aufgebaut, im anderen präsentierten sich die eingeladenen Berühmtheiten, die auf ihren Tischen eine Auswahl großformatiger, unsignierter Fotos ausgebreitet hatten. Darauf waren sie auf dem Höhepunkt ihrer Karriere zu sehen, in ihren bekanntesten Rollen, mit ihren bekanntesten Filmpartnern, als sie in aller Munde gewesen waren. Man konnte sich eins aussuchen und für einen Betrag zwischen zehn und fünfundzwanzig Pfund – je nachdem, wie »groß« sie gewesen waren – signieren lassen. Patrick Moore kostete zehn, George Lazenby zwanzig. Für den Fall, dass man sich mit einer Berühmtheit fotografieren lassen wollte, stand ein Fotograf bereit. Zwei Stunden später hielt man einen Abzug in den Händen, der dann signiert werden konnte.

Die berühmten Menschen saßen zusammengesunken auf ihren Stühlen – mürrisch, alt und meist kaum wiederzuerkennen. Ich musste volle fünf Sekunden nachdenken, bevor ich die Frau in mittleren Jahren, die mit eingefallenen Wangen und einem weißen Halstuch dasaß, als meine erste Liebe

Margot Kidder identifizierte, die Frau, die Lois Lane gespielt hatte. Wenn ich ein Auge zukniff, war es vorstellbar, dass der kleinwüchsige Schauspieler, der auf seinen mit einem Schottenkaro bezogenen Stuhl kletterte, einst ein Ewok gewesen war. Der riesige Richard Kiel allerdings, der in James-Bond-Filmen den Beißer gespielt hatte, war unverkennbar. Der zwei Meter zwanzig große Mann schritt gemessen und ohne zu lächeln – ein Golem –, durch die Halle. Er hatte einen geometrischen Haarschnitt, der seine Zähne zur Geltung brachte. Ich betrachtete ihn beklommen und dachte daran, wie er in *Moonraker* beim Biss ins Kabel des Cable Cars das Gesicht verzogen hatte. Ich dachte an die ungebremste Wut, die Beißer auf Kommando abrufen konnte, an sein unverhohlenes Entzücken, wenn er Gelegenheit hatte, jemanden umzubringen.

Ich setzte mich an meinen Platz im Saal der Händler, wo auf etwa fünfzig Tischen Präsentationsmappen voller Autogramme ausgestellt waren. Den Blick auf diese Tische – und den Unterleib der dahinter Sitzenden – gerichtet, schlenderten die Sammler durch die Gänge und begutachteten das Angebot.

»Ich habe einen besseren Sean Connery als den da«, begann einer von ihnen das Gespräch und zeigte auf mein großformatiges Standfoto aus *Medicine Man*. »Meins ist aus *Goldfinger*. Er liegt auf dem Tisch, und der Laserstrahl kriecht zwischen seinen Beinen hoch. Die Unterschrift steht auf dem hellen Teil des Fotos. Gert Fröbe hat auch unterschrieben – Sie wissen schon: der Typ, der Goldfinger gespielt hat. Was meinen Sie, was das wert ist?« Zum ersten Mal hob er den Blick, richtete ihn aber auf eine Stelle hinter mir.

»Ich weiß nicht. Dreihundert Pfund vielleicht.«

»Würde ich auch sagen. Ich hab hundert bezahlt.« Er lachte leise in sich hinein und fuhr fort, in meiner Mappe zu blättern.

Mein alter Brieffreund Darren Pendle schaute vorbei. Ich hatte ihn nie persönlich kennengelernt. Er war dünn und unsicher und hatte ein angespanntes Lächeln, das – wie seine

Hose – etwas zu hoch saß. Er sagte nicht viel, sondern legte stattdessen die Hand ans Kinn, und nach der Begrüßung hatten wir einander nicht mehr viel zu sagen. »Hübsche Hepburn«, bemerkte er schließlich.

Auch Movie Guy tauchte auf. Er hielt sich nicht mit Höflichkeiten auf, sondern zog aus seinem Aktenköfferchen ein Foto von Bela Lugosi hervor, das ihn als Dracula mit gebleckten Zähnen zeigte, bereit, zuzubeißen. Es war mit blutroter Tinte signiert. Er hielt es sich vor die Brust.

»Das habe ich gerade gekauft. Was hältst du davon?«

»Sieht authentisch aus«, sagte ich. »In den Fünfzigerjahren, als er in London aufgetreten ist, hat Lugosi oft in Rot signiert.«

»Ausgezeichnet. Mal sehen, was *du* so hast.«

Ich warf einen Blick auf meine ausgestellten Autogramme. Was hätte ich noch vor ein paar Jahren für einige davon gegeben! Ich dachte an die Schecks und Geldscheine in meiner Tasche – als ich das letzte Mal gezählt hatte, waren es achthundertfünfzig Pfund gewesen. Unsere wöchentliche Miete betrug zweihundertfünfzig. Ich freute mich, doch zugleich kam mir das Ganze irgendwie zu leicht vor – es erforderte kein Können. Die Bemerkung meines Großvaters, Autogramme seien keine Kunst, fiel mir ein. Außerdem war ich jetzt kein Sammler mehr. Ich hatte das dunkle Gefühl, dass ich von einer früheren Version meiner selbst profitierte und gewissermaßen mein eigenes Blut saugte. Nicht gerade eine Million Kilometer entfernt von der Gemütsverfassung, in der sich Margot Kidder vermutlich befand, die nebenan das Bild signierte, auf dem sie, Sehnsucht im Blick, die Hand ausgestreckt, mit Superman durch die Luft zischte.

Am Abend war in der Bar eine Menge los. Ich trank ein Bier und hörte zu, während vier andere Händler sich über die guten Geschäfte unterhielten, die sie gemacht hatten. Es hatte ein Dinner mit Prominenten gegeben, das ich mir nicht hatte leisten können – die Teilnahme hätte mich fünfundsiebzig Pfund gekostet –, und nun wurden Anekdoten zum Besten gegeben: Irgendjemand hatte Liz Fraser deftige Witze erzählt, jemand anders hatte dem betrunkenen Ewok ein Gratis-Autogramm abgeluchst, und wieder ein anderer hatte mit George Lazenby einen heftigen Wortwechsel über die Bond-Filme gehabt, für die dieser sich nicht hatte unter Vertrag nehmen lassen. Sig Bernstein gesellte sich zu uns und kommentierte alles, was gesagt wurde, mit einem schiefen Lächeln und einem Kopfschütteln.

Rachel rief mich auf dem Handy an, was mir Gelegenheit gab, ein paar Runden durch die Hotellobby zu drehen und ihr von der Messe zu erzählen.

»Ich weiß nicht, wie ich es beschreiben soll«, sagte ich. »Nur damit du einen Eindruck kriegst: Lois Lane ist in der Bar und plaudert mit Darth Vader.«

»Aber du hast einiges verkauft – das ist doch prima«, sagte sie.

Ich dachte daran, meinen Vater anzurufen und ihm von meinem Erfolg zu berichten, aber er würde nur fragen, was ich verkauft hatte, und seufzend sagen: »Ach, wie schade.« Also rief ich meinen Großvater an. Er würde angemessen erfreut sein.

Und so war es auch. »Mein Enkel, der Senkrechtstarter«, sagte er lachend. »Du bist genau wie ich in deinem Alter: ein echter Geschäftsmann.«

»Danke, Grandpa.«

»Aber hör auf mich«, sagte er streng. »Gib das Geld nicht für nutzloses Zeug aus.«

»Auf keinen Fall, Grandpa«, versicherte ich ihm beschwichtigend und dachte an das Bier in meiner anderen Hand und die Schachtel Marlboro Lights in meiner Tasche. Ich fragte mich, was er wohl tun würde, wenn er davon wüsste. Würde er rot anlaufen und das Gesicht verzerren? Und was würde er mir wohl an den Kopf werfen?

»Sobald das Geld auf meinem Konto ist, gebe ich dir einen Scheck«, fügte ich eifrig hinzu. »Ich will meine Schulden bezahlen.«

»Sehr gut. Das ist die richtige Einstellung. Schulden sind immer schlecht.«

Ich erwachte früh genug für das Frühstücksbüfett, das im Preis des Zimmers inbegriffen war. Die anderen Händler und Sammler waren bereits da. Movie Guy nippte an einem Glas Champagner und vertilgte ein großes Omelett. Darren Pendle stand am Durchlauftoaster. Ich häufte Rührei und fast kalten gebratenen Speck auf meinen Teller und setzte mich zu meinen Kollegen. Sig Bernstein saß neben mir und verschlang einen Räucherhering.

»Den hier kannte ich schon, als er noch ein Junge war«, sagte er zu den anderen und feixte. »Er kam mit seinem Vater zum Postkartenmarkt und hatte sein Album dabei. Lauter Sekretariats-Autogramme. Traurig.«

»Na ja, damals hatte ich gerade erst angefangen zu sammeln«, sagte ich und sah in die Runde. »Ich wusste nicht, dass es so was wie Sekretariats-Autogramme gibt. Ich war ja noch ein Junge.«

»Das bist du immer noch«, sagte Bernstein und lachte gemein. »Er hatte alle Fälschungen, die man sich nur vorstellen kann.«

Ja, mach mich nur fertig, dachte ich.

»Der übelste Neil-Armstrong-Autopen, den ich je gesehen habe«, fuhr Bernstein fort. »Ein Clint Eastwood, bei dem einem die Tränen kamen. Ein Laurence Olivier, der von seiner Tochter stammte, und ein gedruckter Sinatra. Tat mir richtig leid, der Kleine.«

Die anderen machten große Augen und ermunterten Bernstein feixend, mehr davon zu erzählen. Diese Leute sind keine Händler, dachte ich. Sie sind Sammler, sie sind wie mein Vater. Ich gehörte nicht zu ihnen, ich war nur hier, um Geld zu verdienen. Dann fiel mein Blick in eine Ecke des Speisesaals: Richard Kiel, der Zwei-Meter-zwanzig-Mann, saß ganz allein an einem Tisch und aß friedlich eine kleine Portion von etwas, das wie dürre Zweige aussah – irgendeine Art von Müsli.

»Leute, seht euch den Beißer an«, sagte Darren Pendle und

wurde plötzlich lebhaft. »Genau so hat er in *Der Spion, der mich liebte* ausgesehen, als Barbara Bach ihm die Pistole unter die Nase gehalten hat. Wenn Blicke töten könnten! Ob Patrick Moore ihn mal wieder geärgert hat?« Er lachte kraftlos, und die anderen fielen ein.

»Vielleicht sieht er einfach immer so aus«, sagte Movie Guy und schüttelte sich vor Lachen.

Während des restlichen Tages behielt ich den riesigen Ex-Schauspieler im Auge. Was in seinem Saal passierte, fand ich deutlich interessanter als das, was sich bei den Händlern tat. Am späten Vormittag saß er in einem extragroßen Rollstuhl – wie es hieß, hatte er brüchige Rückenwirbel. Er tat mir leid, und ich fragte mich, was für ein Gefühl es wohl war, bei allen möglichen Autogramm-Messen aufzutreten, wo es den Leuten die Sprache verschlug, wenn er erschien und sie sahen, wie groß er war. Ich nahm an, das war es, woran er dachte, als ich ihn zur Mittagszeit durch die Hotelhalle fahren sah; wenn die Leute ihm eilig Platz machten, spielte ein leises Lächeln um seine Lippen.

Am Nachmittag saß Kiel wieder an seinem Tisch, blass, aber munter. Ich konnte nicht mehr widerstehen und ging zu ihm. Am Vorhang hinter ihm war ein VISA-Schild aus Kunststoff befestigt.

»Hallo«, sagte ich.

Der Riese kaute Kaugummi. Er sah mich aus leblosen Augen an, als überlegte er, wie er mich am besten umbringen könnte. Vielleicht, indem er meinen Kopf in den Durchlauftoaster steckte?

»Schwarz-Weiß-Fotos kosten fünfzehn«, sagte er. »Für zwanzig können Sie sich ein Farbfoto aussuchen.« Er wies auf verschiedene Bilder aus früheren Jahren, die ihn in gewalttätigen Posen zeigten.

Doch ich wollte nicht den Beißer von früher, sondern Kiel, wie er jetzt war, mit Warzen und so weiter.

»Könnte jemand ein Foto von uns beiden machen, und Sie signieren es später?«

»Klar«, sagte er, ohne die Miene zu verziehen. »Das macht dann zwanzig.«

Ich zog meine Brieftasche hervor und bemerkte, dass er sie unverwandt ansah. Ich reichte seinem Assistenten meine Visa-Karte.

»Wir nehmen die Pose, die allen am besten gefällt«, sagte er. »Das geht so.«

Er packte meinen Kopf mit seinen riesigen Händen; die eine umfasste meine Schädeldecke, die andere mein Kinn, als wollte er mich zerquetschen. Während sein Assistent die Kreditkarte ins Gerät legte – ich hörte den Schlitten hin und her fahren –, verzogen Beißer und ich unsere Gesichter zu einem breiten, routinierten Grinsen.

# MARILYN

*Marilyn Monroe*

Man hat es ständig mit dem Unbewussten
der Menschen zu tun.

MARILYN MONROE
*(Norma Jeane Mortenson)*

Als ich in meinem Büro den Hörer abnahm, hörte ich ein Krächzen.

»Schnupfen«, erklärte eine dünne Stimme. »Hier ist Ray von der Postkarten-Messe. Ich bin ein Freund Ihres Vaters. Er hat mir Ihre Nummer gegeben.«

Ich erinnerte mich an ihn aus meiner Teenagerzeit: ein eher kleiner Händler mit weißem Haar – vorn kurz, hinten lang –, der seinen Stand in derselben Reihe gehabt hatte wie Sig Bernstein. Er hatte seine Sachen – alte Theaterzettel, Plakate, Schulbücher aus dem Krieg – aus Umzugskartons gekramt und sie in einem dicken Stapel auf die Verkaufstheke gelegt. Dann hatte er dagestanden und sich am Kopf gekratzt, als würde er sich fragen, wie er eigentlich hier gelandet war.

»Ich habe ein Album mit einem Autogramm von Marilyn Monroe«, sagte er jetzt, »und dachte, Sie sind vielleicht interessiert.«

Interessiert? Die Monroe stand auf der Wunschliste eines jeden Autogrammsammlers.

»Ist die Schrift rot?« Ich stellte die Frage wie ein Internist, der einen Patienten nach typischen Symptomen fragte. Rote Tinte hieß Sekretariats-Autogramm, rote Tinte hieß gefälscht. Gewöhnlich sah man sie auf Fotos, eine ordentliche, geschwungene Schrift: »Love and kisses, Marilyn Monroe.« Die echte Unterschrift sah ganz anders aus: intelligent, unleserlich, in rasender Geschwindigkeit hingeschrieben, wobei die Neigung der Buchstaben mindestens zweimal wechselte.

»Nein, ich glaube nicht. Moment, ich sehe mal nach. Bin gleich wieder da.«

Es rumpelte. Der Hörer wurde abgelegt. Eine Frau rief etwas. Dann ein Hustenanfall – es klang, als würde ein Gürtel in einem Wäschetrockner herumgewirbelt.

»Da bin ich wieder«, sagte Ray. »Die Schrift ist schwarz.«

»Das ist schon mal gut. Und was haben Sie sich preislich vorgestellt?«

Ein tiefer Seufzer.

»Ich weiß nicht«, sagte Ray. »Ich hatte gehofft, Sie würden es mir sagen.«

»Hmm. Das kann ich erst, wenn ich das Autogramm gesehen habe«, sagte ich, um professionelle Nüchternheit bemüht.

»Na, dann kommen Sie und sehen Sie sich's an. Ich würde sagen, es ist mindestens ein paar Hundert wert.«

Nicht schlecht. Ein echtes Autogramm von Marilyn war tausend Pfund wert. Ich kannte jede Menge verrückter Amerikaner, die bereit waren, für eine Marilyn dicke Dollarbündel hinzulegen. Selbst Movie Guy würde sieben- oder achthundert Pfund dafür bezahlen.

»Tja, das klingt vernünftig. Wo finde ich Sie? Ich könnte noch heute vorbeikommen.«

»Noch heute? Gut. Ich hab nichts weiter vor.«

»Und wo wohnen Sie, Ray?«

»In Penge.«

»Also Süd-London?«

Ray lachte heiser. »Könnte man sagen.«


Ich war an diesem Tag schon von Harlesden nach Pinner gefahren; jetzt musste ich also von Pinner nach Penge, und zwar auf dem wenig bekannten Pilgerweg.

Auf der M25 war Stau. Man trommelte mit den Fingern auf dem Lenkrad. Die Informationstafeln zeigten entmutigende Zahlen. Doch Marilyns Gesicht lockte: geöffnete Lippen, ein angedeutetes Augenzwinkern. Ich erinnerte mich an die wenigen wirklich guten signierten Fotos, die von Auktionshäusern wie Christie's oder Bonhams angeboten worden waren: Marilyn gähnend im Negligé oder das von Cecil Beaton, auf dem sie in weißer Tinte unterschrieben hatte. Entweder hatte dieser

Asiate mit dem engen T-Shirt den längeren Atem gehabt, oder Bernstein hatte ganz hinten, neben der Tür, gestanden und mir keine Chance gelassen, oder irgendein Amerikaner hatte mich telefonisch überboten. Jedes Mal hatte ein anderer sie mir entrissen.

Was war das Besondere an Marilyn? Warum wollte jeder sie haben? Wohl nicht wegen ihrer Schauspielkunst. Nicht wegen ihrer Schönheit. Es hatte eher mit ihrer Auffassungsgabe zu tun. Ich hatte einmal ein Interview mit ihr gehört und gespürt, dass unter der Oberfläche ein verblüffender Scharfsinn war, ein tiefes Verständnis ihrer eigenen Komplexität. Und da war noch etwas anderes, etwas überaus Reizvolles: Man hatte das deutliche Gefühl, dass man Marilyn nicht festhalten konnte, ganz gleich, wie sehr man sich bemühte – stets entschlüpfte sie einem.

*

Mein Vater war ausgezogen. Jemand hatte meiner Mutter von einer Frau bei den Volkstanzabenden erzählt; mit ihr übe er jeden Donnerstagabend die Paartänze, wobei er ihr tief in die Augen sehe, und anschließend fahre er sie zu ihrer Wohnung in Highgate. Meine Mutter hatte ihn sofort aufgefordert, auszuziehen und gründlich nachzudenken. Sie begannen eine Paartherapie. Meine Schwester war noch immer in Durham und arbeitete als Rechtsberaterin für Asylbewerber, daher konnten wir uns nur telefonisch austauschen. Wir waren erschüttert: Was wir befürchtet hatten, war schließlich eingetreten, doch wir konnten nur hilflos zusehen.

Meine Mutter war ständig verweint. Sie hatte ihre Mutter verloren, ihre Kinder waren aus dem Haus, und jetzt dies. Im Grunde aber war es nur das letzte Stück der Kurve, die den zwanzig Jahre währenden Abstieg meines Vaters in die Torheit nachzeichnete: seine übermäßig enge Bindung an seine Mutter, seine Arbeitswut, sein pathologisches Bedürfnis, sich als Chassid zu verkleiden, seine Besessenheit vom Holocaust. In diese Fallstudie floss rückblickend nun auch seine Leidenschaft für israelischen Volkstanz als Einstiegsdroge in die eheliche Untreue ein.

»Das war der Punkt, an dem ich zum ersten Mal den Eindruck hatte, er ist verrückt«, sagte meine Mutter. Sie saß in Pinner am Küchentisch, tippte sich an die Wange und verdrehte die Augen wie Hercule Poirot. »Besessen. All diese Sketche, die er aufführen musste, nur um beachtet zu werden.«

»Ich weiß nicht«, sagte ich. »Ich glaube, es hat schon früher angefangen.« Ich faltete die Hände und tippte die Daumen aneinander. »Denk doch an Paris, als Ruth und ich noch klein waren: wie er durch das Picasso-Museum gelaufen ist und die ganze Zeit die Videokamera vor dem Gesicht hatte.«

»Ja«, sagte meine Mutter und schüttelte müde den Kopf über dieses zusätzliche Indiz. »Du hast recht, ich erinnere mich. Aber dass er zu *so etwas* imstande ist, hätte ich nicht gedacht.«

Tatsächlich? Ich war eigentlich nicht so überrascht. Aber ich hatte ihr ja auch nicht von dem Brief der Frau aus Amsterdam erzählt, weil ich sie hatte beschützen wollen. Ich nahm die Hand meiner Mutter. Wir seufzten im Chor.

»Weißt du, woran ich immer denken muss?«, sagte Mum. »Es ist albern, aber ich erinnere mich immer an die Zeit, als Grandma Lotka mich in ein Sommerlager gebracht hat. Damals war ich höchstens acht oder neun. Sie fuhr mit mir zu irgendeinem Ort auf dem Land und ließ mich dort zurück. Kannst du dir das vorstellen? Ich habe meine Mutter überall gesucht, aber sie war schon wieder fort – unterwegs nach Hause. Wahrscheinlich hat sie gedacht, es sei das Richtige. Ich weiß nicht.« Ein abwesender Blick trat in ihre Augen, und es war, als würde meine Mutter in einen Abgrund starren, der ihre gesamte Ehe umspannte und bis in meine Kindheit oder noch weiter zurück reichte. Wieder hatte ich das alte Gefühl, ich müsste meine Mutter retten, ich müsste sie bewahren vor dem, was dort unten lauerte. Ich war inzwischen zweiundzwanzig und wusste um das meiste davon: mein Vater, der ein Fehlgriff war, ihre jugendliche Naivität, ihr dominanter Vater, der unermessliches Leid zu beklagen hatte, ihre Mutter, die nur versucht hatte zu überleben, und natürlich der schreckliche Verlust – die Verwandten, die keine Gräber hatten und einen grässlichen Tod gestorben waren.

»Alles in Ordnung, Mum? Du siehst traurig aus.«

»Ja, mein Schatz, alles in Ordnung. Ich glaube, ich bin es nur leid, immer alles verstehen zu wollen.«

Mein Vater packte seine Sachen und fand ein Apartment gegenüber der Moschee am Regent's Park. Es gab ein Schlafsofa, einen Resopaltisch, einen Stuhl und einen Blick auf den Eingang der Moschee.

»Könnte schlimmer sein«, sagte er und lehnte sich mit hinter dem Kopf verschränkten Händen auf dem Sofa zurück. »Die Lage ist gut – ich kann zu Fuß zum Büro gehen. Zu Grandma Lily ist es allerdings ein bisschen weit, das ist nicht sehr praktisch. Wobei mir einfällt: In ein paar Minuten muss ich sie anrufen. Mir ist klar, dass das alles für dich sehr seltsam sein muss, Doobs.«

»Könnte man sagen. Seltsam ist gar kein Ausdruck. Es ist furchtbar.«

»Ja, Doobs – wir wollen hoffen, dass deine Mutter und ich die Dinge in der Paartherapie wieder ins Reine bringen können. Das ist die Hoffnung. Es gibt vieles, das ausgesprochen werden muss, nicht nur von deiner Mutter, sondern auch von mir. Dinge, die du nicht unbedingt zu wissen brauchst – sie ist immerhin deine Mutter, das verstehe ich ja –, die ich ihr gegenüber aber einmal aussprechen muss. Zum Beispiel, dass ich unter großem Druck von Grandma Lily stehe und deine Mutter mir nie etwas davon abgenommen hat.«

»Sie hat doch all die Au-pair-Mädchen organisiert, oder nicht?«

»Ja, das stimmt. Aber sie könnte sie doch hin und wieder mal anrufen. Das wäre eine große Hilfe. Aber ich verstehe natürlich, dass sie das nicht will. Sie kommt mit meiner Mutter nicht gut zurecht. Sie findet sie sehr schwierig.«

»Das liegt wahrscheinlich daran, dass es nicht *ihre* Mutter ist.«

»Ich weiß, Doobs, ich weiß. Und ganz nebenbei: Das ist nicht der Grund für diese Situation, ganz und gar nicht. Aber es ist eines der Dinge, die in letzter Zeit nicht gerade ideal gelaufen sind. Und ganz ehrlich: Diese Frau, die ich bei den israelischen Volkstanzabenden kennengelernt habe, war nur jemand, mit dem ich reden konnte, denn ich habe mich schon lange sehr allein gefühlt. Ich war nicht ich selbst. Und keine Sorge: Es ist nichts passiert, falls du das denkst. Ich bin ein verheirateter Mann. Selbstverständlich hat nichts Unschickliches stattgefunden. Aber deine Mutter und ich müssen einiges klären. Wir waren schon eine ganze Weile nicht sehr glücklich. Ich muss jetzt ein bisschen darüber nachdenken, was ich wirklich will. Nur ein bisschen. Mal sehen, was passiert.«

Mal sehen, was passiert? Tja, da hatte ich wohl nicht viel mitzureden. Und er musste darüber nachdenken, was *er* wollte? Wann hatte er je an etwas anderes gedacht? In dem, was mein Vater sagte, hörte ich die Stimme seines Therapeuten – irgendeinen Trottel, der ihm sagte, er müsse sich selbst finden. Meine Diagnose lautete: Das Problem war nicht, was mein Vater wollte oder brauchte, sondern was meine Mutter nie bekommen hatte, jedenfalls nicht von ihm: Verständnis! Er hatte ihr Geschenke und Komplimente gemacht, er hatte sie schön gefunden und ihr Selbstwertgefühl gehoben, aber hatte er je versucht, sie zu verstehen?

»Jedenfalls hoffe ich, dass es ihr gut geht«, sagte er. »Sie ist sicher froh, dass du dich ein bisschen um sie kümmerst. Ach, ich fühle mich schrecklich bei dieser ganzen Sache. Für mich ist es auch nicht leicht, musst du wissen. Ich liebe sie noch immer. Das hat nie aufgehört.«

Er blinzelte und ließ den Kopf auf die Rückenlehne des Sofas sinken. In dieser Pose verharrte er für ein paar Sekunden, dann sah er auf die Uhr und sagte: »Wollen wir mal sehen, was es im Fernsehen gibt?«

*

Ich traf mich jeden Abend mit Freunden und schlief noch, wenn Rachel morgens zur Arbeit ging. Meist sahen wir uns nur beim Abendessen, und dann war ich auch schon wieder weg.

»Es ist erstaunlich, wie sehr Menschen das Muster ihrer Eltern wiederholen«, sagte sie eines Abends und meinte damit die Patienten, die sie im Rahmen ihrer Ausbildung zur Psychotherapeutin behandelte. »Selbst wenn es das ist, was sie auf jeden Fall vermeiden wollen. Anscheinend ist der Wiederholungszwang überaus stark.«

»Ich würde gern darüber reden, aber ich bin spät dran«, sagte ich knapp, als wäre es mein Verhalten, auf das sie anspielte.

»Na, dann viel Spaß«, sagte sie, verärgert über meine Unfreundlichkeit.

Als ich im Honda davonfuhr, fragte ich mich, ob ich so war wie mein Vater. War ich unaufmerksam, nachlässig, egozentrisch, betrügerisch und möglicherweise verrückt? Ich verspürte Schuldgefühle, wenn ich daran dachte. Konnte ich etwas dagegen tun? Konnte ich damit aufhören? Wie tief war dieses Verhalten in mir verwurzelt? Ich dachte an das King's College, wo niemand je von Eltern oder tradierten Mustern gesprochen hatte. Damals hatte ich nie weiter als sechs Stunden vorausdenken müssen, jetzt dagegen erstreckte sich der ganze Rest meines Lebens vor mir wie eine dieser langen, leeren Schnellstraßen in Arizona.

Ich rauchte mit meinem Freund David einen Joint. Wir lachten, gingen chinesisch essen und sprachen über wichtige Dinge wie Entenbrust in Pfannkuchenteig oder die Gemütsverfassung unseres Obers. Dann besuchten wir ein Konzert: Modern Jazz im Vortex Club. Ein Raum voll wütender Augen, und meine Füße wollten den Rhythmus klopfen, konnten es aber nicht, denn die Musik war im Sieben-Achtel-Takt, oder war es ein

Elf-Achtel-Takt? Rachel tauchte in meinen Gedanken auf, und ich fragte mich, ob sie wohl schon schlief und warum ich nicht bei ihr war. Nach dem Konzert sprachen David und ich im Wagen über Gott und Tod und Bewusstsein.

»Wir sind wie Marionetten«, sagte ich, »und das Leben atmet durch uns. Oder nein, nicht wie Marionetten – eher wie Lampen, und das Leben fließt durch uns wie Strom, bis er irgendwann versiegt.«

Ich kam um drei Uhr morgens nach Hause. An das Gespräch mit Rachel konnte ich mich nur verschwommen erinnern, doch als ich die Augen schloss, hatte ich es wieder undeutlich im Ohr und verspürte das Bedürfnis, Rachel auf die Schulter zu küssen und ihr zu sagen, dass ich sie liebe.

»Was ist los?«, fragte sie, wandte sich zu mir und sah mich mit einem wissenden Blick an.

»Nichts.«

»Ist irgendwas passiert? Ist alles in Ordnung?«

»Mir geht's gut. Ich wollte dir nur sagen, dass ich dich liebe.«

»Ich liebe dich auch. Aber jetzt schlaf. Hör auf, dir Sorgen zu machen.«

Ich schloss die Augen und versuchte, einen Gedanken zu finden, in den ich mich fallen lassen konnte, doch es kam nur der an meine Eltern: Meine Mutter lag allein in dem Doppelbett in Pinner, und mein Vater war in seinem Apartment am Regent's Park. Allein? Ich war mir nicht sicher. Schließlich sank ich in Schlaf.

*

Ich beschloss, eine Therapie zu beginnen, und fand einen australischen Psychotherapeuten, der um die Ecke wohnte. Er war heiter und konzentriert. In seinem Regal standen die richtigen Bücher über Depression und Tod und Verzweiflung, und er hatte immer einen guten Witz auf Lager. Mir gefiel die Vorstellung, intime Gespräche mit einem Fremden zu führen und ihm die verschiedenen Persönlichkeiten in meiner Familie zu präsentieren, als wären sie Figuren in einem Puppentheater – ich schob sie herum und positionierte sie auf einer imaginären Bühne. Wenn wir aufhörten, über sie zu reden, konnten wir eine Weile über mich reden. Ich wollte meinen Therapeuten zum Lachen bringen. Ich wollte sein Lieblingspatient sein.

Dann ging es ans Eingemachte. Ich fühlte mich festgefahren, depressiv und schuldig – auch wenn ich nicht wusste, weswegen –, und ich wollte in meinem Leben zwar Großes vollbringen, doch mehr als das wusste ich darüber nicht zu sagen. Ich hatte anscheinend ein Problem damit, »ich selbst zu werden« und »mich zu etwas berechtigt zu fühlen«, weil damit verbunden war, dass ich andere verließ. Hauptsächlich meine Mutter. Und jetzt, da sie tatsächlich von meinem Vater verlassen worden war, fühlte ich mich umso mehr für sie verantwortlich, obwohl ich wusste, dass ich ihr nicht geben konnte, was sie brauchte.

»Sie wollen sie also retten?«, fragte der Australier und sah mir tief in die Augen.

»Na ja, ich war immer derjenige, mit dem sie reden konnte«, erklärte ich. »Ich bin derjenige, der sie kennt. Und ausgerechnet jetzt, wo ich mein eigenes Leben beginnen will, braucht sie mich mehr denn je.«

»Sind Sie sicher?«, fragte er. »Sie sagen, dass Sie sie kennen und wissen, was sie braucht. Aber Sie kennen sie als ihr Sohn – nicht als ihr Mann.«

»Ja. Ich verstehe, was Sie meinen.«

Ich lachte, doch mein Therapeut lachte nicht. Er wusste, dass er auf etwas gestoßen war.

»Und mal angenommen, Sie könnten sie tatsächlich retten«, fuhr er fort, »was sehr fraglich ist: Ist das wirklich Ihre Aufgabe?«

Ich dachte einen Moment nach und sagte dann: »Ich weiß nicht. Vielleicht nicht.«

»Und jetzt kommt die größere Frage.« Er hob die Hände und beugte sich vor. »Würden Sie das wirklich wollen?«

*

Ray stand in der Tür zu seiner Wohnung in Penge. Er trug ein weißes Netzhemd, hellblaue Shorts und einen offenen rosaroten Morgenmantel mit Pelzbesatz.

»Sie haben's geschafft«, bemerkte er.

Die Wohnung war ein einziges Durcheinander. Überall lag Zeug herum – DVDs, Unterwäsche, Playstation-Controller, Handtaschen, Haarpflegemittel, Zeitungen –, als hätte jemand einen der Umzugskartons ausgeleert, mit denen Ray zu den Messen fuhr.

»Viel Verkehr auf der M25«, sagte ich. »Ich hab zwei Stunden gebraucht.«

»Ja, kann ich mir vorstellen«, sagte er und nickte kaum merklich. »Da ist das Album.« Er wies mit dem Kinn auf einen mit allerlei Sachen übersäten Esstisch und behielt die Hände in den Taschen seines rosaroten Morgenmantels.

Auf dem Tisch, neben einem alten verschnörkelten Teeservice – die Tassen standen umgekehrt auf den Untertassen – und verschiedenen chinesischen Bauernfigürchen, lag ein Autogrammalbum aus den Fünfzigerjahren.

Ich überblätterte die üblichen Sinnsprüche von Schulfreundinnen der ehemaligen Besitzerin. »Wie des Bächleins Quelle, silberhell und rein, so sollen auch die Tage Deines Lebens sein – für die liebe Jackie von Carole xxx.« Es folgten Autogramme von Adam Faiths, Tommy Trinder und Dickie Henderson, die nichts wert waren. Ich blätterte und blätterte, bis ich zu der fraglichen Seite kam. Dort stand in krakeliger, mit Kugelschreiber geschriebener Schrift: »FÜR JACKIE, MIT HERZLICHEN GRÜSSEN, MARILYIN MONROE.« Rays Werk? Ich war mir nicht sicher, hatte aber einen gewissen Verdacht.

»Nicht gut?«, fragte Ray und lächelte verschämt, als er meinen Gesichtsausdruck sah.

Ich dachte an die zweistündige Rückfahrt und die verschwendete Zeit. Ich dachte an all die Rückfahrten von Auktionen bei Christie's und Bonhams, bei denen ich in meiner Mappe eine Margaret Rutherford oder eine Diana Dors gehabt hatte – aber nie eine Marilyn. Wie es schien, fuhr ich nie mit Marilyn nach Hause.

»Sieht nicht wie ihr Autogramm aus«, knurrte ich. »Nicht mal ihr Name ist richtig geschrieben.«

»Ach, tut mir leid«, sagte Ray. »Ich dachte, sie wäre echt.«

»Tut mir leid«, sagte er noch einmal, als er in der Tür stand und winkte. »Und viele Grüße an Ihren Vater.«

*

Eines Sonntags erwachte ich morgens und stellte fest, dass im Fernsehen noch einmal die Hochzeit von Charles und Diana gezeigt wurde. Wie seltsam. Dann stellte sich heraus, dass in einem Tunnel in Paris etwas Schlimmes passiert war. Wie war das möglich? Ausgerechnet sie. Allerdings war in letzter Zeit einiges außer Kontrolle geraten, oder? Gab es nicht einen neuen Mann an ihrer Seite? War sie nicht mit Mohamed Al-Fayeds Sohn auf einer Jacht gesehen worden? Da war das Interview gewesen, bei dem sie mit Rehaugen in die Kamera geblickt hatte. Sie hatte sich als schön *und* vielschichtig erwiesen, und wie mutig war es gewesen, zur besten Sendezeit auszupacken? Dann kam der Gedanke: Wenn alle gewusst hatten, wie unglücklich sie war, warum hatte niemand etwas dagegen unternommen? Aber nein – wir hatten lieber die Artikel in der Boulevardpresse gelesen. Und jetzt war das ganze Land am Boden zerstört. Wie es schien, kämpften alle mit ihren Schuldgefühlen. Elton John fühlte sich so schlecht, dass er sein *Candle in the Wind* umschrieb.

Mein Telefon hörte nicht auf zu läuten. Die Amerikaner wollten jetzt nicht mehr Marilyn, sondern Diana. Was konnte ich liefern? Schließlich erhielt ich einen Anruf von einem von Dianas Chauffeuren. Er hatte eine Weihnachtskarte mit ihrer Unterschrift, von der er sich für tausend Pfund trennen wollte. Das Geschäft wurde abgeschlossen. Ich verkaufte die Karte für dreitausend Pfund; ein paar Tage zuvor wäre sie dreihundert Pfund wert gewesen. Was ist an ihr eigentlich dran?, fragte ich mich, als ich im Fernsehen die Menschenmassen sah, die den Hendon Way säumten, um einen Blick auf den Trauerzug zu erhaschen. Sie hatte wohl erst sterben müssen, damit uns bewusst wurde, wie sehr wir sie geliebt hatten: die Prinzessin der Herzen. Ich jedenfalls wusste, wie sehr ich sie liebte, mehr denn je. Es war die bis dahin größte Summe, die ich für ein Autogramm bekommen hatte.

In den Nachrichten sah man den Kensington Palace, wo viele Menschen Kränze niederlegten, Taschentücher zückten, den Kopf schüttelten, Fotos machten. Die Kamera fuhr zurück und zeigte die ganze Szenerie: Vor dem Palasttor lag ein großer, glänzender Berg aus Blumensträußen, jeder Einzelne in Zellophan verpackt.

# ELVIS

*Elvis Presley* (signature)

Ich habe in meinem ganzen Leben
keinen einzigen Song geschrieben.
Es ist alles ein großer Schwindel.

ELVIS PRESLEY

Rachel und ich waren dreiundzwanzig. Wir schafften es, eine Zwei-Zimmer-Wohnung in Willesden Green zu kaufen: eine winzige Anzahlung und eine gewaltige tilgungsfreie Hypothek. Die Wohnung hatte hohe Decken und eine rustikale Küche, ein kleiner Garten gehörte ebenfalls dazu. Über uns wohnte ein Ehepaar; er war Zahnarzt, sie seine Helferin. Er war auffallend klein, sie war auffallend groß. Sie luden uns erst in ein griechisches Restaurant in der Nachbarschaft und später in ein anderes, weiter entferntes griechisches Restaurant ein, wo zwischen den Gängen griechische Volkstänze getanzt wurden. Nebenan wohnten drei unglückliche Kinder, deren Namen sich reimten, und ihre Eltern, die ständig auf sie einschrien.

Wir zogen mit unseren Matratzen und zwei Katzen ein, und meine neue Kreditkarte gestattete es uns, nach und nach ein paar Möbel anzuschaffen. Die Wände blieben fürs Erste kahl, denn wir wussten nicht, womit wir sie dekorieren sollten.

Ich richtete mein Büro in dem zweiten Zimmer ein und schaltete das Telefon abends stumm, damit die Amerikaner uns nicht störten. Als jüngster Autogrammhändler weit und breit machte ich großen Eindruck. Ein junger Typ wie ich mit einem enzyklopädischen Wissen über die goldenen Zeiten des Kinos kam gut an. Auch als Gutachter machte ich mir einen Namen. Man war beeindruckt von meinem Faktenwissen. So wusste ich zum Beispiel, dass John Lennon 1963 stets einen Kugelschreiber mit roter Mine dabeigehabt hatte oder dass Mahatma Gandhi 1931 wegen Schmerzen im rechten Daumen mit der linken Hand geschrieben hatte.

Ich entwickelte auch ein Gefühl für die Zueignungen berühmter Menschen, für die Größe ihrer Unterschrift und die Art der Positionierung. Der Trick bestand darin, die Handschrift genau zu studieren und mir vorzustellen, ich selbst sei diese Berühmtheit. Wenn es mir gelang, mich in das Wesen dieser Person einzufühlen, konnte ich spüren, ob die Unterschrift echt war – jedenfalls war ich mir recht sicher. Ich fragte mich: Würde Andy Warhol so auffallend künstlerisch signieren? Würde er seine Unterschrift genau auf Maos Gesicht platzieren? Nach meiner Auffassung nicht. Und dann gab es da noch die offensichtlichen Indizien, die auf eine Fälschung hindeuteten: Der Schriftzug war zu langsam geschrieben, er wirkte zu schal und leblos, der Stift hatte zu oft abgesetzt.

Nach sechs Monaten nahm unsere Wohnung Gestalt an. An den Wochenenden stöberten Rachel und ich in dem billigen Möbelgeschäft nebenan oder bei Heal's in der Tottenham Court Road. Wir kehrten mit in Taiwan hergestellten Vitrinen zurück, in denen wir Muscheln ausstellten, die wir als Kinder gesammelt hatten. Oder wir kauften buntes Geschirr, das uns animierte, Rezepte aus dem Nahen Osten auszuprobieren. Das Faxgerät zirpte. Die Einnahmen aus eBay-Geschäften flossen. Die Wände blieben kahl.

Und dann zündete mein Vater die Bombe. Er rief an, um eine »aufregende« Nachricht zu verkünden: Er hatte beschlossen, eine eigene Wohnung zu kaufen, einen Steinwurf vom Hampstead Heath entfernt, mit einem großen Garten. Ein tolles Angebot. Eine Investition!

»Das Schlimmste war, dass wir auf die Straße gesetzt wurden – hab ich dir das erzählt?«

Das fragte er, als er in der Küche seiner neuen Souterrainwohnung verschwand.

»Nimmst du Zucker, Doobs? Ich hab's vergessen.«

»Nicht mehr, seit ich acht war«, antwortete ich.

Jetzt, da er außer Sicht war, konnte ich die Wohnung ungeniert in Augenschein nehmen. Ich erhob mich halb, um einen

Blick auf das Doppelbett im angrenzenden Schlafzimmer zu werfen, setzte mich wieder und musterte die frisch aufgepolsterten Sofas, die golden schimmernden Lampen, den Couchtisch von Heal's. Auf dem Kaminsims drängten sich Bilder, es war ein regelrechter Schrein: körnige alte Fotos von Leuten, die ich nicht kannte, Grandma Lily in allen möglichen Phasen ihres Lebens, mein Vater bei seiner Bar Mitzwa, ich bei meiner, verschiedene Schnappschüsse von meinem Vater in späteren Jahren, verkleidet und auf irgendeiner Bühne, wo er seine Fans bei einer Volkstanzveranstaltung unterhielt. An den Wänden hingen zahlreiche gerahmte Bilder, die er aus unserem Haus in Pinner mitgenommen hatte und die meine Mutter, wie ich wusste, nie hatte leiden können: Kitsch, nachkolorierte Fotos von Synagogen, ein drastischer Beryl-Cook-Druck, der zwei fette Frauen mit hochhackigen Schuhen zeigte, eine schlichte, in Tusche ausgeführte Karikatur zweier betender Chassidim. Und ein neues, rätselhaftes Bild: ein großes Schwarz-Weiß-Foto einer verschneiten Landschaft im Bundesstaat New York. Wie passte das in diese Sammlung? Stellte mein Vater sich etwa vor, er sei eine Art James Stewart in *Ist das Leben nicht schön?*, der Gott um eine zweite Chance bat?

Ihm war sehr daran gelegen, mir zu versichern, der Kauf dieser Wohnung bedeute keineswegs, dass er nicht daran arbeite, die Beziehung mit meiner Mutter ins Lot zu bringen. Weit gefehlt! Aber es sei doch unsinnig, Miete für das Apartment am Regent's Park zu bezahlen. Hinausgeworfenes Geld. Vielleicht – wer konnte das schon wissen? – werde meine Mutter irgendwann hier einziehen. Vielleicht werde er in unser Haus in Pinner zurückkehren – auch dies eine Möglichkeit, die man nicht ausschließen könne.

Er kam mit zwei Bechern aus der Küche, setzte sich auf das Sofa mir gegenüber und sah aus wie ein Student, der eine Vorlesung schwänzte.

»Als die Miete erhöht wurde, konnten meine Eltern sie

nicht mehr bezahlen«, fuhr er fort, »und so hat man uns rausgeschmissen. Das Einzige, was sie sich leisten konnten, war eine Wohnung in einem baufälligen Abbruchhaus. Die Küchentür war eigentlich bloß eine Klappe, die zu einer Treppe führte, und oben gab es zwei kleine Zimmer – eins für meine Eltern, das andere für meine Großmutter. Es gab nur ein Außenklo, und um dorthin zu kommen, musste man um das ganze Haus herumgehen. Im Winter war das schrecklich, denn mein Vater hatte Parkinson und konnte nicht mehr gut laufen. Ein paar Mal ist er gestürzt. Furchtbar. Mein Zimmer lag neben der Küche. Es war der einzige Raum, in dem man einen Fernseher aufstellen konnte, darum diente es der ganzen Familie als Wohnzimmer. Meine Eltern und meine Großmutter saßen immer auf meinem Bett, wenn auch nicht alle zur selben Zeit. Meine Großmutter hat meinen Vater gehasst und ihn immer einen Nichtsnutz genannt. Wenn er in Hörweite war, hat sie auf Jiddisch gezischt: ›Er soll Krebs kriegen und sterben‹, oder: ›Du hast was Besseres verdient, Lily.‹ Solche Sachen eben. Und meine Mutter hat mitgemacht – die beiden hatten sich gegen ihn verschworen. Nachts haben meine Eltern sich furchtbar gestritten. Ich bin zu ihnen ins Bett gekrochen und habe mich zwischen sie gelegt, damit sie aufhörten. Meine Mutter war regelrecht bösartig. Sie hatte lange Fingernägel, mit denen sie ihn gekratzt hat. Aber das Schlimmste war die Überschwemmung. Als ich eines Tages von der Schule nach Hause kam, war die ganze Decke heruntergefallen. Mein Zimmer war voll Wasser, es stand bis zur Oberkante meiner Matratze. Die Familienfotos in meinem Schrank, Erinnerungen an glücklichere Zeiten, schwammen herum – zerstört.«

»Fotos?«

Für einen Moment fragte ich mich, welche Fotos genau eigentlich zerstört waren. Ich dachte an die drei, vier Fotos von seinem Vater, die ich kannte. Vielleicht waren es die einzigen, die es noch gab.

»Nicht lange danach musste mein Vater ins Krankenhaus, und dort ist er dann auch gestorben. Das war ein großer Schock für mich. Er hatte eine Lungenentzündung, aber ich hätte nie gedacht, dass er sterben würde. Ich war gerade neunzehn geworden.«

»Ich weiß«, sagte ich. »Du Armer.«

In diesem Moment fiel es mir schwer, ihm diese Wohnung, dieses seltsame neue Leben und die Chance auf eine zweite Jugend zu missgönnen. Und dennoch nagte es an mir, denn schließlich hatte er ja immer schon diese »traurige Kindheit«, diesen schwierigen Start ins Leben, als Entschuldigung gehabt. Immer hatte er dieses Ass im Ärmel gehabt. Und dass er ausgerechnet jetzt mit dieser Geschichte über die Zwangsräumung und die Überschwemmung kam – war das ein Versuch, mich zu manipulieren und von meiner Wut abzulenken? Vielleicht tat er es nicht bewusst, aber da waren wir nun: Sein Sohn besuchte ihn in seinem neuen Junggesellennest, die Mutter dieses Sohns saß allein in Pinner, und worüber sprachen wir? Nicht über das, was hier anlag, sondern über Überschwemmungen, tote Väter und Mütter mit spitzen Fingernägeln. Was blieb mir anderes übrig, als ihn zu bemitleiden?

»Damals konnte ich mir so was wie das hier gar nicht vorstellen«, sagte er und lächelte mit zuckenden Mundwinkeln in sich hinein. Mit »das hier« meinte er natürlich diese Investition mitten in Hampstead, im Zentrum des Geschehens.

»Ach, Doobs, kann ich dir einen Sketch vorführen, den ich für das Volkstanz-Camp vorbereitet habe?« Mein Vater sprang vom Sofa auf. »Dauert nicht lange.«

»Klar«, sagte ich und zuckte die Schultern.

Warum nicht?, dachte ich. Wir sitzen ja bloß herum und quatschen.

Er verschwand in seinem neuen Schlafzimmer. Ich hörte, wie er den Kleiderschrank öffnete und wieder schloss. Kurz darauf erschien er verkleidet als Chassid: falscher Bart, pelzbesetzter

*Schtreimel*, langer schwarzer Mantel. Er ging zu seiner Stereo-anlage, legte Little Richards *Good Golly, Miss Molly* auf und drehte die Lautstärke hoch. Er machte seine staksigen Sechziger-jahre-Tanzschritte, bewegte sich ein paar Schritte vor und zu-rück und fuchtelte mit den Armen. Und dann – ich kniff mich, doch es war kein Traum – »sang« mein chassidischer Vater mit übertriebenen Mundbewegungen den Song von Little Richard.

Als das Stück zu Ende war, sagte ich: »Ich glaube wirklich, das ist das Innovativste, das ich je gesehen habe.«

»Gefällt's dir?«

»Es ist besonders«, sagte ich.

Er wirkte verblüfft, besorgt; alles Komödiantische war ver-flogen. Ich genoss seinen leidenden Blick, seinen verzweifelten Wunsch nach meiner Anerkennung.

»Aber glaubst du, es wird funktionieren, Doobs?«

*

Ich kaufte auf eBay von einem Schweden ein signiertes Foto von Elvis Presley – zu einem sehr günstigen Preis. Er kontak-tierte mich, um zu erfahren, ob ich Interesse an weiteren Gegen-ständen hätte. Er habe noch eine Menge andere Sachen, allesamt gekauft von einer Deutschen, einer Frau Schneider. Elvis habe in seiner Militärdienstzeit in ihrem Haus gewohnt, die beiden seien zeit ihres Lebens befreundet gewesen. Die Provenienz wirkte so-lide. Bei einem der angebotenen Artikel handelte es sich um eine Seite mit dem handschriftlichen Text des Songs *I'll Remember*, den Elvis jedoch nie aufgenommen hatte. Zweitausend Pfund. Ich kaufte diesen und ein Dutzend andere Posten, alle zu einem vernünftigen Preis. Sie trafen in exzellentem Zustand ein. Der Songtext war mit blauer Füllertinte geschrieben, der King hatte auch eigenhändig ein paar Korrekturen vorgenommen. Da-runter stand seine leserliche, ausladende Unterschrift.

»Ich habe Elvis immer geliebt«, sagte Rachel, die sich mehr für die hübschen Fotos als für die Unterschriften interessierte.

»So charismatisch. Ihn und John Travolta. John Travolta war meine erste große Liebe.«

*

Ich flog mit dem ganzen Elvis-Zeug zu einer Autogramm-Messe nach New York und machte Bombengeschäfte. Das Erste, was ich verkaufte, war der Songtext. Ein amerikanischer Händler kaufte ihn dreißig Sekunden, nachdem er die Halle betreten hatte, für achttausend Dollar. Gut – jetzt konnte ich den Rest des Kredits an meinen Großvater zurückzahlen. Sammler in mittleren Jahren drängten sich um meinen Stand und kämpften um die Fotos.

»Dieses gefällt mir besonders«, erklärte ein Kunde mit langen Koteletten. »Man sieht nicht oft Fotos, auf denen er einen Lederanzug trägt. Jedenfalls keine signierten. Das hier ist aus der *Comeback Special Show*. Aber sind Sie sicher, dass die Unterschrift echt ist? Ich weiß, dass Sie ein gutes Auge dafür haben.«

»Ja, die ist echt«, sagte ich. »Sehr flüssig. Eindeutig authentisch. Und die Provenienz ist erstklassig. Das ist das erste Foto von Elvis in Leder, das ich zu sehen bekommen habe.«

»Interessant. Ich bin in Versuchung«, sagte der Kunde und stemmte die Hände in die Hüften. »In großer Versuchung.«

»Das da ist vom Konzert im Madison Square Garden 1972«, sagte ein anderer und zeigte auf ein Foto von Elvis in einem weißen Overall. »Ich war dabei. Darum will ich es haben.«

»Schön für Sie«, sagte ich. »Es ist toll, wenn man eine persönliche Beziehung zu einem Autogramm hat.«

»Er hat sich manchmal als Polizist verkleidet«, sagte ein dritter Sammler. Er war unrasiert und trug eine abgewetzte Jeans, die nicht sehr gut saß; er sah eher wie ein zwielichtiger Hausmeister aus. »Hat Leute angehalten – meistens Frauen –, ihnen einen Strafzettel verpasst und gesagt: ›Gern geschehen.‹ Gern geschehen? Bei einem Strafzettel? Tja, so war er eben.«

»Ich habe auch ein paar seltsame Geschichten über ihn gehört«, sagte ich. »Zum Beispiel, dass er einen zahmen Schimpansen hatte. Und Sandwiches mit Erdnussbutter und Bananenscheiben gegessen hat.«

»Also, davon weiß ich nichts«, sagte der Sammler verdutzt, vielleicht war er auch gekränkt. »Er ist übrigens gar nicht tot.«

»Wie bitte?«

Der Mann sah mich aus trüben, wässrigen Augen an und flüsterte: »Elvis lebt. In Südamerika. Genauer gesagt, in Venezuela. Auf dem Gipfel eines Berges. Man kommt nur mit einem Aufzug hinauf, aber der lässt sich bloß von oben bedienen. Um ihn zu besuchen, muss man also eingeladen sein. Das habe ich jedenfalls gehört. Ich interessiere mich für dieses Foto, auf dem er eine Gitarre in der Hand hat. Das gefällt mir am besten. Das ist der King. Was soll es kosten?«

Kurt Schmidt, ein deutscher Kollege, hatte ebenfalls einen Stand auf der Messe und war im selben Hotel abgestiegen wie ich. Abends unterhielten wir uns bei ein paar Drinks. Auch er hatte an diesem Tag ein paar Presleys verkauft.

»Vier Stück«, sagte er und machte ein verblüfftes Gesicht. »Elvis ist im Augenblick sehr gefragt. Ich habe alles verkauft, was ich von ihm hatte.«

»Was macht ihn so besonders?«, fragte ich ihn.

»Keine Ahnung, aber die Sachen verkaufen sich praktisch von allein«, sagte Kurt. »Ich kann mir seinen Reiz nicht erklären, wenn es das ist, was Sie meinen. Ein paar von seinen Songs gefallen mir, aber ich verstehe nicht, was die Leute an ihm finden. Manche dieser Sammler sind ziemlich seltsam.«

»Allerdings«, sagte ich, »aber sie sind auch Wachs in unseren Händen. Für mich ist das hier die erfolgreichste Messe, auf der ich je war.«

Sofort nach meiner Rückkehr aus New York schrieb ich eine E-Mail an den Schweden. Hatte er vielleicht noch mehr Artikel? Irgendwelche Songtexte? Es folgten einige weitere Käufe: ein paar ausgezeichnete signierte Fotos mit langen Zueignungen an seine deutsche Freundin Frau Schneider. Ein Konzertprogramm mit Unterschriften auf jeder Seite – zehn Autogramme in einem einzigen Posten. Das Glanzstück aber war eine Seite mit dem handschriftlichen, mit einer Widmung versehenen Text von *Blue Suede Shoes*. Dreitausend Pfund. So etwas war mir noch nie untergekommen. Ich schlug sofort zu, überwies das Geld und wartete auf meinen Schatz. Als er eintraf, kontaktierte ich sogleich den Amerikaner, der auf der Messe den Text von *I'll Remember* gekauft hatte. Er kaufte auch diesen, für zwölftausend Dollar.

*

»Er ist nicht der Mensch, für den ich ihn gehalten habe«, sagte meine Mutter. Wir saßen im Wohnzimmer unseres Hauses in Pinner.

Jetzt, da mein Vater ausgezogen war, sah es sehr viel ordentlicher aus. Die Spuren der Sammelwut waren verschwunden, die Stapel von Postkarten und Auktionskatalogen ersetzt durch Skulpturen meiner Mutter, und anstelle der Rabbis hingen an den Wänden Aquarelle von isländischen Landschaften.

»Weißt du noch, wie er diese jungen russischen Frauen in London herumgefahren und ihnen Westminster bei Nacht gezeigt hat?«, sagte meine Mutter.

»Ich habe versucht, es zu vergessen.«

»Die waren wahrscheinlich auf Visa aus. Und dass er seinen Sekretärinnen über die Wange gestrichen hat – was sollte das eigentlich? Ich weiß es nicht. Es war eine Art verlängerter Midlifecrisis. Er war nicht wiederzuerkennen – so angespannt und zappelig. Als ich ihn kennengelernt habe, wirkte er so normal: der nette junge Mann von nebenan. Ich glaube, er hat mir leidgetan, weil seine Familie so arm war. Und als dann sein Vater gestorben ist, gab das den Ausschlag. Wahrscheinlich habe ich mich zu ihm hingezogen gefühlt, weil er jemand war, um den man sich kümmern musste.«

»Aber das reicht doch nicht. Dass man mit jemandem Mitleid hat.«

»Das war ja nicht alles. Er war auch sehr liebevoll und charmant. Jeder mochte ihn. Und er hat mich geliebt, wie meine Eltern mich nie geliebt haben – er hat mich wirklich akzeptiert. Vielleicht kommt er zur Vernunft und wird wieder normaler. Vielleicht können diese Paartherapie und seine eigene Therapie uns helfen.«

Ich dachte daran, dass mein Vater gesagt hatte, er müsse darüber nachdenken, was er eigentlich wolle. Ich dachte an das Schwarz-Weiß-Foto der Schneelandschaft im Bundesstaat New York. Ich dachte an seine Investition im Herzen von Hampstead und an den Couchtisch von Heal's.

»Ich weiß nicht«, sagte ich. »Ich würde mich nicht darauf verlassen.«

*

Ich nahm an einer zweiten Verkaufsmesse in Washington, D. C., teil. Wieder hatte ich eine gute Auswahl von Presleys dabei, die ich meinem schwedischen Geschäftsfreund verdankte. Während ich mein Angebot ausbreitete, kam der amerikanische Händler an meinen Stand und schüttelte mir die Hand.

»Adam, wir müssen über diese Presley-Autogramme sprechen. Sie erinnern sich: diese Songtexte, die Sie mir verkauft haben.«

»Ja«, sagte ich. »Gibt es ein Problem?«

»Könnte man sagen. Das Problem ist: Sie sind falsch.«

Er sah mir tief in die Augen. Mir rutschte das Herz in die Hose.

»Wie meinen Sie das?«

»Sie sind gefälscht. Ich hab sie mir mit ein paar anderen Händlern angesehen. Anscheinend gibt es in Europa einen Fälscherring. Irgendjemand macht diese Presleys sehr gut nach. Diese Leute backen das Papier im Ofen, damit es gealtert wirkt, und sie haben noch andere Tricks auf Lager. Und die ganze Geschichte ist erstunken und erlogen. Diese Frau Schneider, bei der Elvis angeblich gewohnt hat, hat es nie gegeben.«

»Sind Sie sicher?« Mir schnürte es die Kehle zusammen.

»Leider ja. Ein Typ in Schweden verkauft das Zeug für einen Österreicher, der seinerseits der Rock-'n'-Roll-Experte eines großen Londoner Auktionshauses ist. Diese Leute haben gute Verbindungen. Sehen Sie sich die Sachen noch einmal an und vergleichen Sie sie mit authentischen Exemplaren. Sie werden feststellen, dass es ein paar verräterische Hinweise gibt: Das ›P‹ von ›Presley‹ ist oben zu flach, und das Ganze ist zu langsam geschrieben worden.«

»Ich werde das untersuchen«, sagte ich. »Ich bin ehrlich schockiert.«

»Also, Adam, Sie müssen mir den Kaufpreis zurückzahlen, das werden Sie sicher verstehen. Und Sie müssen sich mit den anderen Käufern in Verbindung setzen, sonst fliegt Ihnen diese Sache um die Ohren.«


Die Erstattungen summierten sich auf dreißigtausend Pfund, und mein schwedischer Geschäftspartner antwortete nicht auf die E-Mail, die ich ihm aus meinem Hotel geschickt hatte. Ich hatte ihn per Überweisung bezahlt, was bedeutete, dass das Geld unwiederbringlich verloren war.

Am Flughafen bekundete Kurt Schmidt mir sein Beileid. Er konnte ermessen, wie schwer es mir fallen würde, das Geld aufzutreiben.

»Es war zu gut, um wahr zu sein«, sagte ich, »und die Sachen wurden immer besser. Wer hätte das bei diesen Preisen ablehnen können? Aber *Blue Suede Shoes* mit Widmung? Wie konnte ich nur so blöd sein?«

Ich fühlte mich gedemütigt. Meine Expertise hatte versagt. Diese »Autogramme« stammten nicht von Elvis, sondern von einem gierigen Österreicher. Aber vielleicht war auch ich gierig gewesen. Ich erinnerte mich, dass erfahrene Autogrammhändler mich gewarnt hatten: *Wenn etwas zu gut aussieht, um wahr zu sein, ist es wahrscheinlich gefälscht.*

»Betrachten Sie's als heilsame Erfahrung«, sagte Kurt. »Das nächste Mal werden Sie die Warnzeichen erkennen. Sie wissen schon: Aus Fehlern lernt man. Lassen Sie mich doch mal in Ihrem Ordner blättern – vielleicht kann ich Ihnen ein bisschen helfen, indem ich Ihnen ein paar Sachen abkaufe.«

Er kaufte eine ganze Menge – zum Selbstkostenpreis: signierte Fotos von Walt Disney, Charlie Chaplin, Humphrey Bogart und Neil Armstrong. Er verstaute sie in seinem Handgepäck und schüttelte mir zum Abschied die Hand.

*

»Erstaunlich«, sagte mein Vater. »Ich meine, schlimm für dich, schlimm, dass du allen ihr Geld zurückerstatten musst. Aber erstaunlich, dass diese Fälschungen so gut waren und das Papier so alt gewirkt hat. Und dass dieser Fälscher auch noch als Sachverständiger für Auktionshäuser arbeitet!«

»Für mich ist das ein schwerer Schlag«, sagte ich. »Ich will Elvis' Gesicht nie wieder sehen.«

Mein Vater lächelte und sagte: »Wusstest du eigentlich, dass Elvis und ich am selben Tag Geburtstag haben?«

Tatsächlich? Ich hatte keine Ahnung. Verrückt. Eigentlich hätte ich diese kleine, nebensächliche Information haben sollen. Ich hatte es vergessen.

Wir gingen die Hampstead High Street hinunter, und mein Vater schwang wieder mal Reden darüber, wie schön es sei, in diesem Stadtteil von London zu leben. Er sagte, er sehe überall Menschen, mit denen er sich gern unterhalten würde, er habe das Gefühl, mitten im Geschehen zu sein. Sein Gang glich eher einem Stolzieren, als hoffte er, von irgendeinem Volkstanzfan erkannt und angesprochen zu werden, weil dieser sich an seine Bauchrednernummer oder den Sketch mit dem blinden Rabbi erinnerte. Die Ladenbesitzer im Flask Walk kannten seinen Namen. Sie winkten ihm zu, wenn wir vorbeigingen, oder sprachen ihn an, um ihm das Neueste von ihren kranken Verwandten zu erzählen. Mein Vater kniff die Lippen zusammen und nickte teilnahmsvoll.

Dann läutete sein Handy. Er kehrte mir den Rücken und schirmte das Gerät mit beiden Händen ab.

Ich fragte mich, wer ihn anrief. Die Frau von der Volkstanzgruppe, von der meine Mutter so viel gehört hatte?

Er beendete das Gespräch und blinzelte lächelnd in die Sonne.

»Wie geht's übrigens Mummy? Hast du in letzter Zeit mit ihr gesprochen? Wie kommt sie zurecht?«

»Sie kommt zurecht«, sagte ich zurückhaltend. »Ich würde sagen, ihr Leben ist nicht gerade großartig.«

»Ja, für mich ist das alles auch sehr seltsam, Doobs. Wirklich. Ich hätte mir nie vorstellen können, mal in diese Situation zu geraten. Ich bin sehr hin- und hergerissen. Ein Teil von mir möchte alles wieder in Ordnung bringen, aber ein anderer Teil ist sich nicht sicher, ob es gut wäre, wieder zu ihr zurückzukehren. Na, wir werden sehen. Wir werden sehen, was passiert.«

*Wir werden sehen, was passiert?* Den Satz hatte ich doch schon mal gehört, und zwar in einem winzigen Apartment gegenüber der Moschee am Regent's Park, nachdem er aus dem Haus in Pinner ausgezogen war. Es war einer seiner typischen Sätze. Seither war ja tatsächlich einiges »passiert«: Er hatte eine Wohnung in Hampstead gekauft! Ich wollte schweigen, doch dann fiel mir ein, was Kurt Schmidt am Flughafen in Washington zu mir gesagt hatte: Aus Fehlern lernt man.

»Was meinst du eigentlich, wenn du sagst: ›Wir werden sehen.‹«

Ich spürte, dass ich wütend wurde und mir die Zornesröte ins Gesicht stieg. Ja, ich war wütend, trotz seiner traurigen Kindheit und der herabgestürzten Decke, trotz der spitzen Fingernägel und des Vaters, der immer gestolpert und schließlich gestorben war. Mein Vater führte mich an der Nase herum.

»Immerhin hast du dir eine Wohnung gekauft, oder, Dad? Für jeden, der auch nur halbwegs bei klarem Verstand ist, liegt doch auf der Hand, dass du längst ein neues Leben begonnen hast.«

»Es war eine gute Gelegenheit«, sagte er. »Das war der Grund, warum ich sie gekauft habe. Es wäre doch ausgesprochen dumm gewesen, Monat für Monat Miete zu bezahlen, meinst du nicht auch?«

»Ja, das hast du schon mal gesagt. Aber du hast nicht ernsthaft vor, wieder nach Pinner zurückzukehren, oder? Du hast offensichtlich eine Entscheidung getroffen.«

Mein Vater blieb wie angewurzelt stehen. Auf seinem Gesicht zeichnete sich Überraschung ab.

»Du hast ein anderes Leben begonnen, Dad«, fuhr ich fort, »und du musst Mum reinen Wein einschenken. Du darfst sie nicht länger hinhalten. Das ist nicht fair! Du musst es ihr sagen!«

# HITLER

Würden die tanzenden Hitler bitte in den Kulissen warten?
Wir wollen jetzt nur die singenden Hitler sehen.

»ROGER DE BRIS« in *Frühling für Hitler*

Mein Vater gestand. Er hatte ein Verhältnis mit einer katholischen Italienerin, die sich für israelischen Volkstanz begeisterte. Sie war zweiunddreißig – zweiundzwanzig Jahre jünger als er, fünf Jahre älter als meine Schwester. Sie liebten einander. Meine Mutter reichte die Scheidung ein.

Ich begleitete sie zu ihrem ersten Termin beim Scheidungsanwalt. Die Kanzlei befand sich in Westminster; man begrüßte uns mit ernstem Handschlag und knappem Nicken. Meine Mutter brach in Tränen aus, schilderte ausführlich alles, was geschehen war, und vergaß, dass pro Stunde dreihundert Pfund berechnet wurden. Sie sprach von der schwierigen Kindheit meines Vaters, von seiner unmöglichen Mutter und seinem Bedürfnis, den Alleinunterhalter zu spielen. Ich warf ein paar Sätze über seine Prominenz in der Volkstanzszene ein. Dann kamen wir auf die Synagogen zu sprechen.

»Es ist nichts als Eitelkeit, getarnt als Geschichtsbewusstsein«, sagte meine Mutter. »Er muss einfach immer im Mittelpunkt stehen.«

Ich rutschte auf meinem Stuhl hin und her und dachte an meine Faszination für Berühmtheiten und meinen kometenhaften Aufstieg als Autogrammhändler.

»Ich weiß nicht«, sagte meine Mutter kopfschüttelnd. »Es ist alles schon lange seltsam.«

Der Anwalt bedachte uns mit einem Blick, aus dem routinierte Anteilnahme sprach, rückte einen säuberlichen Stapel Aktendeckel auf dem Schreibtisch zurecht und faltete die Hände.

»Ich hätte es kommen sehen sollen«, sagte meine Mutter.

»Aber das hast du doch«, sagte ich und fügte resigniert hinzu: »Wir alle haben es kommen sehen.«

Jetzt ergriff der Anwalt das Wort. Seine Stimme war sanft und hypnotisierend. Er sah zwischen uns hin und her, als wären wir zwei kostbare antike Vasen. Wir nickten heftig, noch bevor er den ersten Satz zu Ende gesprochen hatte.

Seiner Meinung nach war das Beste, was wir jetzt tun konnten, die Sache in seine Hände zu legen. Eine Scheidung sei für alle Beteiligten ein schwieriger Prozess, und eine neutrale Person sei bei Weitem am besten geeignet, Hindernisse aus dem Weg zu räumen. Er versicherte uns, er sei in dem, was er tue, der Beste – er werde gründlich sein, nichts unversucht lassen und die Angelegenheit zu einem logischen und befriedigenden Ende bringen. Während er sprach, schlug er einen der Aktendeckel auf, und ich sah ein aus langen Zahlenkolonnen bestehendes Schriftstück und fragte mich, ob er die Ehe meiner Eltern bereits in eine mathematische Gleichung verwandelt hatte: auf der einen Seite die Werte meines Vaters, auf der anderen die meiner Mutter, gute und schlechte Zeiten übersetzt in eine Art Algebra. Sollte irgendjemand im Lauf der Jahre über die besten Witze meines Vaters Buch geführt haben, so konnten diese nun von der Zahl der Abende abgezogen werden, an denen das Essen kalt geworden war und meine Mutter darauf gewartet hatte, dass er vom Büro nach Hause kam.

Während der Anwalt sprach, hatte ich das eigenartige Gefühl, dass wir in ein gigantisches System eingespeist wurden und den Boden unter den Füßen verlieren würden, sobald sich die Räder dieser riesigen Maschine in Bewegung gesetzt hatten. Ich stellte mir vor, wie die Einzelheiten dieses Gesprächs von einer gewissenhaften Sekretärin niedergeschrieben und dicke Papierstapel in schwarzen Taxis durch London gefahren werden würden – Millionen Seiten, allesamt mit dem Briefkopf und Stempel der Kanzlei des Scheidungsanwalts versehen, würden das einzige greifbare Vermächtnis einer siebenunddreißig Jahre währenden Ehe sein.

»Ach ja«, sagte er, spitzte die rosigen Lippen und lächelte, »es ist wahrscheinlich am besten, fürs Erste keine finanziellen Dinge mit Ihrem Mann zu besprechen, sondern das mir zu überlassen.«

*

Irgendwie überstand ich den finanziellen Aderlass der Elvis-Affäre. Ich verkaufte ein paar Autogramme zum Selbstkostenpreis, bot andere bei Auktionen an und schlug einige Exemplare mit Verlust los, doch dann ging es wieder bergauf. Nach drei, vier Monaten boomte das Geschäft sogar: Ich erhielt »Suchlisten« und dringliche Anrufe von Kunden aus aller Welt. Es meldeten sich auch neue Sammler, jeder mit eigenen Vorlieben. Ich konnte die Hypothek bezahlen und hatte wieder festen Boden unter den Füßen.

Doch jetzt trieb mich etwas anderes um, eine andere Rastlosigkeit. Ich war seit einigen Jahren in einem Beruf tätig, den ich eigentlich nicht angestrebt hatte, und oft fühlte ich mich, als würde ich in einem brodelnden Teich voll gieriger Amerikaner ertrinken. Ich war ein Händler, der vom Größenwahn anderer Menschen profitierte, und lebte davon, Narzissmus zu fördern und die Egos von tausend Menschen wie meinem Vater zu streicheln. Ich ertappte mich dabei, dass ich mich fragte, was mein früheres Ich wohl dazu gesagt hätte. *Und was ist mit den Konzerten in der Festival Hall?* Oder: *Wann willst du der Welt eigentlich deine Größe vorführen?* Ich musste alles überdenken. Offenbar schlafwandelte ich in die falsche Richtung. Ich brauchte eine Scheidung von diesen Autogrammen. Ob mir die Anwälte in Westminster dabei helfen konnten?

Das war mein Gemütszustand, als ich eine Sammlermesse in Fort Lauderdale, Florida, besuchte. Ich fühlte mich unzufrieden und gereizt. Das Hotel war in Rosarot gehalten, und in der Lobby gab es einen Wasserfall. Überall waren dicke ältere Menschen. Ich hatte eine Suite, bestehend aus drei Zimmern mit vier Sesseln und zwei Tischen. Der Blick ging auf eine Schnellstraße.

Ich legte mich aufs Bett, das an eine Hüpfburg erinnerte, und schaltete den Fernseher ein. In Kenia hatte eine Terrorgruppe namens al-Qaida, von der ich noch nie gehört hatte, ein Bombenattentat verübt, Jim Carrey war in *Der Dummschwätzer* zu sehen, und Bill Clinton sagte etwas über seine »unangemessene Beziehung«. Das alles interessierte mich ungefähr eine Sekunde lang.

Ich blätterte in meinen Autogrammordnern, versah die Klarsichthüllen mit Aufklebern, Nummern und maschinengeschriebenen Beschreibungen, die die Aufmerksamkeit auf seltene, einzigartige und gesuchte Exemplare lenkten. Es war eine Routinearbeit, die ich schon oft erledigt hatte. Margaret Thatcher und Mutter Teresa schüttelten einander die Hand, ein großformatiges NASA-Foto zeigte Neil Armstrong im Raumanzug, und ein signiertes Farbfoto von Ayatollah Khomeini erinnerte mich an die Montagen meines Vaters: sein grinsendes chassidisches Gesicht über dem schwarzen Gewand des muslimischen Geistlichen. DiCaprio und Winslet auf der *Titanic*. Jack Nicholson als Joker. Wenn man Hunderte solcher Fotos gesehen hatte, verloren sie ihren Reiz. Mein Beruf war eine endlose Schatzsuche nach den immer gleichen Objekten.

Wenigstens war auch Kurt Schmidt zur Messe gekommen, was bedeutete, dass wir in dem Restaurant jenseits des fußballfeldgroßen Hotelparkplatzes gemeinsam armlange Steaks essen und über andere Händler und Sammler quatschen konnten.

»Ich habe heute einen Sammler zu Hause besucht«, sagte Kurt und schob ein riesiges Stück Fleisch auf seinem Teller herum. »Einen von diesen Typen, die Autogramme von Nazis sammeln. Er heißt Bill Smith – kennen Sie ihn?«

»Nein.«

»Ein schräger Vogel. Sein Haus ist von einem tiefen Graben umgeben. Drinnen sind an den Wänden lauter Hitler-Bilder in riesigen goldenen Rahmen. Auch ein paar von Einstein. Auf der

Toilette hat er zwei Hitler und eine Marilyn. Und zwischen all den Bildern hängen funktionsfähige Schusswaffen.«

»Sie machen Witze.«

Die Vorstellung von einem solchen Haus und Kurt, der darin umherging, weckten mich aus meiner Lethargie. Ich spürte eine seltsame Gefühlsmischung: hauptsächlich Angst, aber auch Ekel und eine beinahe greifbare Faszination. Dass es ein derartiges Haus geben konnte, dass es jemanden gab, der den Mörder meiner Verwandten bewunderte! Und das alles war unterlegt mit Neid – ja, tatsächlich: Neid! Vermutlich neidete ich diesem Mann seine Kühnheit und die ungezügelte Freiheit, die sie implizierte.

»Ziemlich seltsam«, sagte Kurt und breitete die Hände aus. »Er hat mir all meine Hitler abgekauft und bei jedem gesagt: ›Was für ein schönes Exemplar.‹ Und dabei hat er mich angegrinst, als wären wir beide Fans des Dritten Reichs.«

»Wie ist er bloß auf diese Idee gekommen?«, sagte ich mit einem schiefen Lächeln.

Ich hatte meinen Stand schon oft neben dem von Kurt gehabt und gesehen, dass es nur Minuten dauerte, bis irgendein Amerikaner in dem Ordner mit der Aufschrift »Hitler & Komplizen« blätterte und schließlich innehielt, um zu fragen, ob Kurt vielleicht auch eine Eva Braun oder einen Reinhard Heydrich habe. Oder ob er an einem schönen Adolf Eichmann interessiert sei.

»Nein, so einer bin ich nicht«, antwortete Kurt verlegen. »Ich habe nur ein paar der bekannteren Namen im Sortiment. Sie sind so leicht zu verkaufen.«

»Schon okay, Kurt. Ich weiß ja, dass Sie kein Nazi sind. Kein aktiver jedenfalls.«

Kurt lachte, doch ich merkte, dass ihm unbehaglich zumute war. Ich sagte ihm, er solle sich keine Gedanken machen – ich sei nur wie mein Vater, der regelmäßig kundtue, er werde sich niemals einen deutschen Wagen kaufen. Kurt wirkte eher besorgt als beruhigt, doch ich ließ es dabei bewenden. Immerhin hatte ich selbst im vergangenen Jahr einige Stalins, Francos und Gaddafis verkauft. Und nach allem, was ich gehört hatte, war auch Ayatollah Khomeini kein sehr angenehmer Mensch.

Bei den beiden Ehrengästen der Messe handelte es sich um den Piloten und den Bombenschützen der *Enola Gay*. Als das bekannt gegeben wurde, war ich an meinem Stand. Mir klappte das Kinn herunter. Die beiden alten Männer marschierten unter frenetischem Beifall durch die Halle. Sie schüttelten allen Händlern die Hand und grinsten, als hätten sie bei den Olympischen Spielen eine Goldmedaille errungen. Wieder überkam mich eine Mischung aus Angst und Faszination. Ich ging zu Kurt und sagte: »Denen schüttele ich nicht die Hand. Sollen sie's nur versuchen.«

»Ich bin auch nicht scharf darauf«, sagte er.

Die beiden setzten sich an einen Tisch, auf dem Fotos des zerstörten Hiroshima ausgebreitet waren. Sie tranken einen Schluck Kaffee und griffen zu den bereitgelegten Stiften. Es bildete sich eine Schlange von Sammlern.

»Sehen Sie den da?«, sagte Kurt und zeigte auf einen dünnen, wieselartigen Mann an der Spitze der Schlange, der ein riesiges stilisiertes Ölgemälde einer Atombombenwolke hielt. »Das ist Bill Smith.«

Aha! Das also war er? Eine weitere Zurschaustellung seiner Kühnheit! Wie dreist, wie schamlos! Verwundert sah ich, wie Smith das Ölgemälde den beiden Männern vorlegte, die ihm anscheinend Komplimente über die Struktur und die Pinselführung machten. Einer der beiden schrieb seinen Namen an den oberen Rand, wo man das abdrehende Flugzeug in der Ferne verschwinden sah. Smith beugte sich vor und sagte etwas, worauf die beiden alten Männer laut lachend den Kopf in den Nacken warfen.

*

Ich war wieder in Willesden und studierte Auktionskataloge: Listen von Namen auf dilettantisch gestalteten Websites. Während ich nach günstigen Gelegenheiten suchte, stieß ich auf einen niederländischen Händler, der ein im Dezember 1938 von Hitler mit Füller signiertes Exemplar von *Mein Kampf* anbot. Dafür wollte er viertausend Gulden haben, was eintausenddreihundert Pfund entsprach – das war weit unter dem Marktpreis. Ich rief ihn an, und er teilte mir in genuscheltem Englisch mit, das Buch sei noch zu haben. Ich zögerte. Nazis hatte ich noch nie angekauft. Ich dachte an den Ausdruck von Empörung auf dem Gesicht meines Vaters, wenn er Dr. Levys Sammlung von Antisemitika erwähnte. Ich dachte an seine morgendlichen Vorträge über die »Endlösung«. Ich dachte an die mehr als hundert Hitler-Autogramme, die ich in den vergangenen Jahren in den Präsentationsordnern meiner Kollegen gesehen hatte.

»Könnten Sie es mir für einige Tage reservieren?«, fragte ich. Ich musste darüber nachdenken. Ich musste mit meinem Gewissen zurate gehen.

»Es läuft schon nicht weg«, sagte der Händler. »Sagen Sie mir Bescheid, wenn Sie sich entschieden haben.«

*

»Wie war die Reise nach Florida?«, fragte mein Vater.

Simon und Garfunkel dröhnten aus den Lautsprechern in seiner Wohnung in Hampstead und konkurrierten mit etwas, das sich anhörte, als würde nebenan ein Kind Klaviersonaten von Schumann üben. Ich bemerkte, dass der Fotoschrein erweitert worden war: Hinzugekommen waren eine neue Aufnahme von meinem Vater als koscherer Metzger, der in jeder Hand ein Gummihuhn hielt, und ein arrangiertes Foto, auf dem sich eine Gruppe grinsender junger Tänzerinnen und Tänzer im Halbkreis um ihn formiert hatte; er trug seinen falschen chassidischen Bart und einen indianischen Federschmuck.

»Hast du irgendwas Aufregendes gekauft, Doobs? Etwas, das du behalten willst?«

»Die Sachen, die ich kaufe, behalte ich nicht«, sagte ich und seufzte. Ich hatte es ihm schon zwanzigmal gesagt. Am liebsten hätte ich hinzugefügt: *Und ich tue auch keinen Zucker in meinen Tee.*

»Ich muss dir ein paar Sachen zeigen, die *ich* mir gekauft habe.«

Behände und leichtfüßig verschwand er im Schlafzimmer, während ich mich auf das Sofa fallen ließ. Jetzt, da die Scheidung eingereicht war, dachte ich noch öfter an meine Mutter, und wenn ich meinen Vater in seiner Wohnung in Hampstead besuchte, fühlte ich mich besonders schuldig – als würde ich damit seinen neuen Lebensstil gutheißen. Wieder fiel mir das Foto der verschneiten Landschaft im Bundesstaat New York ins Auge. Außerdem entdeckte ich ein neues, signiertes Foto von Rudolf Nurejew und Margot Fonteyn. Seit wann sammelte mein Vater signierte Fotos?

»Manche dieser Karten sind sehr bedeutsam«, verkündete er und kehrte mit einem gepolsterten Umschlag zurück. »Das sind alles polnische Synagogen, die von den Nazis zerstört wurden. Manche davon habe ich noch nie zuvor gesehen. Das sind wertvolle historische Dokumente. Sehr selten. Sieh mal.«

Er drehte und wendete eine schwarz-weiße Postkarte nach der anderen in seinen Händen, verweilte bei jeder ein paar Sekunden und schüttelte den Kopf. Außer den Bildern von Synagogen gab es welche, auf denen alle möglichen Juden zu sehen waren: Sie saßen an langen Tafeln, waren vor Jugendklubs zu Gruppen arrangiert, standen vor koscheren Metzgereien Schlange. Fotos von Menschen, die nicht ahnten, was ihnen bevorstand.

»Diese Karten sind äußerst gesucht«, sagte mein Vater. »Ich kenne einige Sammler, die dafür töten würden. Dr. Levy zum Beispiel. Dass all diese Menschen umgekommen sind! Einfach schrecklich! Du musst wissen, Doobs, als Hitler in Polen einmarschiert ist, wurden alle Juden aus den kleinen Städten erst ins Getto von Łódź und dann nach Auschwitz gebracht. Diese Synagogen wurden alle zerstört. Die Nazis waren solche Schweine.«

Er wandte sich zu mir und sah mich mit schmerzlichem Gesicht an, und ich erwiderte seinen Blick mit demselben Ausdruck. Es waren furchtbar traurige Bilder. Die ganze Geschichte war entsetzlich, ganz gleich, wie viele Jahre seitdem vergangen waren. Doch dann stellte ich mir die Frage, die für mich schon immer mit diesem Thema verbunden war: Was hatte mein Vater nur mit dem Holocaust? Warum war er derart besessen davon?

»Wie geht's übrigens Mummy?« Er verzog den Mund zu einem Lächeln und klapperte mit den Augenlidern.

Ich spürte einen schmerzhaften Klumpen im Bauch und dachte an die Tränen in der Anwaltskanzlei und die endlose Gewissenserforschung.

»Ihr geht's … gut – soviel ich weiß.«

»Ich höre von ihr nur noch durch ihren Anwalt«, sagte er, »und das ist wirklich schade, denn sie fehlt mir. Ganz ehrlich! Du musst wissen, Doobs, ich liebe sie noch immer. Natürlich. Das hat sich nicht geändert und wird sich auch nie ändern. Ich finde nur, es wäre so viel einfacher gewesen, wenn wir alles unter uns hätten regeln können, ohne diese Anwälte, aber das war ihre Entscheidung. Ich werde tun, was sie will. Jedenfalls bin ich froh, dass es ihr gut geht. Trifft sie sich mit Freundinnen?«

»Ja, tut sie.«

»Gut. Das ist wichtig. Es ist nicht gut, allein zu sein. Ach, ich muss dir noch ein anderes erstaunliches Foto zeigen. Es ist beklemmend, aber interessant – ein interessantes Dokument.«

Und schon sprang er wieder auf und eilte mit federnden Schritten nach nebenan.

Ich dachte: Mein Gott, er zieht wieder dasselbe Spiel durch! Diesen Taschenspielertrick! Nur geht's diesmal nicht um tote Väter und Überschwemmungen und Mütter mit spitzen Fingernägeln, sondern um Synagogen und die Tötungsmaschinerie der Nazis. Aber ein Ehemann, der fremdgeht? Heimlichkeiten innerhalb der Familie? Wann sprechen wir eigentlich mal über diese Themen?

»Weißt du was, Dad? Ich glaube, ich hab fürs Erste genug – ich will nicht noch mehr Fotos sehen.«

Als ich wieder zu Hause war, beschloss ich, dass es reichte: Ich würde den Hitler kaufen, und wenn es das Letzte war, was ich tat. Ich rief den niederländischen Händler an und gab ihm meine Kreditkartennummer durch. Ein paar Tage später traf das Päckchen ein. Ich spürte eine eigenartige Erregung, als ich es auspackte, und sie wurde noch größer, als ich das Exemplar von *Mein Kampf* in den Händen hielt. Ich schlug es auf, und da war sie: Adolf Hitlers Unterschrift. Seine Hand hatte diese Seite berührt – irgendwo waren bestimmt noch ein paar Hitler-Moleküle. Ich strich mit dem Finger über die Unterschrift und die von der Feder ins Papier gedrückten Vertiefungen. Ich wusste, dass die Signatur echt war, ich spürte Adolfs Puls und die Geschwindigkeit, mit der er geschrieben hatte.

Ich fragte mich, wie entsetzt mein Vater sein würde, ein Gedanke, der eine Menge Endorphine freisetzte. Dann fragte ich mich, was Hitler wohl davon halten würde, dass er von einem Juden benutzt wurde, um einem anderen Juden eins auszuwischen. Das war komplizierter. Aber der Mensch Hitler stand ja eigentlich nicht zur Debatte. Jetzt, da ich gegen das Tabu verstoßen hatte und seine Signatur besaß, konnte ich den Führer als den sehen, der er wirklich gewesen war: Mein Hitler war ein empfindlicher, lächerlicher Verrückter mit einer Vorliebe für Uniformen. Ein schlechter Maler, der keine Kritik ertragen konnte. Völlig anders als der martialische Kerl, dessen Fotos an Bill Smiths Wänden hingen.

Eine Zeit lang erschien mir meine Hitler-Signatur wie eine Auszeichnung.

»Ich muss dir was Verstörendes zeigen«, sagte ich genüsslich, wenn jemand seinen Fuß in unsere Wohnung setzte. Dann nahm ich das Buch von seinem Platz auf dem Klavier und zeigte es meinem Besuch.

Rachel sah jedes Mal unbehaglich zu, wenn ich die Titelseite aufschlug, auf der Adolfs spindeldürre Unterschrift stand.

»Da ist er. Das ist Hitler!«

Ich klappte das Buch wieder zu und freute mich, den Diktator zu meiner freien Verfügung zu haben. Der Besuch war verblüfft und lächelte schief, und Rachel verdrehte genervt die Augen wie früher meine Mutter, wenn im Fernsehen eine Komödie über die tölpelhaften deutschen Besatzer in Frankreich lief und mein Vater uns einen Vortrag über Treblinka hielt.

*

Ich saß wieder bei meinem australischen Therapeuten und war guter Dinge. Ich hatte ihm ausführlich von meinem Triumph erzählt: dass ich mich ein für alle Mal von meinem Vater befreit und es gewagt hätte, das Tabu zu brechen. Ich sei so frei wie dieser Typ in Florida, dessen Haus von einem Graben umgeben war.

Der Australier lächelte, sagte aber nicht viel. Ich fragte mich, ob Hitler vielleicht nicht in sein Ressort fiel.

»Ich glaube, die Frage ist, ob es wirklich so einfach ist«, sagte er schließlich. »Ich meine: Glauben Sie, Nazi-Memorabilia zu sammeln, ist die richtige Methode, Ihre Wut auf Ihren Vater zu verarbeiten? Wenn ja, haben Sie eine Goldader entdeckt.«

*

Kurt Schmidt bat mich, bei Christie's in London einen ersteigerten Gegenstand abzuholen. Er hatte einen von Sigmund Freuds Gehstöcken gekauft und wollte ihn zugesandt haben: einen hölzernen Stock mit einem geschwungenen Griff aus Silber.

Ich bewahrte den Stock mehrere Wochen lang unter meinem Bett auf, und in dieser Zeit hatte ich das Gefühl, er gehöre mir.

Ich fand es außergewöhnlich, Hitler und Freud unter meinem Dach zu beherbergen, nicht zuletzt, weil der eine den anderen hatte umbringen wollen. Und Freud, der den Nazis 1938 hatte entkommen können, hatte eine ganze Denkschule gegründet, die letztlich vielen von den Nazis Verfolgten und ihren Nachkommen geholfen hatte.

Ich entwickelte ein kleines Ritual: Ich hielt Hitlers Buch in der einen und Freuds Stock in der anderen Hand. Es war, als wöge ich Gut und Böse, zwei widerstreitende Teile meiner Seele, gegeneinander ab. Seit einer Weile hatte ich wegen der Hitler-Signatur zunehmende Schuldgefühle, die Freuds Gehstock linderte.

»Spielst du wieder mit Hitler und Freud?«, fragte Rachel. »Wie schön. Sehr freudianisch.«

»Ja«, sagte ich, »aber ich fürchte, ohne Freud wird mein Hitler sich anders anfühlen. Ich habe mich so an den alten Sigmund gewöhnt. Und jetzt will Kurt, dass ich ihm den Stock noch diese Woche schicke. Vielleicht sollte ich *Mein Kampf* jetzt endlich verkaufen.«

»Allerdings«, sagte Rachel. »Wir brauchen keine Nazis unter unserem Dach. Wenn du deinen Vater ärgern willst, kauf doch einfach einen deutschen Wagen.«

Ich ließ das Hitler-Buch versteigern und schickte den Freud-Stock nach Deutschland. Er würde, wie ich Kurt Schmidt kannte, schon bald in Fort Lauderdale sein, in einem gewissen, von einem Graben umgebenen Haus. Ich stellte mir oft vor, dass er zwischen Porträts von Adolf Hitler hing, gegenüber dem Ölschinken mit der Hiroshima-Wolke und über zwei von Sammlern höchst begehrten Mauser M712 Schnellfeuerpistolen.

MONICA LEWINSKY

# *Monica's Story*

.....................................

## ANDREW MORTON

*Monica Lewinsky*

Michael O'Mara Books Limited

Ich bin bekannt für etwas,
für das man nicht so gern bekannt ist.

MONICA LEWINSKY,
*die Bitte um ein Autogramm ablehnend*

Abgesehen von ihrem Alter und der Tatsache, dass sie eine Vorliebe für israelischen Volkstanz hatte, wusste ich von der Freundin meines Vaters nur, dass sie Italienerin und Kinderpsychologin war. Ihr Beruf ließ mich vermuten, dass mein Vater ihr Herz erobert hatte, indem er ihr von seiner »traurigen Kindheit« erzählt hatte, während ihre Nationalität darauf hindeutete, dass es in dieser Liebesbeziehung eine unüberwindliche Sprachbarriere gab.

»Ich weiß nur, dass sie schon seit Langem ein Auge auf ihn geworfen hatte«, sagte meine Mutter, als sie in Pinner den Tee aufgoss. »Sie hat bestimmt einen Vaterkomplex. Sie ist direkt auf ihn zugesteuert. Sie hat einen Entschluss gefasst und ihn sich geschnappt.«

»Tja, das wissen wir nicht«, wandte ich ein. »Ich meine, wir wissen nicht, ob Dad sich so passiv verhalten hat.«

»Nach dem, was ich gehört habe«, fuhr meine Mutter fort, »hat *diese Frau* ihm beim Tanzen geradezu unheimlich tief in die Augen gesehen. Ich sage dir: Sie wollte ihn haben. Wahrscheinlich hat sie Schwierigkeiten gehabt, jemanden in ihrem Alter zu finden. Als Nächstes wird sie ein Kind haben wollen. Du wirst dich doch nicht mit dieser Person treffen, oder?«

»Ich habe es nicht vor«, sagte ich, »aber irgendwann wird es sich wohl nicht vermeiden lassen. Ich weiß nicht. Ich kann nicht behaupten, dass ich mich darauf freue.«

Ein besorgter Ausdruck trat in das Gesicht meiner Mutter, als sie hinaus in den Garten sah. Es war der einzige unveränderte Anblick, der ihr geblieben war: der Teich, der Apfelbaum, der sanft ansteigende Rasen zwischen den beiden Zypressen. Auch in meine Netzhaut hatte er sich geätzt, und ich nahm ihn begierig in mich auf, als wäre er ein Heilmittel gegen all diese Torheit. Ich sah mich im Wohnzimmer um, das vollkommen und geradezu gespenstisch verändert war. Die Scheidung war ausgesprochen, der Papierkram erledigt, und nichts deutete mehr auf meinen Vater hin. Hier gab es nur noch meine Mutter.

»Vergiss die Fotos nicht«, sagte sie, ohne den Blick vom Fenster zu wenden. Ihre Stimme klang dünn und abwesend. »Ich sehe nicht ein, dass ich die Hüterin eurer Vergangenheit sein soll.«

Sie meinte die Bilder aus meiner Kindheit, die Dutzende Fotoalben mit Tausenden beliebiger, unscharfer Schnappschüsse, die mein Vater in der 1980er-Jahren gemacht hatte. Sie standen, in Plastiktüten verpackt, an der Haustür.

»Schon gut, ich werde sie mitnehmen«, sagte ich.

»Aber was für ein Mensch kann sie schon sein?«, sagte ich zu Rachel. »Ich meine, wie in aller Welt ist es möglich, dass sie sich in meinen Vater verliebt hat? Wenn sie fünfzig ist, wird er zweiundsiebzig sein. Es ist bizarr. Geht es ihr vielleicht um Sicherheit? Er hat doch nicht viel Geld.«

»Du solltest sie wahrscheinlich mal kennenlernen«, sagte Rachel. »Sonst machen diese Spekulationen dich noch ganz verrückt.«

»Aber das kann ich nicht. Das wäre doch so, als würde ich ihm meinen Segen geben. Für meine Mutter ist das Ganze einfach schrecklich. Ich würde mich schuldig fühlen. Ich wette, mein Vater hat ihr eine rührselige Geschichte erzählt: dass seine Frau ihn nicht versteht und keinen israelischen Volkstanz mag. Vielleicht hat diese Italienerin Mitleid mit ihm gehabt.«

»Solange du sie nicht kennengelernt hast, Adam, kannst du nur spekulieren.«

Ich besuchte meinen achtzigjährigen Großvater und stellte fest, dass ihn John F. Kennedy mehr beschäftigte als die Scheidung meiner Eltern.

»Ich bin sehr enttäuscht«, sagte er und sah mich über den Küchentisch hinweg finster an. »Wie man inzwischen weiß, war

Kennedy ein Schürzenjäger. Er hatte in jeder Stadt eine andere. Im Fernsehen war eine Dokumentation über ihn. Und was ich da gehört habe, hat mich so angeekelt, dass ich sein Buch weggeschmissen habe.«

Er sprach von dem dicken Schinken *Die tausend Tage Kennedys*, das in seinem Bücherregal drei Jahrzehnte einen Ehrenplatz gehabt hatte.

»Du hast ein Buch weggeworfen, Grandpa?«

Bei der Vorstellung musste ich lächeln, doch im Gesicht des alten Mannes war keine Spur von Heiterkeit.

»Ich hatte eine sehr hohe Meinung von ihm, aber das hat sich völlig geändert. Und was deinen Vater betrifft … na ja, darüber bin ich auch nicht sehr glücklich.« Grandpa Jožka legte den Kopf schief, riss die Augen auf und fügte hinzu: »Andererseits weiß man nie, was zwischen zwei Menschen vor sich geht.«

»Das stimmt wohl.«

Er legte die Fingerspitzen aneinander und seufzte. »Vielleicht hat es was mit Sex zu tun«, sagte er nachdenklich. »Du musst wissen, Addie, so eine Ehe ist nicht immer einfach. Kein Spaziergang. Wenn eine Frau älter wird, verliert sie das Interesse. Es kann sehr schwierig sein.«

Ich rutschte unruhig hin und her und versuchte, nicht an meine Eltern und Sex zu denken und auch nicht an die neue Freundin meines Großvaters, eine beängstigend wirkende Frau namens Zdenka mit ausgeprägten Wangenknochen und einem wilden, starren Blick. Sie sprach kein Wort Englisch, doch ihr knapper, barscher Tonfall verriet einem alles, was man wissen musste. Und tatsächlich sah sie nicht aus, als hätte sie das Interesse verloren.

Als sie meinem Großvater in Prag durch gemeinsame Freunde vorgestellt worden war, hatte sich herausgestellt, dass sie einander schon einmal begegnet waren. Das war Jahrzehnte zuvor gewesen, als die Einheit meines Großvaters Zdenkas Stadt befreit hatte. Zu jener Zeit war sie fünfzehn gewesen. In dem Restaurant in Prag zeigte sie ihm ihr Tagebuch von 1945, in das er ihr damals ein kleines Liebesgedicht geschrieben hatte. 1945 war er glücklich verheiratet gewesen und hatte in England ein zweijähriges Kind gehabt. (»Ach, es war bloß ein Kuss und eine Umarmung«, erklärte er meiner verstörten Mutter.)

Seit dem Wiedersehen in Prag hatte Grandpa Jožka mit Zdenka ein paar Male Urlaub in den Hotels gemacht, in denen er mit meiner Großmutter gewesen war. Er hatte sie in die Restaurants ausgeführt, in die er mit seiner Frau gegangen war. Und sie hatte sich zweimal *Moonstruck*, den Lieblingsfilm meiner Großeltern, ansehen müssen. Was sie an meinem Großvater fand, konnte man nur vermuten. Er machte kein Hehl daraus, dass sie eine Lücke in seinem Leben füllte. »Ich bin einsam«, sagte er, »und es ist keine sehr intensive Beziehung. Sie bleibt in Prag. Wir fahren nur ein paar Mal im Jahr miteinander in Urlaub.« Ich warf ihm diese neue Beziehung nicht vor – ganz und gar nicht –, doch für meine Mutter war es nicht leicht. »Sie sieht aus wie eine Pantomimin«, hatte sie gesagt, nachdem sie Zdenka zum ersten Mal begegnet war.

»Und, mein Enkel – wie laufen die Geschäfte?«

»Ziemlich gut. Ich habe mich inzwischen auf anspruchsvollere Sachen verlegt, weg von der Unterhaltungsindustrie. Ich handele jetzt hauptsächlich mit Autografen – Briefe und so weiter. Manche haben einen erstaunlichen Inhalt. Ich habe kürzlich einen Brief verkauft, den Gandhi im Gefängnis geschrieben hat. Und eine ganze Korrespondenz von Einstein.«

»Tatsächlich?« Auf dem Gesicht meines Großvaters erschien ein breites Lächeln. »Was für ein *knacker!* Mein Enkel, der Unternehmer! Genau wie ich in deinem Alter. Aber wie du dein Geschäft ans Laufen gebracht hast, ist wirklich bewundernswert. Ohne Lehrzeit und so weiter. Du bist einfach hingegangen und hast es getan.«

»Na ja, so ungefähr. Du darfst nicht vergessen, dass mein Vater ein Sammler ist. Das hat bestimmt etwas damit zu tun.«

»Ja, aber er sammelt bloß diese Fotos von Synagogen.« Er machte ein säuerliches, abschätziges Gesicht. »Ich verstehe nicht, was er daran findet. Er ist nicht mal religiös. Und seine Familie war nicht vom Holocaust betroffen. Sehr seltsam.«

»Ich weiß nicht, Grandpa«, sagte ich. »Vielleicht verdrängt er damit sein persönliches Trauma. Ich meine seine Kindheit.« Ich dachte an seine Eltern, die so gestritten hatten, dass die Polizei hatte einschreiten müssen, und an die aufgeweichten Familienfotos, die im Wasser geschwommen hatten.

Mein Großvater kniff ungeduldig die Augen zusammen und machte eine wegwerfende Handbewegung. »Aber du hast dir ein so großes Geschäftsfeld erschlossen – all diese historischen Briefe. Ich wusste gar nicht, dass man damit Geld verdienen kann. Das war sehr schlau von dir.«

»Danke, Grandpa.«

»Und weißt du, wer auch sehr schlau war?«

»Wer denn?«

»Meine Mutter.« Grandpa Jožka holte tief Luft und schloss beim Ausatmen die Augen. »Ich denke so oft an sie. Es vergeht kein Tag, an dem ich nicht ihr Gesicht vor mir sehe. Ach, es ist nicht gut, darüber zu sprechen.« Er wischte sich über die Augen und stützte die Arme auf den Tisch. »Wie geht's deinem Schatz Rachel? Bitte, Addie, wann werdet ihr heiraten?«

»Ich weiß nicht, Grandpa. Ich bin ja erst fünfundzwanzig. Ich habe keine Eile.«

»Du vielleicht nicht, aber ich. Ich will, dass ihr ein Kind bekommt. Und wenn es so weit ist, will ich noch am Leben sein.«

*

Ja, ich hatte mich auf Briefe von historischer Bedeutung verlegt, doch als Movie Guy erwähnte, er werde zu einer Signierstunde mit Monica Lewinsky gehen, war mein Interesse geweckt. Mir fiel ein, dass ich irgendwo eine von Bill Clinton signierte Karte hatte. Sie war zweihundert Dollar wert, doch was, wenn es mir gelang, Lewinsky auf derselben Karte unterschreiben zu lassen? Dann konnte ich dafür womöglich Tausende verlangen. Ich fand die Karte, und zu meiner Freude stand Clintons Unterschrift recht weit oben, sodass darunter genug Platz für Lewinsky war. Ich beschloss, die Gelegenheit zu nutzen.

Ich sagte Movie Guy, dass ich mich bei Harrods mit ihm treffen würde, und machte mich daran, Clintons Unterschrift zu verbergen. Dass Lewinsky auf derselben Karte wie Clinton unterschreiben würde, war höchst unwahrscheinlich, und so schnitt ich ein Passepartout zurecht, das seine Unterschrift abdeckte und nur ein kleines weißes Fenster ließ. Oberhalb dieses Fensters klebte ich ein Foto von Lewinsky. Das Ganze sah nun aus wie ein Pappkarton mit einem Foto und einem kleinen weißen Fenster, in das sie ihre Unterschrift setzen konnte. Es war nicht gerade einer meiner größten Momente.

Bei Harrods ging es zu wie im Irrenhaus. Man kämpfte um die besten Plätze. Immerhin war Monica Lewinsky die Frau, die das Geschlechtsteil des amerikanischen Präsidenten im Mund gehabt hatte. Alle kannten die Witze über den Blowjob und die Samenspuren. Alle wollten sie sehen. Es war eine neue Art von Ruhm. Auf Movie Guys Glatze glänzten Schweißperlen.

Lewinsky trat von links auf die Bühne und sah hübsch und fröhlich aus. Eine Frau hinter mir schnalzte tadelnd mit der Zunge und zischte: »Nun seht sie euch an – keine Spur von Scham.« Lewinsky begann, Bücher zu signieren, und lächelte jeden an, der ihr eins vorlegte. Ihre Augen glänzten. Ich fühlte mich unbehaglich, als ich in der Schlange vorrückte. Unter dem einen Arm hatte ich das obligatorische Exemplar von *Monica Lewinsky – Ihre wahre Geschichte*, unter dem anderen das Foto mit der kaschierten Karte.

»Würden Sie bitte hier unterschreiben?«, sagte ich, als ich vor ihrem Tisch stand, und zeigte auf das Fenster unter ihrem Foto.

Sie nahm den Karton und beäugte ihn argwöhnisch. Dann sah sie mich bedauernd an.

»Tut mir leid, aber ich signiere nur Bücher«, sagte sie.

Ich beeilte mich zu nicken und sagte, dafür hätte ich volles Verständnis. Und tatsächlich verstand ich ihre Situation; ich verstand auch, dass sie für einen billigen Trick wie meinen zu schlau war. Einer von uns beiden hatte allen Grund, sich zu schämen, und sie war es nicht. Wie alle anderen hatte ich sie zu einem Objekt, zu einer Ware machen wollen. Als ich mit meinem signierten Buch nach Hause ging, überkam mich eine weitere Erkenntnis: Dies war wahrscheinlich das letzte Mal gewesen, dass ich jemanden um ein Autogramm gebeten hatte.

\*

Ich war mit Rachel bei Waterstones in der Hampstead High Street und blätterte in einem Buch über Prinz Philip. Wir wollten uns hier mit der Freundin meines Vaters treffen. Eine Premiere – für mich ebenso bedeutsam wie mein erster Hitler.

»Alles okay?«, fragte Rachel.

»Mir geht's prima«, sagte ich, »ganz prima.«

Ich schlug ein Buch mit dem Titel *Die Niederlage umarmen* auf. Das traf den Nagel auf den Kopf. Dieses Treffen fühlte sich wie eine Art Kapitulation an. Ich kapitulierte vor meinem Vater, aber auch vor mir selbst, indem ich mich von einer bestimmten Version meines Lebens verabschiedete. Ich fand, es sei an der Zeit, die Versuche, meine Eltern zu »lösen«, aufzugeben. Sie waren keine Mathematikaufgabe. Sie waren nicht die Riemannsche Vermutung. Wenn ich diese Frau persönlich kennenlernte, half mir das vielleicht zu akzeptieren, dass manche Probleme nicht gelöst werden konnten und dass die eine Hälfte von mir nicht ganz zur anderen passte.

Und dann trat sie ein. Neben meinem Vater stand eine gepflegte Frau mit schwarzem Haar und einer rechteckigen Brille. Sie lächelte freundlich und schüttelte mir die Hand.

»Ich bin Giorgia«, sagte sie. »Freut mich sehr.«

Ihr Akzent war so stark wie ihr Händedruck. Sie sprach mit einer Lautstärke, die Selbstbewusstsein verriet, und wirkte wie eine Frau, die mit sich im Reinen war. Ganz anders als meine Mutter, deren Tonfall stets fragend, zaghaft und voller Selbstzweifel war und die sich immer den Erwartungen anderer anpasste.

»Ich habe gerade gelesen, dass Prinz Philip in Korfu auf einem Küchentisch geboren wurde«, sagte ich zusammenhangslos.

»Wirklich?«, sagte Giorgia lachend. »Das wusste ich nicht.«

Ich legte die Hand an Rachels Schulter und stellte sie vor, wobei ich es vermied, meinen Vater anzusehen, der aufgeregt zuckte und wie ein übereifriger Ober wirkte.

Wir verließen die Buchhandlung und gingen in ein nahe gelegenes Café.

»Für dich Tee, Doobs?«, fragte mein Vater.

»Ja.«

»Und was möchtest du, mein Schatz?«

Mein Vater legte die Hand auf die Schulter der Frau, die nicht meine Mutter war. Ich merkte, dass ich nicht mehr auf irgendeine sarkastische Bemerkung zurückgreifen konnte. Ich konnte die Signale, die zwischen diesen beiden Personen ausgetauscht wurden, nicht deuten. War dies vielleicht eine Gelegenheit, meinen Vater mit neuen Augen zu sehen?

Giorgia legte ihre Hand auf die meines Vaters und sagte: »Kaffee, mein Lieber.«

Wir unterhielten uns über Norditalien, über Tee und Kaffee, über die Art, wie sich die Hampstead High Street im Lauf der Jahre verändert hatte, über Autografen.

»Ah, dann ist das Entscheidende also deine Expertise als Sachverständiger«, sagte sie. »Und die besitzt nicht jeder.«

»Genau.«

Dann sprachen wir über ihre Arbeit. Sie gehörte zu einem Team von Psychologen, das sich im Dienst des National Health

Service um Familien in kritischen Situationen kümmerte. Mein Atem ging schneller, als sie davon erzählte. Sie beschrieb ihre Tätigkeit in einem Ton, der Entschiedenheit und Kompetenz verriet, und beantwortete meine Fragen – zum Teil, noch bevor ich sie gestellt hatte – offen und geradeheraus. Wenn mein Vater sie unterbrechen wollte, wies sie ihn sanft in die Schranken.

»Nein, Adrian, lass mich ausreden«, sagte sie und legte lächelnd die Hand auf seinen Arm.

Ich fragte sie, wie sie auf israelischen Volkstanz gekommen sei – immerhin sei sie doch Katholikin.

»Ich mag eigentlich alle Tänze. Früher habe ich am liebsten Tango getanzt. Aber dann habe ich israelische Tänze entdeckt und fand sie sehr schön. Adrian ist natürlich derjenige, der wirklich begeistert ist – mehr als ich eigentlich –, aber ja, ich mag sie sehr.«

Ich bemerkte, dass mein Vater sich mit der Rolle des Zuhörers begnügte; das war, wie er jetzt wohl entdeckte, eines der Zugeständnisse, die man machen musste, wenn man einen so viel jüngeren Partner hatte. Er durfte sich nicht gehen lassen. Aber es gab auch Momente, in denen Giorgia ihn liebevoll anstrahlte und ich ihre Bewunderung für ihn spürte. Junge Liebe, dachte ich. Sie hatte gerade erst begonnen, in ihn zu investieren. Ein Teil von mir wollte sie abwerten. Sie sollte doch wenigstens von seiner erstickenden Mutterbeziehung zu Grandma Lily und seinen spätabendlichen Autotelefongesprächen erfahren, oder? Doch ein anderer Teil war das Ganze leid und wollte die Waffen niederlegen. Wenn ich diesen Kampf fortsetzte, würde ich nie ein Ende finden, und ringsumher würde das Leben weitergehen. Ich musste den Konflikt mit meinem Vater beenden. Wie meine Mutter, als sie das Wohnzimmer umgestaltet hatte.

»Ich weiß, es muss unglaublich schwierig für dich sein, mich kennenzulernen«, sagte Giorgia plötzlich.

Ich merkte, dass sie sich diesen Satz zurechtgelegt hatte, und war ihr dafür dankbar.

»Das ist tapfer von dir, Adam. Insbesondere da ich weiß, dass du um deine Mutter sehr besorgt bist. Und der Altersunterschied muss seltsam sein. Für mich jedenfalls ist er es. Ich hätte nie gedacht, dass ich mich mit einem Mann einlassen würde, der so alt ist wie dein Vater. Niemals. Aber ich bin dir dankbar, dass du mir diese Chance gibst. Wirklich.«

Mein Vater grinste. Er war noch immer nur Zuhörer. Dann winkte er dem Kellner, um zu bezahlen.

Als wir auf der Hampstead High Street zurückgingen, unterhielt Rachel sich mit Giorgia, während mein Vater und ich zum ersten Mal an diesem Tag miteinander sprachen.

»Wie geht's Mummy?«, war das Erste, was er sagte. Wumms. Er versuchte, mir zu vermitteln, dass meine Mutter ständig in seinen Gedanken war. Trotzdem spürte ich wieder diesen Klumpen im Bauch.

»Gut«, sagte ich und versuchte, ihn mit einem Blick verstummen zu lassen, doch er ließ sich ja nie wirklich zum Schweigen bringen.

»Oh, gut. Gut. Und Doobs, ich bin sehr froh, dass du das hier möglich gemacht hast. Das ist großartig. Giorgia freut sich sehr, und ich ebenfalls.«

»Ich hab's nicht für dich getan«, sagte ich und blieb stehen. Plötzlich war ich zornig. Ich würde nicht auf irgendwelche Tricks hereinfallen. Nicht jetzt.

»Ich tu's für mich, Dad, damit ich mit meinem Leben weitermachen kann. Und für Rachel, damit sie sich diesen Mist nicht für den Rest ihres Lebens anhören muss.«

»Ja, natürlich, Doobs, das verstehe ich. Trotzdem bin ich stolz auf dich.«

Mein Vater ging weiter zu Giorgia. Ich kochte vor Wut. Dies war nicht der Moment für seinen Stolz. Rachel ging jetzt neben mir, sah mich an und wollte wissen, was ich dachte.

»Sie ist nett«, sagte ich. »Was soll ich sagen? Sie ist nett.«

Ich sah, dass mein Vater sich bei Giorgia unterhakte und mit hocherhobenem Kopf einherschritt. Wie zwei Tangotänzer, dachte ich. Er zeigte auf ein Schaufenster, als hätte er etwas entdeckt, das er später vielleicht kaufen würde. Bestimmt fiel ihm ein Stein vom Herzen, weil dieses Treffen so gut gelaufen war. Bestimmt seufzte er erleichtert. Er blieb stehen und drehte sich zu mir um.

»Doob, Giorgias Bruder hätte gern ein signiertes Foto von Fred Astaire«, sagte er. »Könntest du ihm vielleicht helfen?«

Übertreib's nicht, dachte ich.

»Die Sache ist«, sagte ich, »dass ich nicht mehr mit Autogrammen von Leuten aus der Unterhaltungsindustrie handele.« Ich breitete entschuldigend die Hände aus.

»Aber du hast doch sicher noch ein paar, oder?« Mein Vater wirkte schockiert. »Es war eine so schöne Sammlung.«

Er drehte sich wieder um. Offenbar erwartete er keine Antwort. Er bekam auch keine. Er würde nie eine bekommen. Jetzt lächelte er, ließ sich von der Sonne bescheinen und dachte an irgendwas in seiner Zukunft. Wahrscheinlich an einen Volkstanz-Marathon. Oder an die nächste Gelegenheit, sich als Chassid zu verkleiden. Oder an etwas, von dem ich nichts wissen konnte. Auf jeden Fall dachte er nicht an meine Mutter. Die hatte er mir hinterlassen. Für ihn war alles auf das Schönste geregelt. Für einen Augenblick war ich wütend bei dem Gedanken an die im Grunde unverdiente Freiheit, die meinen Vater erwartete, während ich diese gescheiterte Ehe und die Trauer und Verwirrung, die dieses Scheitern nach sich gezogen hatte, immer mit mir würde herumschleppen müssen. Und jetzt, da er mir gedankt hatte, fühlte ich mich beschmutzt, weil er versucht hatte, für sich persönlich etwas herauszuschlagen und seine Schuldgefühle zu beschwichtigen. Es war sein Taschenspielertrick. Immerhin war diese Giorgia nun nicht mehr geheimnisumwittert – das war gut. Sie hatte zwei Augen und einen Mund. Und zwei Arme. Den einen zog sie jetzt aus der Armbeuge meines Vaters, um auf die Uhr zu sehen.

Ja, wenn ich ehrlich war, war es auch für mich an der Zeit zu gehen. Dieser Tag war vorüber. Auch auf mich wartete ein Leben – der Rest meiner Zwanzigerjahre, zum Beispiel. Auch mein Vater war einmal in meinem Alter gewesen, doch darüber hatte ich nie viel gehört. Waren sie dem Schnitt zum Opfer gefallen? Vielleicht hatte er damals für eine Weile aufgehört, sein Leben zu dokumentieren. Vielleicht sollte ich das auch tun.

»Komm, Rach«, sagte ich, »lass uns nach Hause gehen.«

Ich schüttelte Giorgia die Hand, und sie dankte mir noch einmal und sah mir dabei in die Augen. Moment mal – was hatte mein Vater vor? Er wühlte in seiner Umhängetasche, und im nächsten Augenblick war sein Gesicht hinter einer großen Kamera verborgen.

»Doobs, Rachel – hier«, rief er. »Ah, wunderbar. Kommt schon, seht her. Und noch eins.«

# Epilog

Es war 2012. Ich saß zwischen zwei anderen Händlern – einer winzigen Französin und einem sehr dicken New Yorker – im Fond eines Taxis. Wir fuhren durch ein reich verziertes Tor und auf einer kilometerlangen gepflasterten Zufahrt, vorbei an einem unbenutzten, sonnenbeschienenen Tennisplatz, der von ein paar Arbeitern mit Gartenschläuchen gereinigt wurde, und einem marmornen, bemoosten und mit Pferdeköpfen verzierten Springbrunnen.

»Gleich sind wir da«, sagte der New Yorker, der Einzige von uns, der den Sammler, den wir aufsuchten, persönlich kannte.

Ein übergroßes Schachbrett kam in Sicht. Die Figuren standen verteilt darauf herum, als wäre schon seit Jahrzehnten nicht mehr mit ihnen gespielt worden. Dann sahen wir das mit Türmchen und Balkonen versehene Anwesen, dessen Mauerwerk bröckelte.

»Wie die HMS *Victory*«, bemerkte ich, denn das Haus inmitten dieser gewaltigen Rasenfläche schien eine leichte Schlagseite zu haben. In einem Innenhof ragte eine Palme auf wie ein riesiger Mast.

Der New Yorker Händler zog ein Taschentuch hervor und wischte sich über die Stirn, steckte es aber rasch wieder ein, als er in einiger Entfernung etwas entdeckte.

»Da ist Johnny!«, rief er.

Der Sammler stand vor dem Eingang des Hauses, ein etwa achtzigjähriger Mann iranischer Abstammung. Es war Yohannan Razi, der Kapitän dieses Schiffes.

Er hatte dichtes, lockiges, schwarz gefärbtes Haar und trug

einen weißen Rollkragenpullover, ein goldenes Medaillon und abgewetzte Jeans. Sein Gesicht verriet gewohnheitsmäßigen Argwohn. Ich konnte es ihm nicht verdenken, denn zwei von uns hatte er noch nicht kennengelernt. Als wir ausgestiegen waren und ich die Hand ausstreckte, um ihn zu begrüßen, drehte er sich um und bat uns hinein, als wären wir gekommen, um das Tauchbecken oder den Treppenlift zu reparieren, und nicht, um lange und komplizierte Verhandlungen zum Verkauf von Nelsons Logbuch der HMS *Victory* zum Abschluss zu bringen.

Der Sammler ließ uns einige Minuten in einem kühlen, feuchten Raum warten, bevor er mit einem gepolsterten Umschlag zurückkehrte. Kein Geplauder, kein Angebot von Tee oder Kaffee, und das, obwohl seine Gäste insgesamt mehr als zwanzigtausend Kilometer zurückgelegt hatten, um hier zu sein. Für einen Mann seines Alters bewegte er sich erstaunlich gewandt, wie ein ehemaliger Tänzer. In seinem Schritt war ein gewisser Samba-Schwung.

»Das ist der Nelson«, sagte er und schob den Umschlag über den Tisch. »Ich habe ihn seit fünfzig Jahren. Ein Unikat. Wussten Sie, dass die HMS *Victory* das einzige erhaltene Schiff war, das auch am amerikanischen Unabhängigkeitskrieg teilgenommen hatte?«

»Nein, das wusste ich nicht«, sagte ich. »Erstaunlich.«

Razi legte eine Hand an sein Gesicht und rieb über seine Wange. »Herrje – ehrlich gesagt, sollte ich das Buch eigentlich behalten. Ich muss verrückt sein, es zu verkaufen.«

Mir sank das Herz. Ich dachte an die Dutzende E-Mails und Telefongespräche in den vergangenen drei Monaten, in denen ich mich bemüht hatte, ihn zum Verkauf zu überreden. Ich dachte an den zwölfstündigen Flug.

»Tja, soviel ich weiß, bekommt es ein großartiges neues Zuhause«, sagte ich mit einem Seitenblick auf meine französische Kollegin, die den eigentlichen Käufer vertrat. Und der ließ sich dieses Logbuch eine halbe Million Pfund kosten.

»Ja, absolut«, sagte sie und lächelte gezwungen.

Der New Yorker nahm diese neue Wendung ganz gelassen.

»Es ist ein fantastisches Ding, Johnny«, sagte er, »und Sie kriegen einen fantastischen Preis.«

»Ich weiß, ich weiß«, sagte Razi. »Sie haben recht. Es ist nur … ich hätte nie gedacht, dass ich es mal verkaufen würde. Ich bin nicht so unbeständig wie manche anderen Sammler, aber in meinem Alter muss man sich wohl von einigen Dingen trennen.« Ein, zwei Sekunden lang wirkte er besorgt, doch dann hellte seine Miene sich auf. »Ich habe auch Nelsons letzten Brief an Lady Hamilton, falls Sie Interesse haben.«

Das Logbuch war tatsächlich echt – wir blätterten es durch. Es war zweifellos Nelsons krakelige Schrift, in der er täglich seine Bemerkungen über Wetter, Wind, Geschwindigkeit und Position gemacht hatte. Wir unterschrieben den Vertrag, in dem weder der Endpreis noch die verschiedenen Provisionen der drei beteiligten Händler erwähnt waren. Der Iraner stand dabei, trat von einem Fuß auf den anderen und rang augenscheinlich noch immer mit sich selbst – oder machte sich Sorgen über den Ausgang der Schlacht von Trafalgar.


Ich kehrte in mein Hotel zurück, dessen wuchtiges Mobiliar an eine opulente Jagdhütte erinnerte. Die Gäste waren hauptsächlich ältere Golfer, die auf dem angrenzenden Golfplatz in Elektrowägelchen herumfuhren. Ich legte mich am Pool in die Sonne. Mir blieb noch ein Tag bis zu meinem Rückflug nach London. Der gut gelaunte Kellner mit dem sehr ausgeprägten Lächeln, der mich schon beim Frühstück bedient hatte, brachte mit einen Old Fashioned. An wen erinnerte er mich nur? An den Schauspieler in der Fernsehserie *ChiPs*, den mit den vielen Zähnen – Erik Soundso. Ja, jetzt fiel es mir ein: Erik Estrada.

»Auf den ersten Drink des Tages«, sagte er und verbeugte sich leicht.

Er hätte sich die Mühe sparen können – ich hatte ihm bereits ein Trinkgeld gegeben.

Ringsum lagen Amerikaner auf Liegestühlen und verglichen ihre Handicaps, während ich in den Himmel sah und meinen Gedanken nachhing. Ich dachte an die Triumphe, die ich in meinem Beruf bisher erlebt hatte: Da war der Brief von van Gogh, das Billet d'amour von Churchill, da waren der Marx und der Rasputin. Aber etwas anderes drängte sich immer wieder in den Vordergrund und verengte meinen Blickwinkel, begleitet von einem bitteren Beigeschmack, der sogar diese sonnendurchflutete Szenerie durchdrang: ein alter Zweifel hinsichtlich meines Berufs, ein schwer zu ignorierender Vorbehalt gegen die Mechanismen der Sammelleidenschaft und den Vorschub, den ich ihr leistete. Ich hatte das Gefühl, als müsste ich selbst verrückt sein, dass ich mich beruflich mit so vielen Verrückten abgab. Ich war achtunddreißig und noch immer im Dunstkreis meines Vaters.

*

2012 war das Jahr, in dem bei meinem Vater Krebs diagnostiziert wurde. Mit achtundsechzig, in genau dem Alter, in dem sein Vater gestorben war, hatte er Kehlkopfkrebs bekommen. Dabei hatte er nie geraucht oder einen Tropfen Alkohol getrunken. Wir saßen gemeinsam in der Praxis eines Arztes in der Harley Street, als das Wort »bösartig« fiel. Die Prognose war gut – das immerhin –, doch die Behandlung würde aggressiv sein: zwei Bestrahlungen, außerdem Chemotherapie.

Danach aßen wir Sandwiches im Langham Hotel in der Regent Street, wo Giorgia, inzwischen seine Frau, zu uns stieß. Sie und ich waren voller nervöser Energie; nach den Sandwiches bestellten wir uns Scones. Mein Vater aß keinen Bissen. Er saß still in den Winkel eines riesigen Ohrensessels gedrückt da und betrachtete alles wie durch das falsche Ende eines Fernrohrs.

»Ich kann es nicht fassen«, sagte er schließlich. »Krebs.«

*

Die Bestrahlung forderte ihren Tribut, sie zermürbte meinen Vater und verwandelte ihn in einen kranken alten Mann, hauptsächlich durch den Gewichtsverlust – und er hatte ja von vornherein nicht viel zuzusetzen. Meine Mutter fragte nach ihm und ließ ihm ausrichten, sie wünsche ihm alles Gute. Sie sagte, die Nachricht von seiner Krankheit habe sie sehr traurig gemacht, doch sie wolle sich nicht mit ihm treffen. Meine Schwester und ich besuchten ihn in seiner Wohnung und spielten liebevolle Tochter und fürsorglicher Sohn. Ruth hatte zwei Kinder von zehn und zwölf Jahren, Rachel und ich hatten einen dreijährigen Sohn; mein Vater und Giorgia hatten ebenfalls einen Sohn, der inzwischen fünf Jahre alt war. Mein Vater hatte eine letzte Granate auf sein altes Leben, auf meine Schwester und mich und unsere Mutter abgefeuert.

Die Bestrahlung war schlimmer als erwartet. Mein Vater musste ins Krankenhaus. Er lag im Royal Marsden Hospital, ein körperliches Wrack. Ich saß an seinem Bett und erlebte, wie er immer stiller wurde. Dann kam der Tag, an dem er nur noch nicken konnte.

»Erinnerst du dich an unsere Reise durch Kalifornien 1981?«, fragte ich ihn.

Er nickte.

»Da haben wir diese Unterschriften im Beton auf dem Bürgersteig vor Grauman's Chinese Theatre gesehen. Manchmal frage ich mich, ob ich dadurch auf den Gedanken gekommen bin, Autogramme zu sammeln. Das ist jetzt dreißig Jahre her, aber ich denke noch immer daran, wie du uns vier in Kalifornien herumgefahren hast. Das war eine schöne Zeit.«

Wieder ein Nicken.

»Ist dir übel?«

Mein Vater setzte sich auf; es sah aus, als kostete es ihn große Anstrengung. Ich half ihm auf die Beine und stützte ihn, als er zum Waschbecken ging und zu würgen begann. Ich strich ihm über den Rücken, als er sich übergab, und spürte, dass er vor Schmerz und Anstrengung am ganzen Körper zitterte. Ich konnte seine Rippen fühlen. Dann half ich ihm wieder ins Bett. Er war jetzt noch erschöpfter und schloss die Augen, doch ich spürte, dass er wach bleiben wollte.

»Es ist seltsam, dass ich mein Geld mit Autografen verdiene, findest du nicht auch?«, sagte ich. »Es kommt mir wie ein verrückter Zufall vor. Den unternehmerischen Teil verstehe ich – ich war wie Grandpa. Aber der Rest ist mir ein Rätsel. Es ist eine Karriere, mit der ich niemals gerechnet hätte.«

Ich dachte an Grandpa Jožka, der vier Jahre zuvor gestorben war. Er war vierundneunzig geworden und hatte bis zum Schluss seine Freundin und einen klaren Verstand gehabt. Es war ein Ende gewesen, wie man es sich nur wünschen konnte.

Jetzt, da ich von meinem Beruf angefangen hatte, dachte ich an die anderen Aspekte meines Lebens, von denen mein Vater nichts wusste, die in unserer Beziehung keine Rolle gespielt und darin keinen Platz gehabt hatten: die Clubnächte in Ibiza, die Bücher und Ideen, die tausend Nächte voller Gespräche und Gelächter mit Freunden. In dieser anderen Version meines Lebens, der Version, die ich tatsächlich lebte, waren die Berühmtheiten, die ihre Namen mit Tinte auf Papier geschrieben hatten, bloß nebensächlich – ein Mittel zum Zweck, ein Einkommen. Doch in unserer Vater-Sohn-Welt stand das Sammeln im Mittelpunkt und war das Thema, über das wir am meisten sprachen. Es war das einzige Verbindende zwischen uns, etwas, über das wir nie hinauskamen.

Diesmal bewegte mein Vater nicht den Kopf. Vielleicht dachte er an Grandpa Jožka, den er geliebt hatte – das hatte er jedenfalls immer gesagt. Vielleicht fehlte ihm aber auch nur die Kraft. Von dem alten Adrian war sehr wenig übrig. Das Haar war ihm ausgefallen – es blieben bloß noch ein paar weiße Strähnen. Die für ihn so typische Energie war verschwunden. Ich fragte mich, ob er, sollte ich ihm einen Stift in die Hand drücken, noch imstande wäre, seine lachhafte Unterschrift zu Papier zu bringen, diesen wichtigtuerischen Schnörkel, den er unter seine Geschäftsbriefe gesetzt hatte, während im Hintergrund Trishas Schreibmaschinengeklapper zu hören gewesen war. »Warum kannst du deinen Namen nicht so schreiben, dass andere Leute ihn lesen können?«, hatte meine Mutter ihn oft gefragt. Ich dachte an mein eigenes Gekrakel, das nie ein »Adam Andrusier« ergab. Aus meiner Unterschrift sprachen Verweigerung, Vermeidung und Verlangen – sie war wie die meines Vaters.

»Wenn du müde bist und schlafen willst«, sagte ich, »bleibe ich einfach hier bei dir sitzen.«

Wieder keine Reaktion. Ich blätterte in der Zeitung und warf hin und wieder einen Blick auf ihn. Er schlief nicht. Seine Augen waren geöffnet. Schließlich legte ich die Zeitung beiseite und schwieg mit ihm. Ich konzentrierte mich auf das Gefühl, mit ihm, mit seinem Körper, in einem Raum zu sein. Vielleicht würde ich diese Erinnerung einmal brauchen, wirklich brauchen. Dann fragte ich mich, ob es etwas Besonderes gab, das ich aussprechen musste, irgendetwas, das noch nicht abgeschlossen war. Doch tatsächlich war es genug, einfach hier zu sein, im Royal Marsden Hospital, wo wir uns gemeinsam dem Ungreifbaren stellten, der seltsamen Möglichkeit eines Endes. Und zwar ohne Unterbrechungen. Ich hörte keinen einzigen Witz, kein »Dabei fällt mir ein« oder »Das muss ich dir erzählen«, ich erlebte kein einziges Mal, dass er alles falsch verstand. Wir waren allein in diesem Raum. Wenn ich diese Stille doch nur konservieren könnte, dachte ich.

Mein Vater hatte erlebt, wie sein Vater gestorben war, und es mir mehrmals beschrieben. »Am Ende hat er tief Luft geholt und ganz langsam ausgeatmet«, hatte er gesagt. »Und dann war es vorbei. Es war schrecklich.« Damals war mein Vater neunzehn gewesen. Auch bei Grandma Lotkas Tod war er dabei gewesen. Grandpa Joźka und meine Mutter hatten es nicht ertragen können, und so hatte er sich bereit erklärt. Er hatte es ertragen können und war da gewesen, als sie ihren letzten Atemzug getan hatte. Danach hatte er gesagt, es sei genauso gewesen wie bei seinem Vater: ein letztes Einatmen, ein langes Ausatmen.

»Ich glaube, ich sollte jetzt heimgehen«, sagte ich.

Der Blick meines Vaters ging zur Zimmerdecke und dann zu seinem Sohn. Seinem älteren Sohn – dem von früher. Ein Gutenachtgruß von mir, ein Gutenachtgruß von ihm. Die Zimmertür fiel mit einem leisen Klicken ins Schloss.

*

Ich beschloss, vor dem Abendesssen in die staubigen Berge bei San Diego zu fahren, einen Rundweg über Palomar. Es sah nach einem schönen Abend aus. Auf der von Bäumen gesäumten Schnellstraße fuhr ich hinauf und erreichte schließlich den Lake Henshaw, in dem sich der rosarote Himmel spiegelte. Der Anblick war wunderschön, doch ich konnte mich nicht konzentrieren. Berühmte Namen und Gesichter gingen mir durch den Kopf, als wären sie Gegenstände, die auf einem Fließband an den Gewinnern einer Gameshow vorbeizogen: die Leute, die ich getroffen hatte – die Jelzins, die Ray Charles, die Liz Taylors –, und die, die ich verkauft hatte. Und immer wieder kehrte ich in Gedanken zu unserer Kalifornienreise 1981 zurück. Irgendetwas zog mich dorthin.

Vielleicht war mein Vater mit uns auf ebendieser Straße gefahren. Meine Schwester und ich hatten hinten gesessen, meine Mutter auf dem Beifahrersitz, und im Radio war ein bittersüßer Song aus den Sechzigerjahren gelaufen. Wahrscheinlich hatte mein Vater wieder mal gesagt, Amerika sei das Land der unbegrenzten Möglichkeiten, weltweit führend in der Unterhaltungsindustrie. Auf der Hutablage standen kleine Pappfiguren von Charles und Diana, dem glücklichen Paar, das den Wagen hinter uns zuwinkte – gekauft bei Hamleys, aufgestellt von meinem Vater. Auf den Straßen blieben die Leute stehen und zeigten auf uns. Manche winkten gehorsam zurück. »Mein Gott, ist das etwa Prince Edward?«, rief ein Mann und schlug die Hand vor den Mund. Mein Vater bremste, kurbelte das Seitenfenster hinunter und stellte die Sache richtig. Aber vielleicht hatte er auch die andere Rede geschwungen, die über seine Verwandten, die vor hundert Jahren aus Russland nach Amerika ausgewandert waren. Er hatte keine Ahnung, wo ihre Nachfahren inzwischen gelandet waren – womöglich in der Direktionsetage eines Filmstudios.

»Zu der Annahme besteht kein Grund«, hatte meine Mutter gesagt.

*

Die Sonne ging unter, und ich hielt an, um ein obligatorisches Foto von dem See zu machen. Ich machte nur selten Fotos – eins für je zehntausend, die mein Vater in den Achtzigerjahren geknipst hatte. Ich musste daran denken, ein Foto zu machen, wie andere Leute daran denken mussten, ihre Medikamente zu nehmen. Meist erinnerte Rachel mich, etwa wenn unser Sohn die Tomatensoße im ganzen Gesicht verschmiert hatte oder er in Windeln und Gummistiefeln tanzte: »Schnell – mach ein Foto.« Mein Handy imitierte das Geräusch des Kameraverschlusses. Ich versuchte, das Bild zu verschicken, zuerst an Rachel, dann an meinen Vater. Kein Netz.

*

Zwei Monate nach dem Royal Marsden sangen die Vögel in Hampstead Village wieder. Unterwegs zur Wohnung meines Vaters sah ich vor dem Flask Pub Blitzlichter. Ich erkannte das Gesicht, das da fotografiert wurde: Es war das eines gut aussehenden jungen Hollywoodstars. Aber Moment mal – warum bat ihn niemand um ein Autogramm? Wie eigenartig! Die jungen Frauen, die ihn anhimmelten, interessierten sich nicht für die Unterschrift des Schauspielers. Keine von ihnen kramte nach Stift und Papier. Stattdessen gab ihm eine nach der anderen ihr Handy, brachte ihr Gesicht neben seines und ließ ihn ein Selfie machen. Das, wie ich vermutete, natürlich umgehend hochgeladen werden würde. Wie hieß diese Plattform noch? Instagram?

Ich ging die Stufen zur Wohnung meines Vaters hinunter, blieb kurz stehen und sah durch das Fenster über der Tür, wie der wieder nachgewachsene weiße Schopf meines Vaters zwischen Küche und Wohnzimmer hin und her eilte. Dann klopfte ich zweimal und wartete.

»Komm rein, mein Sohn«, sagte er, als er die Tür öffnete. Er hielt ein Vergrößerungsglas in der Hand.

Er verschwand nach nebenan, und ich folgte ihm in seinen Kaninchenbau.

Es lief Musik aus den Sechzigern, und auf dem Sofa lagen aufgeschlagene Sammelalben und ein Buch mit dem Titel *Synagogen der Ukraine*. Er war allein. Im Computer in der Ecke war seine Facebook-Seite geöffnet. Auf dem Kaminsims drängten sich die Fotos; die von mir und Ruth waren in die zweite Reihe verbannt, in der ersten standen die seines zweiten Sohns. Er war ein süßes, mageres Kind mit braunem Haar. Die festgehaltenen Szenarien wirkten bemerkenswert ähnlich wie die meiner Kindheit: Der Junge leckte am Strand an einem Eis, thronte in Venedig auf den Schultern seines Vaters, saß vor dem Kenwood House in einem Kinderwagen. Die Situationen waren die gleichen, nur die Personen rechts und links waren andere. Ich musste an die Fotomontagen denken, die mein Vater in seinem Arbeitszimmer in Pinner angefertigt hatte: das Gesicht seines zweiten Sohns auf dem Körper seines ersten, das seiner neuen Frau auf dem Körper meiner Mutter.

»Ich habe eine erstaunliche Karte entdeckt«, sagte mein Vater und sah mit einem eindringlichen Blick durch mich hindurch. Seine Stimme bebte wie stets, wenn es um den Holocaust ging. »Die muss ich dir unbedingt zeigen.«

»Okay. Was für eine ist es?«

»Es ist wirklich unglaublich: ein Foto der jüdischen Gettopolizei von Lwiw. Ich glaube, es ist einzigartig – so etwas habe ich noch nie gesehen. Ich werde es nachher auf Facebook posten.«

Ein paar uniformierte Männer starrten unsicher in die Kamera.

»Erstaunlich«, sagte ich.

Er tippte mit dem Finger darauf und freute sich über sein Glück.

»Anscheinend geht es dir sehr viel besser, Dad.«

»Mir geht's prima«, sagte er. »Gestern Abend war ich sogar beim israelischen Volkstanz. Meine Energie kehrt zurück. Aber insgesamt war diese ganze Geschichte furchtbar.«

»Du warst in einem schrecklichen Zustand.«

Mein Vater lächelte kurz. Ich spürte eine gewisse Abwehr. Er wollte nicht mehr an seine Krankheit denken – sie war eine Niederlage, mit der er sich nicht mehr befassen wollte.

»Weißt du noch, als du mich im Krankenhaus besucht hast?«, sagte er. »Als ich so schwach war? Das war der allerschlimmste Tag. Ich hatte nicht mal die Kraft zu sprechen. Dabei wollte ich es so sehr – aber ich konnte nicht.«

»Oh«, sagte ich. »Das wusste ich nicht.«

Mein Vater wandte sich wieder der Postkarte zu und betrachtete sie durch das Vergrößerungsglas. Schließlich legte er beides beiseite, blinzelte und sagte: »Wie geht's Mummy?«

*

Nach dem Halt am Lake Henshaw wendete ich und reiste in Gedanken zurück ins Jahr 1981.

»Charles und Diana sind ein Hit!«, rief mein Vater, um die Musik zu übertönen. »Ein echter Erfolg! Geht's euch gut, Kinder?« Er warf einen Blick in den Rückspiegel.

»Jaa!«, riefen meine Schwester und ich.

»Die Leute reagieren auf diese Pappfiguren, als wären sie echt«, sagte meine Mutter. »Es ist bizarr.«

»Mal sehen, wie euch das hier gefällt«, sagte mein Vater. »The Mamas and the Papas.«

Aus den Lautsprechern ertönte *California Dreamin'*. Ich hatte das Stück noch nie gehört, aber es klang dringlich – weder glücklich noch traurig. Mein Vater erklärte wieder einmal, eine der Sängerinnen sei Mama Cass gewesen. Sie sei Jüdin gewesen und habe enormes Übergewicht gehabt.

»Das wissen wir«, rief meine Schwester.

»Sie ist mit zweiunddreißig gestorben«, sagte mein Vater und stellte die Musik leiser. »An einem Sandwich erstickt.«

Wir waren unterwegs nach Los Angeles und kamen aus San Francisco, wo es die gewundenste Straße der Welt gab. Aus dem Fenster unseres Hotelzimmers konnten wir Alcatraz sehen. Mein Vater wies uns täglich darauf hin.

»»In Alcatraz haben einige der berüchtigtsten Verbrecher Amerikas eingesessen‹«, las er uns aus dem Reiseführer vor. »»Der berühmteste war Al Capone.‹« Er klappte das Buch zu und sagte: »Ihr solltet den Film mit Clint Eastwood sehen. Fantastisch.«

Wir fuhren durch Beverly Hills. Auf dem Schoß meines Vaters lag die »Star-Karte«, auf der die Häuser berühmter Menschen mit einem goldfarbenen Stern markiert waren. Wir sahen das Haus von Mel Brooks und die Anwesen von Clint Eastwood und Frank Sinatra. Dieses Wort – Sinatra – hatte ich noch nie gehört. Mein Vater fuhr langsamer, als wir an einem vergoldeten, reich verzierten doppelflügeligen Tor vorbeikamen. Bäume und Büsche verbargen die Villa dahinter.

»Das hier«, rief er. »Das ist es!« Es klang, als hätte er den Ort gefunden, wo seine verschollenen Vorfahren gelebt hatten, die vor hundert Jahren von Russland nach Amerika ausgewandert und spurlos verschwunden waren.

»Hier hat Elvis gewohnt!«

Dann ein schlichteres Tor, hinter dem der Lieferwagen eines Handwerkers parkte. Ich dachte an klirrenden Schmuck und ausgefallene Frisuren. Meine Mutter sagte: »Elvis sah sehr gut aus.«

Als Nächstes hielten wir vor Grauman's Chinese Theatre,

wo mein Vater uns die Unterschriften in den Betonplatten des Bürgersteigs zeigte.

»Oh, Marilyn Monroe«, sagte er.

Ich starrte auf die im Stein verewigte Schrift und dachte an die Tafeln, die Moses von Gott erhalten hatte. Ich hatte ein seltsames Gefühl im Bauch.

»Wusstet ihr, dass ihr richtiger Name Norma Jeane war?«

»Tatsächlich?«

»Und die Garbo hieß eigentlich Greta Gustafsson, glaube ich.«

Ich stellte mir vor, dass Marilyn kurz hatte nachdenken müssen, bevor sie ihren Namen geschrieben hatte – sie hatte so tun müssen, als wäre sie Marilyn, während sie doch in Wirklichkeit Norma Jeane gewesen war.

»Und hier: Liz Taylor!«, rief mein Vater.

Ich betrachtete das große, geschwungene T in diesem berühmten Namen und das Datum: 1956.

»Ruth ist müde«, sagte meine Mutter. »Ich glaube, fürs Erste haben wir genug gesehen.«

»Moment, Moment – wir müssen noch Danny Kaye finden. Er hieß übrigens eigentlich Daniel Kaminski.«

Wir besuchten die Universal Studios und machten mit einem Bus ohne Dach eine Rundfahrt, bei der man die besten Spezialeffekte zu sehen bekam. Wir fuhren an einem See entlang, aus dem direkt neben dem Bus ein riesiger Plastikhai auftauchte – es war der aus *Der weiße Hai*, ein Film, für den ich noch zu klein war. Alles schrie und lachte. Mein Vater strich meiner Mutter vergnügt über die Wange. Dann kam die Stelle, wo ich wie Superman fliegen konnte: Ich legte mich auf ein Bett, das auf einer erhöhten Plattform stand; hinter mir war eine riesige, mit Himmel und Wolken bemalte Leinwand, auf die mein Bild projiziert wurde. Durch irgendeinen Trick war das Bett unsichtbar, sodass es aussah, als würde ich fliegen.

Danach sagte mein Vater: »Mein Sohn ist Superman«, und so kam ich mir auch vor. Er strich mir über die Wange, und es war, als würde dieser Augenblick nie vergehen.

*

Gegen acht Uhr war ich zurück im Hotel, benommen von der Fahrt und meinen Erinnerungen an 1981. Ich fragte mich, ob ich mein ganzes bisheriges Leben damit verbracht hatte, dorthin zurückzukehren: auf den Rücksitz eines Mietwagens, auf den Platz neben meiner Schwester und hinter meinen Eltern. Was für ein Aufwand! Und wozu? Aber vielleicht taten wir alle so etwas, jeder auf seine Art: Wir erschufen Versionen unserer selbst, um die Verluste zu verschleiern.

Der Mond schien hell, das Meer rauschte. Ich stieg aus dem Wagen und machte einen Spaziergang auf dem Weg gegenüber dem Hotel, der einen Ausblick über die von Palmen gesäumte Bucht bot. Und wer kam mir da entgegen? Ein Mann, allein, etwa so alt wie mein Vater, mit tiefen Geheimratsecken und einer in die Stirn geschobenen, rot getönten Sonnenbrille: Jack Nicholson. Aber war er es wirklich? Unwahrscheinlich. Ich war mir nicht sicher. Er schlenderte, die Hände auf dem Rücken verschränkt, auf mich zu. Sein Blick fiel auf mich. Wir sahen einander an, und ich blieb stehen.

»Schöner Abend«, sagte er.

»Stimmt.«

Er sog die abendliche Seeluft tief ein, stand neben mir und betrachtete den Horizont. War er es wirklich? Ich konnte es herausfinden, indem ich ihn um ein Autogramm bat – doch dafür war der Augenblick zu schön. Wir standen nebeneinander und schauten über das abendliche Meer.

»Kann es sein, dass Sie der sind, für den ich Sie halte?«, sagte ich schließlich lächelnd und mit einem angedeuteten Zwinkern.

Er sah mich an und grinste in sich hinein. Typisch Nicholson.

»Ich bin sein Bruder«, sagte er.

Hatte Nicholson überhaupt einen Bruder? Soviel ich wusste, nicht. Plötzlich fiel mir ein Satz aus *Chinatown* ein: »Um die Wahrheit zu sagen: Ich hab ein bisschen gelogen.«

Wir lachten. Das Meer rauschte und warf Wellen an den Strand. Das Mondlicht verlieh der Gischt dort unten einen bläulichen Schimmer. Neben mir stand dieser Mann, und das Geräusch der Brandung schwoll an und verwandelte sich in donnernden Applaus.

# Danksagung

Ein riesiger Dank und eine lange Umarmung für Josh Appignanesi für seine liebevollen Ratschläge, seinen Scharfsinn und seine fortwährende Ermutigung von dem Augenblick an, in dem mir, in meinem alten Leben, bei Drinks in einem Pub in Camden zum ersten Mal der Gedanke kam, dieses Buch zu schreiben.

Ein großer Dank an Stephen Howard, der von Anfang an überzeugt war, das sei eine hervorragende Idee; an Taymour Soomro, der stets aufrichtig war und mich unablässig unterstützt hat; an Michael Worrell, der wirklich zugehört und meine vielen Wiederholungen ertragen hat; an Vaughan Pilikian, der mir geholfen hat, meine Identität als Schriftsteller zu finden; an Nick Laird, der mir geraten hat: »Stell dich in den Mittelpunkt. Lass es in Pinner spielen.« Und Dank an Zadie Smith, die mir vor all den Jahren gesagt hat, ich solle nicht aufhören zu schreiben, und die dieses Buch aus ganzem Herzen gefördert hat.

Außerdem gilt mein Dank Devorah Baum, die mich unablässig unterstützt hat und immer weiß, was ich meine (auch wenn ich selbst es nicht weiß); Judith Clark, der aufmerksamen Leserin und Freundin; Adam Rosenthal, der mich im Lauf der Jahre so oft ermutigt hat; Caroline Howard für die Gespräche beim Kaffee, die viele Zeit, die sie dem Lesen gewidmet hat, und die stets einfühlsame Resonanz; Adam Phillips, der mir gezeigt hat, welche große Freude das Schreiben bereitet.

Dankbar bin ich auch meinem Agenten Jonny Geller, der an dieses Buch geglaubt hat und immer so freundlich war; Viola Hayden, die mich immer unterstützt hat; meiner Lektorin Fiona Crosby, die dieses Buch genau so liebt, wie ich es mir erhofft und erträumt habe.

Ich danke meiner Mutter für ihren scharfen Intellekt, die unbedingte Zuwendung, die ich in meiner Kindheit und Jugend von ihr erfahren habe, und ihr nie versiegendes Interesse für das, was unter der Oberfläche liegt.

Ich danke meinem Vater für seine Großzügigkeit, seine großherzige Reaktion auf dieses Buch und seine unermüdliche Lebensfreude.

Ich danke meiner Schwester, die in meiner Kindheit die treueste Gefährtin war, die man sich vorstellen kann. Ich könnte ein ganzes zweites Buch schreiben über den Spaß, den wir miteinander hatten, die Welten, die wir erschaffen haben, die Erfahrungen, die wir geteilt haben.

Ich danke Rachel, die die beste Freundin ist, die man sich nur wünschen kann, die viele Stürme mit mir durchgestanden hat, die immer nur das Beste für mich will und alles hört und alles durchschaut.

Und ich danke dir, Jacob, weil du mein Leben mit Freude erfüllst.

# Nachweise

Die Kapitelmotti sind unten stehenden Quellen entnommen und wurden von Dirk van Gunsteren ins Deutsche übertragen.

Ronnie Barker: *Sauce*, Hodder & Stoughton Ltd., London 1977.

Big Daddy: zitiert in: Ryan Danes: *Who's the Daddy: The Life and Times of Shirley Crabtree*, Perfect Pitch Publishing Ltd., Perth 2013.

Sinatra: Brief an Nancy Sinatra, 1969, zitiert in: Nancy Sinatra: *Frank Sinatra: An American Legend*, General Pub. Group, Santa Monica CA 1995.

Ray Charles: *Brother Ray: Ray Charles' Own Story*, mit David Ritz, Da Capo Press, Cambridge 2003. Deutsche Ausgabe: *Ray – Die Autobiographie,* dt. von Friedrich Hobek, Heyne Verlag, München 2005.

Miles Davis: Interview mit Hollie West in *Washington Post*, März 1969.

Nelson Mandela: aus seiner »Address in Capetown«, seiner ersten Rede nach der Entlassung aus dem Gefängnis auf der Grand Parade in Kapstadt, 9. Februar 1990.

Richard Gere: Interview für *Project Happiness*, 2012.

Boris Jelzin: Fernsehansprache, 4. Oktober 1993.

Steve Reich: *Writings on Music 1965–2000*, mit Paul Hillier, Oxford University Press, New York 2002.

Salman Rushdie: *Imaginary Homelands: Essays and Criticism 1981–1991*, Penguin Books, London 1992. Deutsche Ausgabe: *Heimatländer der Phantasie,* dt. von Gisela Stege, Kindler, München 1992.

Harry Secombe: *The Goon Show*, 17. Januar 1956.

Beißer: Interview mit Universal Exports, 2002.

Marilyn: Interview in *Time Magazine*, 17. August 1962.

Elvis: Interview in Los Angeles, 28. Oktober 1957.

Hitler: aus dem Film *Frühling für Hitler*, Mel Brooks, 1967.

Monica Lewinsky: persönliche Begegnung am Flughafen Los Angeles, 1999.

### Fannys Rache

Fanny Kajsman hat genug. Ihr nutzloser Schwager ist nach Minsk abgehauen und hat ihre Schwester im Schtetl zurückgelassen. Kurzerhand trifft Fanny eine skandalöse Entscheidung: Sie wird ihren Schwager eigenhändig zurückholen. Bewaffnet mit einem Schlachtermesser und einer gehörigen Portion Starrsinn bricht sie auf, aber die Straßen des Russischen Kaiserreichs sind gefährlich. Als sich ihr der stumme Fährmann Cicek Berschow anschließt, ist sie dankbar um die Begleitung. Doch ein Schlamassel jagt das nächste, Fannys schlichter Plan wächst sich zu einer mittelgroßen Katastrophe aus und bringt bald die Grundfesten des Russischen Reiches ins Wanken. Ein rasanter Roadtrip durch das 19. Jahrhundert, eine Ode an Mut und Freundschaft und die Suche einer unvergesslichen Heldin nach Gerechtigkeit.

»Mit Witz, Esprit und grenzenloser Fantasie entwirft Yaniv Iczkovits ein schillerndes Familiendrama. Eine außergewöhnliche, bildstarke Lektüre.« *David Grossman*

»Frisch, eigen und originell ist dieser Roman, ebenso witzig wie weise, und ein zutiefst bewegender Streifzug durch das Russische Kaiserreich. Iczkovits ist ein großartiger Erzähler, ein herausragendes Talent. Dieses Buch ist ein ganz großer Wurf.« *Kirkus Reviews*

»Was Yaniv Iczkovits vorlegt, ist ein raffiniertes Erzähl-Kaleidoskop. Liebevoll skizziert er Figuren, die allesamt sympathisch sind. Eine überwältigende liebevoll-satirische Moritat über Macht und Individuum, Politik und Glauben, Irrtum, Propaganda und Zwang.« *Buchkultur*

*Das Leben vor uns*

Anja und ihre beste Freundin Milka wachsen in den Achtzigerjahren am Stadtrand von Moskau auf. In den Sommermonaten
streifen sie durch die Maispflanzen, suchen wilde Erdbeeren
und fangen Grillen als Glücksbringer. Und während ihre Eltern
gekennzeichnet sind von den Entbehrungen der Vergangenheit,
verlieben sich die beiden in die Hymnen von Freddie Mercury
und das Raunen einer verheißungsvollen Zukunft. Als Anjas
Jugend ein jähes Ende nimmt, versucht sie noch vor dem Fall
des Eisernen Vorhangs, sich in den USA eine neue Heimat aufzubauen. Doch durch das Sehnsuchtsland ihrer Jugend streifen
die Geister ihrer Vergangenheit. Mit der eindringlichen Geschichte einer unerschütterlichen Freundinnenschaft erzählt
Kristina-Gorcheva Newberry vom Aufwachsen in einem Staat
kurz vor dem Zerfall.

»Eine Jugend in Moskau in unschuldigeren Zeiten: Ein mitrei-
ßender Coming-of-Age-Roman, der in den letzten Jahren der
Sowjetunion spielt.« *taz*

»Mit großer Genauigkeit und poetischer, bildreicher Sprache
zeichnet Kristina Gorcheva-Newberry einen Mikrokosmos der
russischen Gesellschaft unter wechselnden politischen Vorzei-
chen. Ein echter Pageturner.« *Deutschlandfunk Kultur*

»Gorcheva-Newberry zeichnet mosaikhaft – und damit auch
in Tschechow'scher Manier – ein umfassendes Bild des Alltags
in Moskau während der letzten Jahre vor Gorbatschows Regie-
rungsantritt.« *Frankfurter Allgemeine Zeitung*

*Mein kleiner Orangenbaum*

Sesé ist ein wunderlicher kleiner Junge. Immer nimmt er sich fest vor, brav zu sein, aber wie soll man widerstehen, wenn sich die Gelegenheit zu einem herrlichen Streich bietet? Seine Familie glaubt, der Teufel stecke ihm in den Knochen, und will ihm den Schabernack mit allen Mitteln austreiben. Von den Erwachsenen missverstanden, flüchtet Sesé sich in seine eigene Welt – eine Welt, in der die Hühner im Hinterhof zu wilden Panthern werden, die bunten Papierdrachen singend am Himmel tanzen und ein kleiner Orangenbaum ihn zu Abenteuern überredet. Und irgendwo, da ist er sich sicher, wartet der beste Mensch der Welt auf ihn. Mit der weltweit geliebten Geschichte einer Kindheit schuf José Mauro de Vasconcelos einen zeitlosen Klassiker und eine Ode an die Macht der Freundschaft und der Fantasie.

»Ein Roman für all jene, die sich ihre junge Seele bewahrt haben.« *Elle*

»Die Geschichte eines brasilianischen Jungen, der die Welt der Erwachsenen früh zu verstehen lernt. Ein Buch voller Melancholie, das vom Glück handelt.« *Lateinamerika Nachrichten*

»*Mein kleiner Orangenbaum* ist ebenso herzzerreißend wie herzerwärmend.« *The National*

### Der Mönch, das Kind und die Stadt

In einem Bordell von San José kommt ein einäugiges Kind zur Welt, das folgerichtig auf den Namen Polyphem getauft wird. Die Huren verstecken den Jungen, und Jerónimo, Ex-Mönch und Bruder der Bordellköchin, kümmert sich um ihn und bringt ihm die Welt bei, wie er sie aus den gelehrten Büchern kennt. Mit einer Baseballkappe über dem Auge bricht Polyphem aus in die Stadt und spielt mit den Straßenkindern. Jetzt ist auch Jerónimo bereit, sich von Polyphem mitnehmen zu lassen, und gemeinsam ziehen sie durch die Straßen und Märkte, der Mönch und das Kind.

### Única blickt aufs Meer

Hier auf der Müllhalde, wo die Sonne nur noch aus Gewohnheit aufgeht und die Regenbögen in den Ölpfützen sterben, lagert das schlechte Gewissen der Stadt. Das gigantische Müllmeer schwemmt alles an, was der Rest der Welt nicht mehr will – struppige Zahnbürsten, vergangene Nachrichten, alte Männer und vergessene Kinder. Única mag hier gestrandet sein, aber das ist noch lange kein Grund aufzugeben. Die eigenwilligen Gestalten in den krummen Hütten erklärt sie kurzerhand zu ihrer Familie, und gemeinsam tauchen sie in den unberechenbaren Fluten nach Beute: ein Rest Bohnen in der Dose, ein rostiges Stück Metall, und ganz vielleicht ein kleines bisschen Glück. In schillernden Farben zeichnet Contreras Castro die hässliche Fratze unserer gierigen Gesellschaft.

*Cider mit Rosie*

Aus der Sicht eines Kindes erzählt Laurie Lee von seinem welt-abgeschiedenen, englischen Dorf, wo er inmitten einer Natur aufwächst, die alles aufbietet, was eine kindliche Fantasie be-feuern kann: das blendende Licht des Tages, das die Kinder dazu verführt, sich streunend zu verlieren, die geräuschdurch-wirkte Dunkelheit der Nacht, in die man sich besser nicht hinauswagt. Hier hat sich seine energische Mutter mit ihren sieben Kindern niedergelassen. Ihr Mann hat sich nach Lon-don abgesetzt und überlässt es dieser ebenso schillernden wie einfachen Frau, die Kinder großzuziehen.

*Cider mit Rosie* ist eine der schönsten Kindheitserinnerungen in der Literatur des 20. Jahrhunderts. In viele Sprachen übersetzt und mehrfach verfilmt, ist Laurie Lees weltberühmter Roman in einer neuen Übersetzung zu entdecken.

»Der Roman ist heute noch so frisch und voll sprühender Lebenslust wie bei seinem ersten Erscheinen in den fünfziger Jahren des letzten Jahrhunderts. Er bringt die Erinnerung zum Singen.« *Sunday Times*

»Laurie Lee schreibt, wie eine Nachtigall singt, sinnlich und voll poetischer Genauigkeit.« *The Guardian*

»Wenn man fasziniert versinkt in *Cider mit Rosie,* dann liegt das an der so erfinderischen wie sensiblen Sprache, in der die Weltwahrnehmung eines Kindes geschildert wird. Laurie Lee erzählt eine ganze Welt – und man hört ihm liebend gern zu.« *SRF*

*Franz oder Warum Antilopen nebeneinander laufen*

In der Hauptrolle: Franz, der ewig bekiffte Gymnasiast, der die Oberstufe lieber bis zum Umfallen wiederholt, als – Gott bewahre – erwachsen zu werden und sich der fürchterlich komplizierten Welt da draußen zu stellen. Mit im Gepäck sein Dachs MC, der ideale beste Freund. In den Nebenrollen: Franz' Kumpel Rambo Riedel, der unvergleichliche und dezent alkoholabhängige Hausmeister Eryilmaz, die Ex-DDR-Lehrerin Doro Apfel – ach, und dann ist da natürlich noch Venezuela, das Mädchen aus der Nachbarschaft, heißblütig, militant und andauerndes Thema aller Tag- und Nachtträume von Franz.

»›Franz oder Warum Antilopen nebeneinander laufen‹ ist eine Entdeckung. Und was für eine! Ein Roman, der einem ebenso Lachkrämpfe beschert wie Tränen der Rührung. Simons Humor hat nichts Gezwungenes und die Sentimentalitäten sind ohne Kitsch. Simons Erstling ist ein Werk von internationalem Rang und hat das Zeug, sich ganz oben einzureihen.« *SonntagsBlick*

»Christoph Simon beschreibt in dichten Texten die großen Gefühle in kleinen Welten. Es spielt keine Rolle, ob Kolumnen, Romane oder Slam-Texte – seine Themen sind stets dieselben: Liebe, Freude, Mut, Zuversicht. Gepaart mit Schalk resultieren Texte, die unterhalten und zum Nachdenken anregen.« *St. Galler Tagblatt*

*Der verlorene Vater*

Eigentlich wollte sie bei der Reise in den Süden der USA ihrem Vater näherkommen und sich bedanken für all die Anregungen, die er ihr schenkte. Doch dann entdeckt die junge Künstlerin, dass ihr Vater keineswegs ein Opfer der Diktatur in Haiti war, sondern ein Folterer, der das Leben unzähliger Menschen zerstörte. Alles, worauf sie ihr Leben baute, bricht nun zusammen. Wie kann Vergebung gefunden werden?

Edwidge Danticats Sprache ist luzide und lyrisch, sie beherrscht die Kunst der Andeutung und Aussparung. Der Leser wird immer tiefer hineingezogen und so zu einem faszinierten und zugleich angewiderten Mitwisser.

»Der Band vermisst achtsam und ohne spektakuläre Gesten historische und menschliche Abgründe. Aus der Verschränkung unterschiedlicher Zeitebenen und Figurenkonstellationen gewinnt er eine Dichte, mit der ungleich dickleibigere Werke nicht aufwarten können.« *Neue Zürcher Zeitung*

»Edwidge Danticat gibt den Kindern von Tätern und Opfern der Duvalier-Diktatur auf Haiti eine Stimme.«
*Deutschlandradio Kultur*

»Edwidge Danticats überzeugendste Leistung. Die einzelnen Teile fügen sich zu einem Puzzle zusammen, das die furchtbare Geschichte dieses Mannes und seiner Opfer erzählt.«
*The New York Times*

Die Montevideo-Romane
»Ohne Erbarmen, dafür mit viel schwarzem Humor: sehr böse, im besten Sinn, wie Mercedes Rosende hier die Gesellschaft Uruguays und speziell der Hauptstadt Montevideo fies aufs Korn nimmt. Und: Krimi kann sie auch – vom Feinsten.« *Ulrich Noller, WDR*

### Falsche Ursula
Ursula ist unzufrieden. Zu hässlich, zu hungrig, zu allein. Da kommt ihr der mysteriöse Erpresseranruf eigentlich ganz gelegen: Man habe ihren Ehemann entführt, eine Million Lösegeld. Nur: Ursula hat gar keinen Ehemann. Grund genug, ihr kriminalistisches Talent auszuschöpfen und sich in ein abstrus herrliches Abenteuer zu stürzen.

### Krokodilstränen
Der Schauplatz: die Altstadt von Montevideo. Der Coup: ein Überfall auf einen gepanzerten Geldtransporter. Die Besetzung: Germán, gescheiterter Entführer. Ursula López, resolute Hobbykriminelle. Doktor Antinucci, zwielichtiger Anwalt. Und schließlich Leonilda Lima, erfolglose Kommissarin mit einem letzten Rest von Glauben an die Gerechtigkeit.

### Der Ursula-Effekt
Die resolute Ursula hat kurzerhand einen vermasselten Raubüberfall übernommen und sich die gesamte Beute unter den Nagel gerissen. Nur sind ihr jetzt die eigentlichen Verbrecher auf den Fersen. Aber Ursula ist in kriminalistischen Dingen verflucht begabt, und mit ein wenig Glauben an die Dummheit der anderen wird sie das Ding doch wohl schaukeln?

*Alle gehen fort*

Nieve wächst auf Kuba bei ihrer schrägen Hippie-Mutter auf und erzählt nur ihrem Tagebuch, was sie wirklich denkt. Als sie zu ihrem alkoholkranken und gewalttätigen Vater ziehen muss, wird ihr Tagebuch zu ihrem einzigen Rückzugsort, zu dem Ort, an dem sie vor den Schlägen und Demütigungen sicher ist. Hier darf sie sich fürchten, hier darf sie zweifeln, lieben, streiken. Über die Jahre hinweg bleibt ihr Tagebuch ihr treuester Begleiter, denn nach und nach verlassen alle um sie herum die Insel – Freunde, Familie, Geliebte. Sie wollen fort, den Enttäuschungen Kubas entkommen. Nur Nieve bleibt zurück, auf der Suche nach sich selbst und ihrem Platz im Leben.

»»Alle gehen fort‹ ist ein glänzender Roman, er füllt eine Lücke. Guerra ist sich durchaus bewusst, dass sie mit ihrem Werk eine gut überwachte Grenze überschreitet.« *Le Monde*

»Wendy Guerra vermag es, spezifisch kubanischen Themen eine internationale Dimension einzuschreiben.«
*Neue Zürcher Zeitung*

### Wo Licht ist

Um der strengen Führung ihrer Mutter zu entkommen, träumt sich Ally weit fort, auf fliegende Teppiche und in ferne Länder. Als sie älter wird, formt sich ein neuer Traum in ihr: Sie will als eine der ersten Frauen Englands Medizin studieren. Doch dafür muss sie in einer Männerwelt bestehen, in der der kleinste Fehler sie zu Fall bringen kann.

### Zwischen den Meeren

Kurz nach der Hochzeit muss sich ein junges Paar wieder trennen: Tom reist nach Japan, um Leuchttürme zu bauen, Ally, eine der ersten Ärztinnen Englands, tritt in Cornwall eine Stelle in der Psychatrie an. Kritisch beäugt von ihren männlichen Kollegen, stürzt sie sich in die Arbeit, während das Fundament ihrer jungen Ehe immer brüchiger wird.

### Schlaflos

Eine karge schottische Insel, eine wacklige Telefonverbindung und zwei kleine Kinder, die vollkommene Aufmerksamkeit fordern: Anna versucht verzweifelt, ihre Forschungsarbeit voranzutreiben und dabei einen klaren Kopf zu bewahren, als ein verstörender Fund ihren Blick auf die Geheimnisse der Insel und ihrer verfallenen Steincottages lenkt.

### Sommerwasser

Während der Sommerregen auf den schottischen See trommelt, bleibt in den wenigen Ferienhütten kaum etwas zu tun. Man beobachtet die anderen und formt aus flüchtigen Eindrücken ein Urteil: über die joggende Mutter, den genervten Teenager, das junge Paar. Und über die eine Familie mit dem komischen Nachnamen, die einfach nicht hier hingehört.